# 青史人物
# 梁衡
## 经典思想美文

梁衡——著

人民东方出版传媒
东方出版社
The Oriental Press

图书在版编目（CIP）数据

青史人物：梁衡经典思想美文 / 梁衡著. —北京：东方出版社，2025.2. — ISBN 978-7-5207-4082-1

I.I267

中国国家版本馆CIP数据核字第2024KW0691号

## 青史人物：梁衡经典思想美文
QINGSHI RENWU: LIANGHENG JINGDIAN SIXIANG MEIWEN

| 作　　者： | 梁　衡 |
|---|---|
| 策划编辑： | 鲁艳芳 |
| 责任编辑： | 黎民子 |
| 出　　版： | 东方出版社 |
| 发　　行： | 人民东方出版传媒有限公司 |
| 地　　址： | 北京市东城区朝阳门内大街166号 |
| 邮政编码： | 100010 |
| 印　　刷： | 鸿博昊天科技有限公司 |
| 版　　次： | 2025年2月第1版 |
| 印　　次： | 2025年2月北京第1次印刷 |
| 开　　本： | 710毫米×1000毫米　1/16 |
| 印　　张： | 16.75 |
| 字　　数： | 207千字 |
| 书　　号： | ISBN 978-7-5207-4082-1 |
| 定　　价： | 59.80元 |
| 发行电话： | （010）85924663　85924644　85924641 |

版权所有，违者必究

如有印装质量问题，我社负责调换，请拨打电话：（010）85924602

# 目 录

## 第一章　高山仰止

- 002　把栏杆拍遍
- 011　秋风桐槐说项羽
- 018　最后一位戴罪的功臣
- 028　武侯祠，一千七百年的沉思
- 033　读韩愈
- 039　徽饶古道坚强树
- 048　左公柳，西北天际的一抹绿云
- 062　沈公榕，眺望大海一百五十年

## 第二章　古道热肠

- 084　乱世中的美神
- 102　一个永恒的范仲淹
- 107　辛弃疾的一瓢泉水流过千年
- 111　读柳永
- 117　追寻那遥远的美丽
- 125　《康定情歌》背后的故事
- 130　来自天国的枫杨树
- 144　平凉赋

## 第三章　雁过留声

| | |
|---|---|
| 148 | 徐霞客的丛林 |
| 156 | 梁思成落户大同 |
| 162 | 百年明镜季羡老 |
| 171 | 一片历史的青花 |
| | ——季羡林先生谈话录 |
| 202 | 与朴老缘结钓鱼台 |
| 206 | 跨越百年的美丽 |
| 210 | 心中的桃花源 |
| 230 | 美文是怎样写成的 |
| 262 | 丑碑记 |

第一章

# 高山仰止

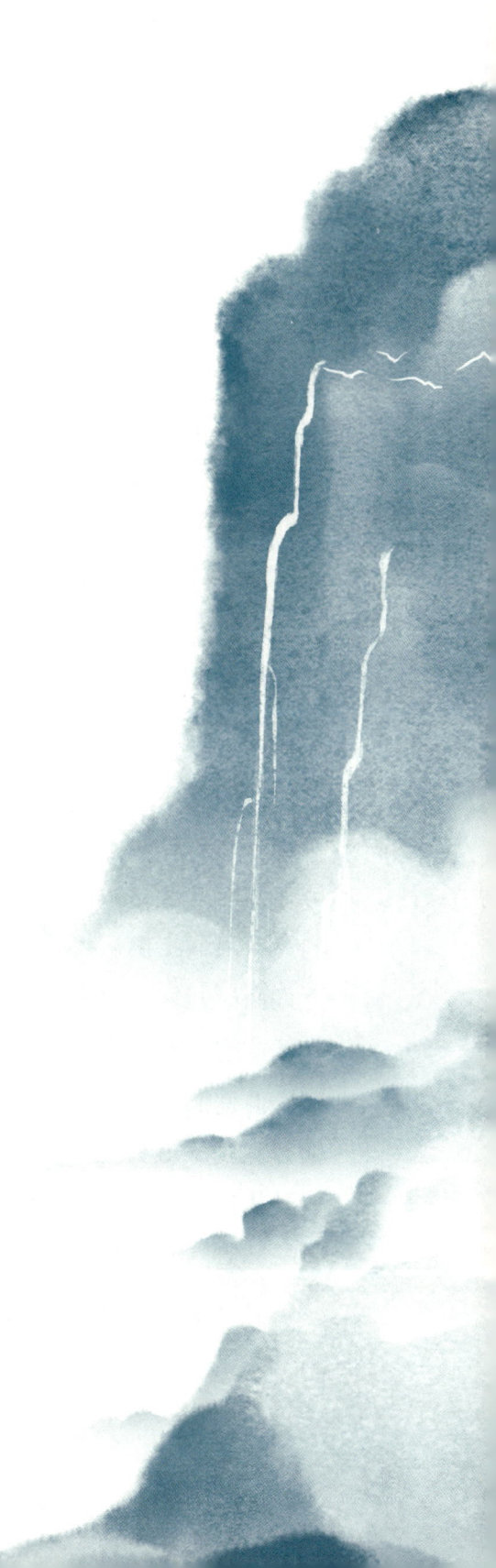

## 把栏杆拍遍

中国历史上由行伍出身,以武起事,而最终以文为业,成为大诗词作家的只有一人,这就是辛弃疾。这也注定了他的词及他这个人,在文人中的唯一性,和在历史上的独特地位。

在我看到的资料里,辛弃疾至少是快刀利剑地杀过几次人的。他天生孔武高大,从小苦修剑法。他生于金宋乱世,不满金人的侵略践踏,二十一岁时就拉起了一支数千人的义军,后又与耿京为首的义军合并,并兼任掌书记,掌管印信。一次义军中出了叛徒,将印信偷走,准备投金。辛弃疾手持利剑单人独马追贼两日,第三天提回一颗人头。为了光复大业,他说服耿京南归,南下临安亲自联络。不想就这几天之内又变生肘腋,当他完成任务返回时,部将叛变,耿京被杀。辛大怒,跃马横刀,只率五十骑突入敌营生擒叛将,又奔突千里,将其押解至临安正法,并率万人南下归宋。说来,他干这场壮举时还只是一个英雄少年,正血气方刚,欲为朝廷痛杀贼寇,收复失地。

但世上的事并不能心想事成。南归之后,他手里立即失去了钢刀利剑,就只剩下一支羊毫软笔,他也再没有机会奔走沙场,血溅战袍,只能笔走龙蛇,泪洒宣纸,为历史留下一声声悲壮的呼喊、遗憾的叹息和无奈的自嘲。

应该说,辛弃疾的词不是用笔写成的,而是用刀和剑刻成的。他以一个沙场英雄和爱国将军的形象,留存在历史上和自己的诗词中。时隔千年,当今天我们重读他的作品时,仍能感到一种凛然杀气和磅礴之势。比如这首著名的《破阵子·为陈同甫赋壮词以寄之》:

醉里挑灯看剑,梦回吹角连营。八百里分麾下炙,五十弦翻塞外声。沙场秋点兵。

马作的卢飞快,弓如霹雳弦惊。了却君王天下事,赢得生前身后名。可怜白发生!

我敢大胆说一句,除了武圣岳飞的《满江红》可与之媲美外,在中国上下五千年的诗词库里,再难找出第二首这样有金戈之声的力作。虽然杜甫也写过"射人先射马,擒贼先擒王",诗人卢纶也写过"欲将轻骑逐,大雪满弓刀",但这些都是旁观式的想象、抒发和描述,哪一个诗人曾有他这样亲身在刀刃剑尖上滚过来的经历?"列舰层楼""投鞭飞渡""剑指三秦""西风塞马",他的诗词简直是一部军事辞典。他本来是以身许国,准备血洒大漠、马革裹尸,但是南渡后他被迫脱离战场,再无用武之地。像屈原那样仰问苍天,像共工那样怒撞不周,他临江水,望长安,登危楼,拍栏杆,只能热泪横流。

楚天千里清秋,水随天去秋无际。遥岑远目,献愁供恨,玉簪螺髻。落日楼头,断鸿声里,江南游子。把吴钩看了,栏杆拍遍,无人会,登临意。

——《水龙吟·登建康赏心亭》(部分)

谁能懂得他这个游子，实际上有亡国浪子的悲愤之心呢？这是他登临建康城赏心亭时所作。此亭遥对古秦淮河，是历代文人墨客赏心雅兴之所，但辛弃疾在这里发出的却是一声悲怆的呼喊。他痛拍栏杆时一定想起过当年的拍刀催马、驰骋沙场，但今天空有一身力、一腔志，又能向何处使呢？我曾专门到南京寻找过这个辛公拍栏杆处，但人去楼毁，早已了无痕迹，唯有江水悠悠，似词人的长叹，东流不息。

辛词比其他文人的词更深一层的不同，是他的词不是用墨来写，而是蘸着血和泪涂抹而成的。我们今天读其词，总是清清楚楚地听到一个爱国臣子，一遍一遍地哭诉，一次一次地表白，总忘不了他那在夕阳中扶栏远眺、望眼欲穿的形象。

辛弃疾南归后为什么这样不为朝廷喜欢呢？他在一首写戒酒的戏作中说："怨无小大，生于所爱；物无美恶，过则为灾。"这首小品正好刻画出他的政治苦闷。他因爱国而生怨，因尽职而招灾。他太爱国家、爱百姓、爱朝廷了。但是朝廷怕他、烦他、忌用他。他作为南宋臣民共生活了四十年，却有近二十年的时间被闲置一旁，而在断断续续被使用的二十多年间，又有三十七次频繁调动。

但是，每当他得到一次效力的机会，就特别认真、特别执着地去工作。本来有碗饭吃便不该再多事，可是那颗炽热的爱国心烧得他浑身发热。四十年间无论何时在何地任何职，甚至赋闲期间，他都不停地上书，不停地唠叨。一有机会他还要真抓实干，练兵、筹款、整饬政务，时刻摆出一副要冲上前线的样子。你想这怎能不让主和苟安的朝廷心烦？

他任湖南安抚使，这本是一个地方行政长官，他却在任上创办了一支两千五百人的"飞虎军",铁甲烈马,威风凛凛,雄镇江南。建军之初,造营房,恰逢连日阴雨,无法烧制屋瓦。他就令长沙百姓每户送瓦二十片,立付现银,两日内便筹足所需瓦数,其施政的干练作风可见一斑。后来他到福建任地方官,又在那里招兵买马。闽南与漠北相隔何远,但还是隔不断他的忧民情、复国志。

他这个书生、这个工作狂,实在太过了,"过则为灾",终于惹来了许多的诽谤,有的甚至说他独裁、犯上。皇帝对他也就时用时弃,国有危难时招来用几天,朝有谤言又弃而闲几年,这就是他的基本生活节奏,也是他一生最大的悲剧。别看他饱读诗书,在词中到处用典,甚至被后人讥为"掉书袋",但他至死,也没有弄懂南宋小朝廷为什么只图苟安而不愿去收复失地。

辛弃疾名弃疾,但他那从小使枪舞剑、壮如铁塔的五尺身躯,何尝有什么疾病?他只有一块心病,金瓯缺,月未圆,山河碎,心难安。

郁孤台下清江水,中间多少行人泪。西北望长安,可怜无数山。

青山遮不住,毕竟东流去。江晚正愁余,山深闻鹧鸪。

这是我们在中学课本里就读过的那首著名的《菩萨蛮·书江西造口壁》,他得的是心郁之病啊。他甚至自嘲自己的姓氏:

烈日秋霜,忠肝义胆,千载家谱。得姓何年,细参辛字,一笑君听取。艰辛做就,悲辛滋味,总是辛酸辛苦。更十分,向人辛辣，椒桂捣残堪吐。

——《永遇乐·戏赋辛字送茂嘉十二弟赴调》（部分）

你看"艰辛""悲辛""辛酸""辛苦""辛辣"，真是五内俱焚。世上许多甜美之事，顺达之志，怎么总轮不到他呢？他要不就是被闲置，要不就是走马灯似的被调动。1179年，他从湖北调湖南，同僚为他送行时他心绪难平，终于以极委婉的口气叹出了自己政治的失意，这便是那首著名的《摸鱼儿（更能消几番风雨）》：

更能消、几番风雨，匆匆春又归去。惜春长怕花开早，何况落红无数。春且住，见说道、天涯芳草无归路。怨春不语。算只有殷勤，画檐蛛网，尽日惹飞絮。

长门事，准拟佳期又误。蛾眉曾有人妒。千金纵买相如赋，脉脉此情谁诉？君莫舞，君不见、玉环飞燕皆尘土！闲愁最苦！休去倚危栏，斜阳正在，烟柳断肠处。

据说宋孝宗看到这首词后很不高兴。梁启超评曰："回肠荡气，至于此极。前无古人，后无来者。""长门事"，是指汉武帝的陈皇后遭忌被打入长门宫里。辛以此典相比，一片忠心、痴情和着那许多辛酸、辛苦、辛辣，真是打翻了五味坛子。今天我们读时，每一个字都让人一惊，直让你觉得就是一滴血，或者是一行泪。确实，古来文人的惜春之作，多得可以堆成一座纸山。但有哪一首，能这样委婉而又悲愤地将春色化入政治、诠释政治呢？美人相思也是旧文人写滥了的题材，但又有哪一首能这样深刻贴切地寓意国事、评论正邪、抒发忧愤呢？

但是南宋朝廷毕竟是将他闲置了二十年。二十年的时间让他脱离政界，只许旁观，不得插手，也不得插嘴。辛在他的词中自我解嘲道："君恩重，教且种芙蓉！"这有点像宋仁宗说柳永："且去浅斟低唱，何要浮名？"柳永倒是真的去浅斟低唱了，结果唱出一个纯粹的词人艺术家。辛与柳不同，你想，他是一个大碗喝酒、大块吃肉、痛拍栏杆、大声议政的人。报国无门，他便到赣东北修了一座带湖别墅，咀嚼自己的寂寞。

带湖吾甚爱，千丈翠奁开。先生杖屦无事，一日走千回。凡我同盟鸥鹭，今日既盟之后，来往莫相猜。白鹤在何处，尝试与偕来。

破青萍，排翠藻，立苍苔。窥鱼笑汝痴计，不解举吾杯。废沼荒丘畴昔，明月清风此夜，人世几欢哀。东岸绿阴少，杨柳更须栽。

——《水调歌头·盟鸥》

这回可真的应了他的号，"稼轩"，要回乡种地了。一个正当壮年又阅历丰富、胸怀大志的政治家，却每天在山坡和水边踱步，与百姓聊一聊农桑收成之类的闲话，再对着飞鸟游鱼自言自语一番，真是"闲愁最苦""脉脉此情谁诉"。

说到辛弃疾的笔力多深，是刀刻也罢，血写也罢，其实他的追求从来不是要做一个词人。郭沫若说陈毅，"将军本色是诗人"。

辛弃疾这个人，词人本色是武人，武人本色是政人。他的词，是在政治的大磨盘间磨出来的豆浆汁液。他由武而文，又由文而政，始终在出世与入世间矛盾，在被用或被弃中受煎熬。

作为封建知识分子，对待政治，他不像陶渊明那样浅尝辄止，便再不染政；也不像白居易那样长期在任，亦政亦文。对国家民族，他有一颗放不下、关不住、比天大、比火热的心；他有一身早练就、憋不住、使不完的劲。他不计较"五斗米折腰"，也不怕谗言倾盆。所以随时局起伏，他就大忙大闲，大起大落，大进大退。稍有政绩，便招谤而被弃；国有危难，便又被招而任用。他亲自组练过军队，上书过《美芹十论》这样著名的治国方略，他是贾谊、诸葛亮、范仲淹一类的时刻忧心如焚的政治家。

他像一块铁，时而被烧红锤打，时而又被扔到冷水中淬火。有人说他是豪放派，继承了苏东坡，但苏的豪放仅止于"大江东去"，山水之阔。苏正当北宋太平盛世，还没有民族仇、复国志来炼其词魂；也没有胡尘飞、金戈鸣来壮其词威。真正的诗人只有被政治大事（包括社会、民族、军事等矛盾）挤压、扭曲、拧绞、烧炼、锤打时，才可能得到合乎历史潮流的感悟，才可能成为正义的化身。诗歌，也只有在政治之风的鼓荡下，才能飞翔，才能燃烧，才能炸响，才能振聋发聩。学诗功夫在诗外，诗歌之效在诗外。我们承认艺术本身的魅力，更承认艺术加上思想的爆发力。

有人说辛弃疾其实也是婉约派，多情细腻不亚于柳永、李清照。

近来愁似天来大，谁解相怜。谁解相怜。又把愁来做个天。
都将今古无穷事，放在愁边。放在愁边。却自移家向酒泉。

——《丑奴儿（近来愁似天来大）》

少年不识愁滋味，爱上层楼。爱上层楼，为赋新词强说愁。
而今识尽愁滋味，欲说还休。欲说还休，却道"天凉好个秋"！

——《丑奴儿·书博山道中壁》

柳李的多情多愁仅止于"执手相看泪眼""梧桐更兼细雨"，而辛词中的婉约言愁之笔，于淡淡的艺术美感中，却含有深沉的政治与生活哲理。真正的诗人，最善以常人之心言大情大理，能于无声处炸响惊雷。

我常想，要是为辛弃疾造像，最贴切的题目就是"把栏杆拍遍"。他一生大都是在被抛弃的感叹与无奈中度过的。当权者不使为官，却为他准备了锤炼思想和艺术的反面环境。他被九蒸九晒、水煮油炸、千锤百炼。历史的风云、家国的仇恨、正与邪的搏击、爱与恨的纠缠、知识的积累、感情的浇铸、艺术的升华、文字的锤打，这一切都在他的胸中、他的脑海，翻腾、激荡，如地壳内岩浆的滚动鼓胀，冲击积聚。既然这股能量一不能化作刀枪之力，二不能化作施政之策，便只有一股脑地注入诗词，化作诗词。他并不想当词人，但武途政路不通，历史歪打正着地把他逼向了词人之道。终于他被修炼得连叹一口气也是一首好词了。

说到底，才能和思想是一个人的立身之本。像石缝里的一棵小树，虽然被扭曲、挤压，成不了旗杆，却也可成一条遒劲的龙头拐杖，别是一种价值。但这前提是，你必须是一棵树，而不是一棵草。从"沙场秋点兵"到"天凉好个秋"；从决心为国弃疾去病，到最后掰开嚼碎，识得辛字含义；再到自号"稼轩"，同盟鸥鹭；辛弃疾走过了一个爱国志士、爱国诗人的成熟历程。

诗，是随便什么人就可以写的吗？诗人，能在历史上留下名的诗人，是随便什么人都可以当的吗？"一将功成万骨枯"，一员武将的故事，尚要无数持刀舞剑者的鲜血才能写成。那么，有思想光芒而又有艺术魅力的诗人呢？他的成名，要有时代的运动，像地球大板块的冲撞那样，他时而被夹其间感受折磨，时而又被甩在一旁被迫冷静思考，所以积三百年北宋南宋之动荡，才产生了一个辛弃疾。

# 秋风桐槐说项羽

十月里的一天，我在洪泽湖畔继续我的寻访古树之旅。在一家小酒店用早餐时，无意间听说百里外的项羽故里有两棵古树，下午即驱车前往。这里今属江苏省宿迁市，我原本以为故里者为一古朴草房，或农家小院，不想竟是一座新修的旅游城，而城中真正与项羽有关的旧物却只有这两棵树了，一棵青桐和一棵古槐。

中国人知道项羽是因为司马迁的《史记》，一篇《项羽本纪》在中华民族五千年的文明史上树起了一个英雄，从此国人心中就有了一个永远抹不去的楚霸王。斯人远去，旧物难寻，今天要想触摸一下他的体温，体会一下他的情感，就只有来凭吊这两棵树了。

那棵青桐，树上专门挂了牌，名"项里桐"。据说项羽出生后，家人将他的胞衣（胎盘）埋于这棵树下，这桐树就特别茂盛，青枝绿叶，直冲云天。项羽是公元前232年出生的，算到现在已有两千二百多年了，梧桐这个树种不可能有这么长的寿命。但是，这棵"项里桐"却怪，每当将要老死之时，树根处就又生出一株小桐，这样接续不断，代代相传，现在我们看到的已是第九代了。

桐树是一个大家族，常见的有青桐、泡桐、法国梧桐等。而青桐又名中国梧桐，是桐树中的美君子，其树身笔直溜圆，一年四季都苍翠青绿。如果是雨后，那树皮绿得能渗出水来，光亮得照见了人影。它的叶子大如蒲扇，交互层叠，浓荫蔽日。在中国神话中，梧桐是凤凰的栖身之地，有桐有凤的人家贵不可言，项羽在此树下出生盖有天意。现在这棵九代"项里桐"正"少年得志"，蓬勃向上，挺拔的树身带着一团翠绿的披挂，轻扫着蓝天白云。

桐树之东不远处，有一棵巨大的中国槐，说是项羽手植。槐树家族有中国槐、洋槐、紫穗槐、龙爪槐、红花槐等，其中又以中国槐为正宗，俗称国槐。它体形庞大，巍然如山，又寿命极长。由于此地是黄河故道，历史上黄河几次决口，像一条黄龙一样滚来滚去。这故里曾被淹没、推平、淤盖，但这棵槐树不死，其树身已被淤没六米多深，我们现在看到的其实是它探出淤泥的树头，而这树头又已长出一房之高，翠枝披拂，两人才能合抱。

岁月沧桑，英雄多难，这个从淤泥中挣扎而出的树头，某年又遭雷电劈为两半，一枝向北，一枝向南，撕心裂肺，狂呼疾喊，身上还有电火烧过的焦痕。向北的那枝，略挺起身子，斗大的树洞，怒目圆睁，青筋暴突，如霸王扛鼎；向南的一枝已朽掉了木质部分，只剩下半圆形的黑色树皮，活像霸王刚刚卸落的铠甲。但不管南枝、北枝都绿叶如云，浓荫泼地。两千年的风雨，手植槐修成了黄河槐，黄河槐又炼成了雷公槐。这摄取了天地之精、大河之灵的古槐，日修月炼，水淹不没，沙淤不死，雷劈不倒，壮哉项羽！

项羽是个失败的英雄，但中国史学有个好传统，不以成败论英雄，这是历史唯物主义。项羽的对立面是刘邦，刘项之争是中国历史上一出争为帝王的大戏。司马迁为他们两人都写了"本纪"，而在整部《史记》里给未成帝后者立"本纪"的却只有项羽一人，可见他在太史公心中的地位。

项羽是个悲剧人物，他的失败源于他性格上的弱点。他学而无恒，不肯读书，学兵法又浅尝辄止；他性格残忍，动不动就坑（活埋）俘虏几十万；他优柔寡断，鸿门宴放走刘邦，铸成大错；他个人英雄，常单骑杀敌，陶醉于自己的武功。这些都是他失败的因素，但他却在最后失败的一刹那，擦出了人性的火花，成就了另一个自我。

垓下受困，他毫无惧色，再发虎威，连斩数将。当他知道已不可能突围时，便对敌阵中的一个熟人喊道，你过来，拿我的头去领赏吧，说罢拔剑自刎。他轻生死，知耻辱，重人格，宁肯去见阎王，也羞于再见江东父老。他与刘邦长期争斗，看到生灵涂炭，就说百姓何罪？请与刘邦单独决斗，狡猾的刘邦当然不干，这也看出他纯朴天真的一面。项羽军本是秦末农民大起义中一支普通的反秦力量，后渐成主力，而项羽成了诸侯的首领。灭秦后他封这个为王，那个为王，一口气封了近二十个王，他却不称帝，只给自己封了一个"西楚霸王"，他有心称霸扬威，却无意治国安邦，缺乏帝王之术。

项羽的家乡在苏北平原，两千年来不知几经战火，文物留存极少，但他的故里却一直没有被人忘记。清康熙四十二年，时任县令的胡三俊在原地竖了一块碑，上书"项王故里"四个大字。这恐怕是第一次正式为项羽立碑，由是这里就香火不绝，直到现在有了这个旅游城。

城内遍置各种与项羽有关的游乐设施，其中有一种可在架子上翻转的木牌，正面是项羽、虞姬等各种画像，翻过来就是一条条因项羽而生的成语。如：破釜沉舟、取而代之、一决雌雄、所向披靡、拔山扛鼎、分我杯羹、沐猴而冠、锦衣夜行、霸王别姬……讲解员说她统计过，有一百多条。现在我们常用到的成语总共也就一千来条，一般的成语辞典收三四千条，大型辞典收到上万条，项羽一人就占到百条。要知道他才活了三十一岁呀，政治、军事生涯也只有五年。后人多欣赏他的武功，倒忽略了他的这一份文化贡献。项羽少年时不爱读书，说"书足以记名姓而已"，未承想他自己倒成了一本后人读不完的书。汉代是中国文化的源头之一，司马迁写了这样一个人物，塑造了这样一个英雄，就影响了我们民族的历史两千年，而且还将影响下去。

汉之后，项羽成了中国人说不尽的话题。史家说，小说家写，戏剧家演，诗人咏，画家画，民间传。直到现在，他的故里又出现了这个旅游城，城门、大殿、雕像、车马、演出、射箭、投壶、立体电影、仿古一条街，喧声笑语，游客如云。项羽是民间筛选出来的、体现了平民价值观和生活旨趣的人物，人们喜欢他的勇敢刚烈、纯朴真实，就如喜欢关羽的忠义。历史上的"两羽"一勇一忠，成了中国人的偶像。这是民间的海选，与政治无关，与成败无关，是与岳飞的精忠报国、文天祥的青史丹心并存的两个价值体系。一个是做人，一个是爱国。

项羽是个多色彩的人物。刚烈坚强又优柔寡断，雄心勃勃又谦谦君子，欲雄霸天下又留恋家乡，八尺男子却儿女情长。他少不读书，临终之时却填了一首感天动地、流传千古的好歌词："力拔山兮气盖世。时不利兮骓不逝。骓不逝兮可奈何！虞兮虞兮奈若何！"他杀人如麻，却爱得缠绵，在身陷重围、生死存亡之际还与虞姬弹剑而歌，然后两人从容自刎，真堪比现代"刑场上的婚礼"。这种沙场上的王者之爱，比起唐明皇杨贵妃宫闱中的靡靡之爱不知要高出多少倍。他是一个性情中人，艺术境界中的人物，有巨大的悲剧之美，后人不能不爱他。

他身上有矛盾、有冲突、有故事；而其形象又壮如山、声如雷、貌如天神，是艺术创作的好原型，民间说唱的好话题。连国粹京剧都专为他设了一个脸谱，而民间以霸王命名的"霸王花""霸王鞭"等不知几多。全国北至河北南到台湾，"项王祠""项王庙"又不知有多少，百姓自觉地供奉他。南迁到福建的王姓家族奉霸王为自家的保护神，台湾许姓从大陆请去项羽塑像建庙供养，以保佑他们平安、幸福。这就像商人把关羽奉为财神，没有什么理由，就是信，自觉地信。

但项羽毕竟是曾活跃于政治舞台上的人物，于是他又成了一面历史的镜子。可以看出来，太史公是以热情的笔触、惋惜的心情刻画了这个人物，后人也纷纷从不同角度褒贬他、评点他，抒发自己的感慨。

鲁迅说，一部《红楼梦》有的见淫，有的见《易》。一个历史人物，就如一部古典名著，能给人以充分的解读空间，才够得上是个大人物。唐代诗人杜牧抱怨项羽脸皮太薄，说你怎么就不能再忍一回呢："胜败兵家事不期，包羞忍耻是男儿。江东子弟多才俊，卷土重来未可知。"宋代的李清照却推崇他的这种刚烈："生当作人杰，死亦为鬼雄。至今思项羽，不肯过江东。"毛泽东则借他来诠释政治："宜将剩勇追穷寇，不可沽名学霸王。"

项羽是一块历史的多棱镜，能折射出不同的光谱，满足人们多方位的思考。而就在这个园子里，在秋风梧桐与黄河古槐的树荫下，我看见几个姑娘对着虞姬的塑像正若有所思，而一个小男孩已经爬到乌骓马的背上，作扬鞭驰骋状。

这个旅游城的设计是以游乐为主，所以强调互动，游人可以上去乘车骑马，可以与雕像拥抱照相，可以投壶射箭，可以登上城楼，出入项羽的卧房、大帐，但是有两个地方不能去，那就是青桐树下和古槐树旁。两棵树四周都围了齐腰的栏杆，只可远观而不可亵玩。再嬉闹的游人到了树下也立即肃穆而立，礼敬有加。他们轻手轻脚，给围栏系上一条条红色的绸带，表达对项王的敬仰，并为自己祈福。于是这两个红色的围栏便成了园子里最显眼的，在绿地上与楼阁殿宇间飘动着的方舟。秋风乍起，红色的方舟上托着两棵苍翠的古树。

站在项羽城里，我想，我们现在还能知道项羽，甚至还可以开发项羽，第一要感谢司马迁，第二要感谢这两棵青桐和古槐。环顾全城，房是新的，墙是新的，碑廊是新的，人物、车马全是新的。唯有这两棵树是古的，是与项羽关联最紧的旧物。是因为有了这两棵树，人们才顺藤摸瓜，慢慢地发掘、整理出其他的物什。

1985年在附近出土了一个硕大的石马槽，是当年项羽用过的遗物，于是移来园中，并于槽上拴了一匹高大的乌骓石马。青桐是项羽埋胞衣之处，桐树后便盖起了数进深的院子，分别是项羽父母房、项羽房、客厅等，院中有项羽练功的石锁，象征力量的八吨重的大铜鼎。项宅的入口处是那块清康熙年间立的石碑，而大槐树前则有陈设项羽生平的大殿及广场。一切，皆因这两棵树而再生，而存在。

梁实秋说在20世纪30年代的北平，人们讥笑暴发户是"树小墙新画不古"。你有钱可以盖院子，但却不能再造一棵古树。

幸亏有这青桐、古槐为项羽故里存了一脉魂,为我们存了一条汉文化的根。考古学家把留有人类活动遗存的土壤叫"文化层",扎根在"文化层"上的古树,其枝枝叶叶间都渗透着文化的汁液,一棵古树就是一种文化的标志。

我认为,要记录历史有三种形式。一种是文字,如《史记》;一种是文物,如长城、金字塔,也如这院子里的石马槽;第三种就是古树。林学界认为一百年以上的树为古树,五百年以上的古树就是国宝了。因为世间比人的寿命更长,又与人类长相厮守地活着的生命就只有树木了。它可以超出人十倍、二十倍年岁存活,它的年轮在默默地帮人类记录历史。就算它死去,埋于地下硅化为石为玉,仍然在用碳-14等各种自然信息,为我们留存着那个时代的风云。

秋风梧桐,黄河古槐,塑造了一个触手可及的项羽。

# 最后一位戴罪的功臣

既然中国近代史是从1840年鸦片战争算起,禁烟英雄林则徐就是近代史上第一人。可惜这个第一英雄刚在南海边点燃销烟烈火,就被发往新疆接受朝廷给他的处罚。功与罪在瞬间便交织在一个人身上,将其扭曲再造,像原子裂变一样,产生了一个意想不到的结果。

封建皇帝作为最大的私有者,总是以天下为私。道光帝在禁烟问题上本来就犹豫,大臣中也分两派。我推想,是林则徐那篇著名的奏折,指出若再任鸦片泛滥,几十年后中原将"无可以御敌之兵""无可以充饷之银",狠狠地击中了道光帝的私心。他感到家天下难保,所以就鞭打快牛,顺手给了林一个禁烟钦差的职位。林眼见国危民弱,出于公心,勇赴重任,表示"若鸦片一日未绝,本大臣一日不回,誓与此事相始终"。

他太天真,不知道自己"回不回"、鸦片"绝不绝",不是他说了算,还得听皇上的。果然他上任只有一年半,1840年9月,就被革职贬到镇海。第二年七月,又被"从重发往伊犁,效力赎罪"。就在林赴疆就罪的途中,黄河泛滥,在军机大臣王鼎的保荐下,林则徐被派赴黄河戴罪治水。他是一个见害就除、见民有难就救的人,不管是烟害、夷害还是水害,都挺着身子去堵。半年后治水完毕,所有的人都论功行赏,唯独他得到的却是"仍往伊犁"的谕旨。众情难平,须发皆白的王鼎伤心得泪如滂沱。

林则徐就是在这样一而再、再而三的打击下西出玉门关的。他以诗言志："苟利国家生死以，岂因祸福避趋之。谪居正是君恩厚，养拙刚于戍卒宜。"这诗前两句刻画出他的铮铮铁骨，刚直不阿，后两句道出了他的牢骚与无奈。给我一个谪贬休息的机会，这是皇上的大恩啊，去当一名戍卒正好养拙。你看这话是不是有点像柳永的"奉旨填词"，和辛弃疾的"君恩重，教且种芙蓉"。但不同的是，柳被弃于都城闹市，辛被闲置在江南水乡，林却被发往大漠戈壁。辛、柳只是被弃而不用，而林则徐却被钦定为一个政治犯。

但是，自从林则徐开始西行就罪，随着离朝廷渐行渐远，朝中那股阴冷之气也就渐趋淡弱，而民间和中下层官吏对他的热情却渐渐高涨，如同离开冰窖走进火炉。这种强烈的反差，不仅是当年的林则徐没有想到，就是一百五十年后的我们也为之惊喜。

林则徐在广东和镇海被革职时，当地群众就表达出了强烈的愤懑。他们不管皇帝老子怎样说、怎样做，纷纷到林则徐的住处慰问，人数之众，阻塞了街巷。他们为林则徐送靴，送伞，送香炉、明镜，还送来了五十二面颂牌，痛痛快快地表达着自己对民族英雄的敬仰和对朝廷的抗议。林则徐治河有功之后又一次遭贬，中原立即发起援救高潮，开封知府邹鸣鹤公开宣示："有人能救林则徐者酬万金。"林则徐自中原出发后，一路西行，接受着为英雄壮行的洗礼。不论是各级官吏还是普通百姓都争着迎送，好一睹他的风采，都想尽力为他做一点事，以减轻他心理和身体上的痛苦。山高皇帝远，民心任表达。

1842年8月，林则徐离开西安，"自将军、院、司、道、府以及州、县、营员送于郊外者三十余人"。抵兰州时，督抚亲率文职官员出城相迎，武官更是迎出十里之外。过甘肃古浪县时，县知事到离县三十里外的驿站恭迎。林则徐西行的沿途茶食住行都被安排得无微不至。进入新疆哈密，办事大臣率文武官员到行馆拜见林，又送坐骑一匹。

到乌鲁木齐，地方官员不但热情接待，还专门为他雇了大车五辆、太平车一辆、轿车两辆。1842年12月，经过四个月的长途跋涉，林则徐终于到达新疆伊犁。伊犁将军布彦泰立即亲到寓所拜访，送菜、送茶，并委派他掌管粮饷。这哪里是监管朝廷流放的罪臣啊，简直是欢迎凯旋的英雄。林则徐是被皇帝远远甩出去的一块破砖头，但这块砖头还未落地就被中下层官吏和民众轻轻接住，并以身相护，安放在他们中间。

现在等待林则徐的是两个考验。

一是恶劣环境的折磨。从现存的资料看，我们知道林则徐虽有民众呵护，但还是吃了不少苦头。由于年老体弱，路途颠簸，林一过西安就脾痛，鼻流血不止。当他从乌鲁木齐出发取道果子沟进伊犁时，大雪漫天而落，脚下是厚厚的坚冰，无法骑马坐车，只好徒步，踏雪而行。陪他进疆的两个儿子，于两旁搀扶老爹，心痛得泪流满面，遂跪于地上对天祷告："若父能早日得赦召还，孩儿愿赤脚蹚过此沟。"

林则徐到伊犁后，"体气衰颓，常患感冒""作字不能过二百，看书不能及三十行"。历史上许多朝臣就是这样死在被发配之地，这本来也是皇帝的目的之一。林则徐感到一个无形的黑影向他压来，他在日记中写道："深觉时光可惜，暮景可伤！""频搔白发惭衰病，犹剩丹心耐折磨。"他是以心力来抵抗病身的啊。

二是脱离战场的寂寞。林是一步一回头离开中原的，当他走到酒泉时，听到清政府签订《南京条约》的消息，痛心疾首，深感国事艰难。他在致友人书中说："自念一身休咎死生，皆可置之度外，惟中原顿遭蹂躏，如火燎原，……侧身回望，寝馈皆不能安。"他赋诗感叹："小丑跳梁谁殄灭，中原揽辔望澄清，关山万里残宵梦，犹听江东战鼓声。"他为中原局势危机、无人可用而急。

果然是中原乏人吗？人才被一批一批地撤职流放。这时和他一起在虎门销烟的邓廷桢，已早他半年被贬新疆。写下名句"我劝天公重抖擞，不拘一格降人材"的龚自珍，为朝廷提出许多御敌方略，但就是不被采用。本来封建社会一切有为的知识分子，都希望能被朝廷重用，能为国家民族做一点事，这是有为臣子的最大愿望，是他们人生价值观的核心。现在剥夺了这个愿望就是剥夺了林则徐的生命，就是用刀子慢慢地割他的肉。虎落平川，马放南山，让他在痛苦和寂寞中毁灭。

"羌笛何须怨杨柳""西出阳关无故人"。玉门关外风物凄凉，人情不再，实在是天设地造的折磨罪臣身心的好场所。当我们现在行进在大漠戈壁时，我真感叹于当年封建专制者这种"流放边地"的发明。你走一天是黄沙，再走一天还是黄沙；你走一天是冰雪，再走一天还是冰雪。不见人，不见村，不见市。这种空虚与寂寞，与把你关在牢中"目徒四壁"，没有根本区别。马克思说："人是各种社会关系的总和。"把你推到大漠戈壁里，一下子割断你的所有关系，你还是人吗？呜呼，人将不人！特别是对一个博学而有思想的人、一个曾经有作为的人、一个有大志于未来的人。

他一人这样过除夕：

腊雪频添鬓影皤，春醪暂借病颜酡。
三年漂泊居无定，百岁光阴去已多。

新韶明日逐人来，迁客何时结伴回？
空有灯光照虚耗，竟无神诀卖痴呆。

——《伊江除夕书怀四首》（部分）

他一个人这样过中秋：

雪月天山皎夜光，边声惯听唱伊凉。
孤村白酒愁无奈，隔院红裙乐未央。

——《中秋感怀》

他在季节变换中咀嚼着春的寂寞：

谪居权作探花使。忍轻抛，韶光九十，番风廿四。寒玉未消冰岭雪，毳幕偏闻花气。算修了，边城春禊。怨绿愁红成底事，任花开花谢皆天意。休问讯，春归未。

——《金缕曲·春暮看花》（部分）

当权者实在聪明，他就是要让你在这个环境里无事可做，消磨掉理想意志，不管你怎样怒吼、狂笑、悲歌，那空旷的戈壁瞬间就将这一切吸收得干干净净，这比有回音的囚室还可怕。任你是怎样的人杰，在这里也要成为常人、庸人、废人，失魂落魄。林则徐是一个有经天纬地之才的良臣，是可以作为历史坐标点的人物。禁烟的烈火仍在胸中燃烧，南海的涛声还在耳边回响，万里之外朝野上下还在与英国人做无奈的抗争，而他只能面对这大漠的寂寞。兔未死而狗先烹，鸟未尽而弓先藏。"何日穹庐能解脱，宝刀盼上短辕车。"他是一个被捆绑悬于壁上的壮士，心急如焚，而无可用力。

怎么摆脱这种状况？最常规的办法是得过且过，忍气苟安，争取被朝廷早点召回。特别是不能再惹是非，自加其罪。一般还要想方设法讨好皇帝，贿赂官员。像韩愈当年发配南海，第一件事就是向皇帝上一篇谢恩表，不管心中服不服，嘴上先要讨个好。这时内地林的家人和朋友正在筹措银两，准备按清朝法律为他赎罪。林则徐却断然拒绝，他写信说："获咎之由，颇与寻常有异""此事定须中止，不可渎呈"。他明确表示，我没有任何错，这样假罪真赎，是自认其咎，何以面对历史？

如今这些信稿还存在伊犁的纪念馆里，翰墨淋漓，正气凛然。当我以十二分的虔诚拜读文物柜中的这些手稿时，顿生一种仰望泰山、遥对长城的肃然之敬，不觉想起林公那句座右铭："海纳百川，有容乃大；壁立千仞，无欲则刚。"他没有一点私欲，不必向任何人低头，为了自己抱定的信念，他能容得下一切不公平。他选择了上对苍天，下对百姓，我行我志，不改初衷，继续为国尽力。

一个爱国臣子和封建君王的本质区别是，前者爱国爱民，以天下为己任；后者爱自己的权位，据天下为己有。当这两者暂时统一，就表现为臣忠君贤，上下一心，并且在臣子一方常将爱国统一于忠君；当这两者不能一致时，就表现为忠臣见逐，弃而不用。在臣子一方或谨遵君命，孤愤而死，如贾谊、岳飞；或暂置君于一旁，为国为民办点实事，如韩愈、辛弃疾、林则徐。他们能摆脱权力高压和私利荣辱，直接对历史负责，所以也被历史所接受，所记录。

林则徐看到这里荒地遍野，便向伊犁将军建议屯田固边，先协助将军开垦城边的二十万亩荒地。垦荒必先兴水利，但这里向无治水习惯与经验，林带头示范，捐出自己的私银，承修了一段河渠。历时四个月，用工二百一十万。这被后人称为"林公渠"的工程，一直使用了一百二十多年，直到1967年新渠建成才得以退役。就像当年韩愈发配南海之滨带去中原先进的耕作技术一样，林则徐也将内地的水利种植技术推广到清王朝最西北的边陲。他还发现并研究了当地人创造的特殊水利工程"坎儿井"，并大力推广。

朝廷本是要用边地的恶劣环境折磨他，他却用自己的意志和才能改造了环境；朝廷要用寂寞和孤闷郁杀他，他却在这亘古荒原上爆出一声惊雷。自古罪臣被流放边地的结局有两种，大部分屈从命运，于孤闷中凄惨地死于流放地。只有少数人能挽命运狂澜于既倒，重新放出生命和事业的光芒。从周文王被拘羑里而演《周易》，到越王勾践被吴所俘后卧薪尝胆，直至邓小平在"文化大革命"期间被贬江西而思考中国特色的社会主义，这是生命交响曲中最强的一支，林则徐就属此支此脉。

林则徐在北疆伊犁修渠垦荒卓有成效，但就像当年治好黄河一样，皇帝仍不饶他，又派他到南疆去勘察荒地。北疆虽僻远，但雨量较多，农业尚可。南疆沙海无垠、天气燥热、人烟稀少、语言不通，且北疆南疆被天山阻隔，雪峰摩天，这无疑又是对林则徐的一场更大更苦的折磨。现在南北疆已有公路可行，汽车可乘，去年八月盛夏我过天山时，仍要爬雪山，穿冰洞，可想当年林则徐是怎样以羸弱之躯担当此苦任的。对皇帝而言，这是对他的进一步惩罚，而在他，则是在暮年为国为民再尽一点力气。

1845年1月，林则徐在三儿聪彝的陪伴下，由伊犁出发，在以后一年内，他南到喀什，东到哈密，勘遍东、南疆域。他经历了踏冰而行的寒冬和烈日如火的酷暑，走过"车厢簸似箕中粟"的戈壁，住过茅屋、毡房、地穴，风起时"彻夕怒号""毡庐欲拔""殊难成眠"，甚至可以吹走人马车辆。

林则徐每到一地，三儿与随从搭棚造饭，他则立即伏案办公，"理公牍至四鼓"，只能靠第二天在车上假寐一会儿，其工作紧张、艰辛如同行军作战。对垦荒修渠工程他必得亲验土方，察看质量，要求属下必须"上可对朝廷，下可对百姓，中可对僚友"。别人十分不理解，他是戍边的罪臣啊，何必这样认真，又哪来的这种精神。说来可怜，这次受旨勘地，也算是"钦差"吧，但这与当年南下禁烟已完全不同，这是皇帝给的苦役，活儿得干，名分全无。他的一切功劳只能记在当地官员的名下，甚至连向皇帝写奏折、汇报工作、反映问题的权利也没有，只能拟好文稿，以别人的名义上奏，这和治黄有功而不上褒奖名单如出一辙。

林则徐在诗中写道："羁臣奉使原非分""头衔笑被旁人问"。这是何等的难堪，又是何等的心灵折磨啊！但是他忍了，他不计较，只要能工作，能为国出力就行。整整一年，他为清政府新增六十九万亩耕地，极大地丰盈了府库，巩固了边防。林则徐此番作为真是一场"非分"之举,他以罪臣之分,而行忠臣之事。

而历史与现实中也常有人干着另一种"非分"的事,即凭着合法的职位,用国家赋予的权力去贪赃营私,如王莽、杨国忠、秦桧。原来社会上无论是大奸、巨贪还是小人,都是以合法的名分而行分外之奸、分外之贪、分外之私的。当然,他们最后也被历史所记录。陈毅有诗:"手莫伸,伸手必被捉。"他们被历史捉来,钉在了耻辱柱上。可知世上之事,相差之远者莫如人格之分了。有人以罪身而忍辱负重,建功立业;有人以功位而鼠窃狗盗,自取其耻,自取其罪。确实,"分"这个界限就是"人"这个原子的外壳,一旦外壳破而裂变,无论好坏,其力量都特别大。

林则徐还有一件更加"分外"的事,就是大胆进行了一次"土地改革"。当勘地工作将结束,返回哈密时,路遇百余官绅商民跪地不起,拦轿告状。原来这里山高皇帝远,哈密土王将辖区所有土地及煤矿、山林、瓜园、菜圃等皆霸为己有。汉、维群众无寸土可耕,就是驻军修营房拉一车土也要交几十文钱,百姓埋一个死人也要交银数两。土王大肆截留国家税收,数十年间如此横行竟无人敢管。

林则徐接状后勃然大怒:"此咽喉要地,实边防最重之区,无田无粮,几成化外。"立判将土王所占一万多亩耕地分给当地汉、维农民耕种。并张贴告示:"新疆与内地均在皇舆一统之内,无寸土可以自私。汉人与维吾尔人均在圣恩并育之中,无一处可以异视。必须互相和睦,畛域无分。"为防有变,他还将此布告刻制成碑,"立于城关大道之旁,俾众目共瞻,永昭遵守"。布告一出,各族人民奔走相告,不但有了生计,且民族和睦,边防巩固。要知道他这是以罪臣之身又多管了一件"闲事"啊！恰这时清廷赦令亦下，林则徐在万众感激和依依不舍的祝愿声中向关内走去。

一百五十年后，我又来细细寻觅林公的踪迹。在惠远城里，我提出一定要谒拜一下当年先生住的城南东二巷故居。陪同说，原城已无存，现在这个城是在1882年，在原城后撤了七公里的地方重建的，当年的惠远城早已毁于沙俄的入侵。这没有关系，我追寻的是那颗闪耀在中国近代史上空的民族魂，至于其载体为何无关本旨。我们现在瞻仰的西柏坡村，不也是从山下上撤几十里重建的吗？

我小心地迈进那条小巷，小院短墙，瓜棚豆蔓。旧时林公堂前燕，依然展翅迎远客。我不甘心，又驱车南行去寻找那个旧城。穿过一个村镇，沿着参天的白杨，再过一条河渠，一片茂密的玉米地旁留有一堵土墙，这就是古惠远城。夕阳下沉重的黄土划开浩浩绿海，如一条大堤直伸到天际。我感到了林公的魂灵充盈天地，贯穿古今。

林则徐是皇家钦定的、中国古代最后一位罪臣，又是人民托举出来的、近代史开篇的第一位功臣。

## 武侯祠，一千七百年的沉思

中国历史上有无数个名人，但很少有人像诸葛亮这样引起人们长久不衰的怀念；中国大地上有无数座祠堂，但没有哪一座能像成都武侯祠这样，让人生出无限的崇敬、无尽的思考和深深的遗憾。这座带有传奇色彩的建筑，令海内外所有的崇拜者一提起它就产生一种神秘的向往。

武侯祠坐落于成都市区略偏南的闹市。两棵古榕为屏，一对古狮拱卫，当街是一扇朱红飞檐的庙门。你只要往门口一站，一种尘世暂离而圣地在即的庄严肃穆之感便油然而生。

进门是一个庭院，满院绿树披道，杂花映目，一条五十米长的甬道直达二门，路两侧各有唐代、明代的古碑一座。这绿荫的清凉和古碑的幽远先让你有一种感情的准备，我们将去造访一位一千七百年前的哲人。进二门又一座四合庭院，约五十米深，刘备殿飞檐翘角，雄踞正中，左右两廊分别供着二十八位文臣武将。

过刘备殿，下十一阶，穿过庭，又一四合院，东西南三面以回廊相通，正北是诸葛亮殿。由诸葛亮殿顺一红墙翠竹夹道就到了祠的西部——惠陵，这是刘备的墓。夕阳抹过古冢老松，叫人想起遥远的汉魏。由诸葛亮殿向东有门通向一片偌大的园林。这些树、殿、陵都被一线红墙环绕，墙外车马喧，墙内柏森森。诸葛亮能在一千七百年后享此祀地，并前配天子庙，右依先帝陵，千多年来香火不绝，这气象也真绝无仅有了。

公元234年，诸葛亮在进行他一生的最后一次对魏作战时病死军中。一时国倾梁柱，民失相父，举国上下莫不痛悲。百姓请建祠庙，但朝廷以于礼不合为由，不许建祠。于是每年清明节，百姓就于野外对天设祭，举国痛呼魂兮归来。这样过了三十年，民心难违，朝廷才允许在安葬诸葛亮的定军山建第一座祠，不想此例一开，全国武侯祠林立。成都最早建祠是在西晋，以后多有变迁。先是武侯祠与刘备庙毗邻，诸葛祠前香火旺，刘备庙前车马稀。

明朝初年，帝室之胄朱椿来拜，心中很不是滋味，下令废武侯祠，只在刘备殿旁附带供奉诸葛亮。不想事与愿违，百姓反把整座庙称武侯祠，香火更甚。到清康熙年间，为解决这个矛盾，干脆改建为君臣合庙，刘备在前，诸葛亮在后，以后朝廷又多次重申，这祠的正名为昭烈庙（刘备谥号昭烈帝），并在大门上悬以巨匾。但是朝朝代代，人们总是称它为武侯祠，直到今天。武侯祠饱经历史风霜，却片瓦未损，至今每年还有两百万人来拜访。这是一处供人感怀、抒情的所在，一个借古证今的地方。

我穿过一座又一座院落，悄悄地向诸葛亮殿走去。这殿不像一般佛殿那样深暗，它合为丞相治事之地，殿柱矗立，贯天地正气；殿门前敞，容万民之情。诸葛亮端坐在正中的龛台上，头戴纶巾，手持羽扇，正凝神沉思。往事越千年，历史的风尘不能掩遮他聪慧的目光，墙外车马的喧闹也不能把他从沉思中唤醒。他的左右是其子诸葛瞻、其孙诸葛尚，瞻与尚在诸葛亮死后都为蜀汉政权战死沙场。殿后有铜鼓三面，为丞相当初治军之用，已绿锈斑驳，却余威尚存。

我默对良久，隐隐如闻金戈铁马声。殿的左右两壁书着他的两篇名文，左为《隆中对》，条分缕析，预知数十年后天下事；右为《出师表》，慷慨陈词，痛表一颗忧国忧民心。我透过他深沉的目光，努力想从中发现这位东方"思想家"的过去。我看到他在国乱家丧之时，布衣粗茶，耕读山中；我看到他初出茅庐，羽扇轻轻一挥，八十万曹兵灰飞烟灭；我看到他在斩马谡时那一滴难言的浊泪；我看到他在向后主自报家产时那一颗坦然无私的心。记得小时读《三国》，总希望蜀国能赢，那实在不是为了刘备，而是为了诸葛亮。这样一位才比天高、德昭宇宙的人不赢，真是天理不容。但他还是输了，上天为中国历史安排了一出最雄壮的悲剧。

假如他生在古周、盛唐，他会成为周公、魏徵；假如上天再给他十年时间（活到六十三岁不算老吧），他也许会再造一个盛汉；假如他少一点愚忠，真按刘备的遗言，将阿斗取而代之，也许会又建一个什么新朝。我胸中翻腾着许多的"假如"，抬头一看，诸葛亮还是那样安静地坐着，目光更加明净，手中的羽扇像刚刚挥过一下。我忽觉自己的胡思乱想可笑，我知道他已这样静坐默想了一千七百年，他知道天命不可违，英雄无法再造一个时势。

一千七百年前，诸葛亮输给了曹魏，却赢了从此以后所有人的心。我从大殿上走下，沿着回廊在院中漫步。这个天井式的院落像一个历史的隧道，我们随手可翻检到唐宋遗物，甚至还可驻足廊下与古人、故人聊上几句。杜甫是到这祠里做客次数最多的，他的名句"出师未捷身先死，长使英雄泪满襟"，唱出了这个悲剧的主调。

院东有一块唐碑，正面、背面、两侧或文或诗，密密麻麻，都与杜甫做着悲壮的唱酬。唐人的碑文说："若天假之年，则继大汉之祀，成先生之志，不难矣。"元人的一首诗叹道："正统不惭传千古，莫将成败论三分。"明人的一首诗简直恨历史不能重写了："托孤未付先君望，恨入岷江昼夜流。"南面东西两廊的墙上嵌着岳飞草书的前后《出师表》，笔走龙蛇，倒海翻江，黑底白字在幽暗的廊中如长夜闪电，我默读着"临表涕零，不知所云"，读着"汉贼不两立，王业不偏安"，看那墨痕如涕如泪，笔锋如枪如戟，我听到了这两位忠臣良将遥隔九百年的灵魂共鸣。

这座天井式的祠院，一千七百年来就这样始终为诸葛亮的英气所笼罩，并慢慢积聚而成为一种民族魂。我看到一个个后来者，他们在这里扼腕叹息、仰天长呼或沉思默想。他们中有诗人，有将军，有朝廷的大臣，有封疆大吏，甚至还有割据巴蜀的草头王。但不管是什么人，不管是什么出身，负有什么使命，只要在这个天井小院里一站，就受到一种庄严的召唤。人人都为他的凛然正气所感召，都为他的忠义之举而激动，都为他的淡泊之志所净化，都为他的聪明才智所倾倒。人有才不难，历史上如秦桧那样的大奸也有歪才；有德也不难，天下与人为善者不乏其人。难得的是德才兼备，有才又肯为天下人兴利，有功又不自傲。

历史早已过去，我们现在追溯旧事，也未必对"曹贼"那样仇恨，但对诸葛亮却更觉亲切。这说明诸葛亮在那场历史斗争中并不单纯地为克曹灭魏，他不过是要实现自己的治国理想，是在实践自己的做人规范，他在试着把聪明才智发挥到极限，蜀、魏、吴之争不过是这三种实验的一个载体，他借此实现了作为一个人，一个历史伟人的价值。

史载公元347年，"桓温征蜀，犹见武侯时小吏，年百余岁。温问曰：'诸葛丞相今谁与比？'答曰：'诸葛在时，亦不觉异，自公没后，不见其比。'"此事未必可信，但诸葛亮确实实现了超时空的存在。古往今来有两种人，一种人为现在而活，拼命享受，死而后已；一种人为理想而生，鞠躬尽瘁，死而后已。一个人不管他的官位多大，总要还原为人；不管他的寿命多长，总要变为鬼；而只有极少数人才有幸被百姓筛选，被历史擢拔为神，享四时之祀，得到永恒。

我在祠中盘桓半日，临别时又在武侯像前伫立一会儿，他还是那样，目光如泉水般明净，手中的羽扇轻轻抬起，一动也不动。

# 读韩愈

韩愈为唐宋八大家之首,其文章写得好是真的。所以,我读韩愈其人,是从读韩愈其文开始的,因为中学课本上就有他的《师说》《进学解》。课外阅读、各种选本上韩文也随处可见。他的许多警句,如"师者,所以传道受业解惑也""业精于勤荒于嬉,行成于思毁于随"等,跨越了一千多年,仍在指导我们的行为。

但由读其文而读其人,却是因一件事而起的。去年到潮州出差,潮州有韩文公祠,祠依山临水而建,气势雄伟。祠后有山曰韩山,祠前有水名韩江,当地人说此皆因韩愈而名。我大惑不解,韩愈一介书生,怎么会在这天涯海角霸得一块山水,享千秋之祀呢?

原来有这样一段故事。唐代有个宪宗皇帝十分迷信佛教,在他的倡导下国内佛事大盛,公元819年,又搞了一次大规模的迎佛骨活动,就是将据称是佛祖的一块朽骨迎到长安,修路盖庙,人山人海,官商民等舍物捐款,劳民伤财,一场闹剧。韩愈对这件事有看法,他当过监察御史,有随时向上面提出诚实意见的习惯。这种官职的第一素质就是不怕得罪人,因提意见获死罪都在所不辞,所谓"文死谏,武死战"。韩愈在上书前思想好一番斗争,最后是大义战胜了私心,终于实现了勇敢的"一递"。谁知奏折一递,就惹来了大祸,而大祸又引来了一连串的故事,也成就了他的身后名。

韩愈是个文章家，写奏折自然比一般为官者要讲究些，于理、于情都特别动人，文字铿锵有力。他说那所谓佛骨不过是一块脏兮兮的枯骨，皇帝您"今无故取朽秽之物，亲临观之""群臣不言其非，御史不举其失，臣实耻之。乞以此骨，付之有司，投诸水火，永绝根本……岂不盛哉！岂不快哉！"这佛如果真的有灵，有什么祸殃，就让他来找我吧（"佛如有灵，能作祸祟，凡有殃咎，宜加臣身"）。这真有一股不怕鬼、不信邪的凛然之气和献身精神。但是，这正应了我们现时说的"立场不同，感情不同"这句话。韩愈越是肝脑涂地陈利害表忠心，宪宗越觉得他是在抗龙颜、揭龙鳞、大逆不道，于是，大喝一声把他赶出京城，贬到八千里外的海边潮州去当地方小官。

韩愈这一贬，是他人生的一大挫折。因为这不同于一般的逆境，一般的不顺，比之李白的怀才不遇、柳永的屡试不第要严重得多。他们不过是登山无路，韩愈是已登山顶，又一下子被推到无底深渊，其心情之坏可想而知。他被押送出京不久，家眷也被赶出长安，年仅十二岁的小女儿也惨死在驿道旁。韩愈觉得自己实在活得没有什么意思了，他在过蓝关时写了那首著名的诗。我向来觉得韩愈文好，诗却一般，只有这首，胸中块垒，笔底波涛，确是不一样：

> 一封朝奏九重天，夕贬潮州路八千。
> 欲为圣明除弊事，肯将衰朽惜残年！
> 云横秦岭家何在？雪拥蓝关马不前。
> 知汝远来应有意，好收吾骨瘴江边。

这是给前来看他的侄孙写的，其心境之冷可见一斑。但是，当他到了潮州后，发现当地的情况比他的心境还要坏。就气候水土而言这里条件不坏，但由于地处偏僻，文化落后，弊政陋习极多极重，农耕方式原始，乡村学校不兴。当时在北方早已告别了奴隶制，唐律明确规定了不准蓄奴，这里却还在买卖人口，有钱人养奴成风。"岭南以口为货，其荒阻处，父子相缚为奴。"其习俗又多崇鬼神，有病不求药，杀鸡杀狗，求神显灵，人们长年生活在浑浑噩噩中。

见此情景韩愈大吃一惊，比之于北方的先进文明，这里简直就是茹毛饮血，同为大唐圣土，同为大唐子民，何忍遗此一隅，视而不救呢？用我们现在的话说，就是同在一片蓝天下，人人都该享有爱。按照当时的规矩，贬臣如罪人服刑，老老实实磨时间，等机会便是，绝不会主动参政。但韩愈还是忍不住，他觉得凭自己的知识、能力还能为地方百姓做点事，觉得比起百姓之苦，自己的这点冤、这点苦反倒算不了什么。于是他到任之后，就如新官上任一般，连续干了四件事。

一是驱除鳄鱼。当时鳄鱼为害甚烈，当地人又迷信，只知投牲畜以祭，韩愈"选材技吏民，操强弓毒矢"，大除其害。二是兴修水利，推广北方先进耕作技术。三是赎放奴婢。他下令奴婢可以工钱抵债，钱债相抵就给人自由，不抵者可用钱赎，以后不得蓄奴。四是兴办教育，请先生，建学校，甚至还"以正音为郡人诲"，用今天的话说就是推广普通话。不可想象，从他贬潮州到离潮州而调袁州，八个月就干了这四件事。我们且不说这些事的大小，只说他那片诚心。

我在祠内仔细看着题刻碑文和有关资料。韩愈的确是个文人，干什么都要用文章来表现，也正是这一点，为我们留下了如日记一样珍贵的史料。比如，除鳄之前，他先写了一篇《祭鳄鱼文》，这简直就是一篇讨鳄檄文。他说他受天子之命来守此土，而鳄鱼悍然在这里争食民畜，"与刺史亢拒，争为长雄；刺史虽驽弱，亦安肯为鳄鱼低首下心"。他限鳄鱼三日内远徙于海，三日不行五日，五日不行七日，再不行就是傲天子之命吏，"必尽杀乃止"！

阴雨连绵不断，他连写祭文，祭于湖，祭于城隍，祭于石，请求天晴。他说天啊，老这么下雨，稻不得熟，蚕不得成，百姓吃什么，穿什么呢？要是他为官的不好，就降他以罪吧，百姓是无辜的，请降福给他们（"刺史不仁，可以坐罪；惟彼无辜，惠以福也"）。一片拳拳之心。韩愈在潮州任上共有十三篇文章，除三篇短信、两篇上表外，其余皆是驱鳄祭天、请设乡校、为民请命祈福之作。文如其人，文如其心。当其获罪海隅、家破人亡之时，尚能心系百姓，真是难能可贵了。

一个人为文不说空话，为官不说假话，为政务求实绩，这在封建时代难能可贵。应该说韩愈是言行一致的。他在政治上高举儒家旗帜，是个封建传统思想道德的维护者。传统这个东西有两面性，当它面对革命新潮时，表现出一副可憎的顽固面孔；而当它面对逆流邪说时，又表现出撼山易撼传统难的威严。韩愈也是这样。他一方面反对宰相王叔文的改革，一方面又对当时最尖锐的两个社会问题，即藩镇割据和佛道泛滥，深恶痛绝，坚决抨击。他亲自参加平定叛乱，到晚年时还以衰朽之身，一人一马到叛军营中去劝敌投诚，其英雄气概不亚于关云长单刀赴会。

他出身小户，考进士三次落第，第四次才中进士，在考官时又三次碰壁，乌纱帽得来不易，按说他该惜官如命，但是他两次犯上直言，被贬后又继续尽其所能为民办事。这是中国知识分子的传统，以国为任，以民为本，不违心、不费时、不浪费生命。他又倡导古文运动，领导了一场文章革命，他提倡"文以载道""陈言务去"，开一代文章先河，砍掉了骈文这个重形式求华丽的节外之枝，而直承秦汉。所以苏东坡说他："文起八代之衰，道济天下之溺。"他既立业又立言，全面实践了儒家道德。

当我手抚韩祠石栏，远眺滚滚韩江时，我就想，宪宗佞佛，满朝文武就只有韩愈敢出来说话，如果有人在韩愈之前上书直谏呢？如果在韩愈被贬时又有人出来为之抗争呢？历史会怎样改写？还有，在韩愈到来之前潮州买卖人口、教育荒废等四个问题早已存在，地方官吏走马灯似的换了一任又一任，任职超过八个月的也大有人在，为什么没有谁去解决呢？如果有人在韩愈之前解决了这些问题，历史又将怎样写？但是没有，什么都没有。长安大殿上的雕梁玉砌，在如钩晓月下静静地等待；秦岭驿道上的风雪、南海丛林中的雾瘴，在悄悄地徘徊。历史终于等来了一个衰朽的书生，他长须弓背，双手托着一封奏折，一步一颤地走上大殿，然后又单人瘦马、形影相吊地走向海角天涯。

人生的逆境大约可分四种：一曰生活之苦，饥寒交迫；二曰心境之苦，怀才不遇；三曰事业受阻，功败垂成；四曰性命之危，身处绝境。处逆境之心也分四种：一是心灰意冷，逆来顺受；二是怨天尤人，牢骚满腹；三是见心明志，直言疾呼；四是泰然处之，尽力有为。

韩愈处在第二、第三种逆境，而选择了后两种心态，既见心明志，著文倡道，又脚踏实地，尽力而为。只这一点他就比屈原、李白要多一层高明，没有只停留在江畔沉吟、蜀道叹难上。他不辞海隅之小，不求其功之显，只是奉献于民，求成于心。有人研究，韩愈之前，潮州只有进士三名；韩愈之后到南宋时，登第进士就达一百七十二名。是他大开教育之功，所以韩祠中有诗曰："文章随代起，烟瘴几时开。不有韩夫子，人心尚草莱。"

一个人不管有多大的委屈，历史绝不会陪你哭泣，而它只认你的贡献，"悲壮"二字，无"壮"便无以言"悲"。这宏伟的韩文公祠，还有这韩山韩水，不是纪念韩愈的冤屈，而是纪念他的功绩。

李渊父子虽然得了天下，大唐河山也没有听说哪山哪河易姓为李，倒是韩愈一个罪臣，在海边一块蛮夷之地施政八月，这里就忽然山河易姓了。历朝历代有多少人希望不朽，或刻碑勒石，或建庙建祠，但哪一块碑哪一座庙能大过高山，永如江河呢？这是人民对办了好事的人永久的纪念。一个人是微不足道的，但是当他与百姓利益、与社会进步连在一起时就价值无穷，就被社会所承认。我遍读祠内凭吊之作，诗、词、文、联，上起唐宋下迄当今，刻于匾、勒于石，不下百十来件。一千三百年来，各种人物在这里将韩公不知读了多少遍。我心中也渐渐浮现这样四句诗：

一封朝奏九重天，夕贬潮州路八千。
八月为民兴四利，一片江山尽姓韩。

# 徽饶古道坚强树

通常，我们确定一棵树的树龄是看它的年轮。如果告诉你，有一棵树连年轮都没有了，却还青枝绿叶地活着。你相信吗？

在安徽与江西交界的浙岭，山路弯弯，石梯接天。山口有巨石，上书"徽饶古道"。古驿道下山进入江西婺源界，路旁有一棵古樟树卓然而立。它下临一马平川，天垂野阔；北眺远山如屏，层峦起伏。这棵古樟在网上传播，被称为"坚强树"，它像一位检阅历史的将军，自宋、明以来，就这样俯视大千世界，阅尽人间之变。树之所以名"坚强"，是因为它创造了生命的奇迹。

三年前，我第一次经过这里，一见这树即有一种说不出的激动。类似的古树名木，我见过苏州的"清奇古怪"汉柏，那是雷电的杰作，四棵树撕心裂肺，东奔西突，两千年了仍顽强地存活。也见过宁夏500岁的震柳，那是世界级大地震的产物。一百年前，魔鬼之手从地心伸出，生将一棵老柳撕为两半，现在它仍枝叶繁茂，如一团绿云。但是，我还从来没有见过天火从天而降，硬将一棵大树的树心掏空，空得只剩下一个薄壳，像一个工厂里废弃的铁烟囱。当地为加强保护，筑了一个高台小心地将它拥立在上，四周又设了栏杆。那天我踏上高台时，庄严之情油然而生，有一种走近英雄碑似的感觉。我绕树一周，轻轻抚摸着它粗涩枯硬的树皮。树皮已经很薄，胸围六米的树身，只有一个指头厚度的树皮，轻轻扣击，嗡嗡有声。它完全借助筒状的力学原理，巧妙支撑才不会倒掉。树约有三四层楼高，你仰头看树梢，云卷云舒，鸟啼鸟落。树下有洞，洞内足够宽敞，地上长满了茸茸的绿草，如毡如毯。我弯腰进去，仰面平躺在这块不规则的地毯上，透过朝天的洞口，看绿叶婆娑，白云飘过，有一种当年躺在内蒙古草原上的感觉，只差飘过一首牧人的歌。这树绝对是一个活的地标，徽饶独有，全国唯一。

一棵树，一棵有生命的树，怎么就像一个铁烟囱似的屹立在旷野上了呢？当地人说，十多年前的一天晚上，突然雷电交加霹雳一声，这棵千年古樟，就如一根蜡烛一样被轻轻点燃了。大树喷着火苗，映红了半个天空，直烧了三天三夜。就是树上的余烟也袅袅地飘了半个多月。到火灭烟散时，古樟本已腐朽的内瓤已被全部烧尽，只留下了一层盔甲似的外壳。但祸兮福所倚，大火过后树的内壁已经完全炭化，反而有了抗腐能力，从此雨淋不朽，坚挺至今。我小时候常见路边的架线工人，在埋木头电杆前，先将其下部烧焦，以便防腐。还有，考古出土的帝王棺木中也常填充着大量的木炭。这说明天要木不朽，先炼之以火。人们都以为这棵树死了，像一个标本那样小心地保护着它。但是天火炼木本是要它凤凰涅槃的，怎么会让它去死呢？三年之后，人们惊喜地发现在树腰、树梢处吐发出了一层嫩芽，渐渐地又长出一层新绿。婺源向以黛瓦粉墙的徽派民居和漫山遍野的油菜花给人以轻柔的形象，如今这个秀美的背景又被添上了坚强的一笔。

这棵坚强树在网上热闹了一阵子后就沉寂下来，而我却总不能释怀，第二年便再去上饶婺源搜求资料。树者，书也。我想，要读懂一棵树，先得读上几本书，读懂书中的人。婺源在历史上的文化崛起是南宋之后。全县在唐代时只有进士4人，宋代就猛增到 328 人。靖康之耻，宋人南渡，大批望族、文人聚集婺源。同时，因江北为金人侵占，这里也就成了抗战前线。于是自南宋以降，独立、坚强、自尊、向上，就成了徽饶道德的主流传统。这种精神在以后历代的民族矛盾与正邪斗争中不断地砥砺发扬，长流不衰。我灯下翻书，那一个个有志、有节、有能、有为之士，如那棵坚强树一样，在历史长河的彼岸向我们默默颔首。

在我看来，在古道上喊出坚强不屈第一声的人是朱弁（1085—1144），他就出生在离坚强树四五十公里的紫阳镇，正当北宋、南宋之交的乱世。赵构的江南政权一成立，即派使者到金国去议和，朱弁为副使。弱国无外交，金人不但不加理睬，反将朱弁扣留，这一扣就是 16 年。金人惜其才，16 年间屡屡逼他为官，他凛然道："自古兵交，使在其间，言可从，从之；不可从，则囚之、杀之，何必易其官，吾今日有死而已！"他将使节印抱在怀里，片刻不离，表示若再加辱，就抱印而死。他南望故国，感慨赋诗：

> 关河迢递绕黄沙，惨惨阴风塞柳斜。
> 花带露寒无戏蝶，草连云暗有藏鸦。
> 诗穷莫写愁如海，酒薄难将梦到家。
> 绝域东风竟何事？只应摧我鬓边华！

诗写得悲愁交集，沉雄刚毅，钱锺书评其有晚唐之风。在这样的境遇下，他也没有忘记尽忠报国，完成了对北国人事、景物的调查，返宋后即上递朝廷。他的流亡诗抄也成了重要文献，后代诗人元好问特别搜集印行。一般人知道汉苏武留胡 19 年，却很少知道宋朱弁留胡16年。16年的坚持，这要有多么坚定的信念？他在徽饶古道上举起了一面代表民族气节的大旗，借用马克思的形容，从此一个幽灵就在这棵古樟树下游荡。

同是紫阳镇人，大名鼎鼎的朱熹比朱弁小45岁，也是个主战派、硬骨头。过去，我只知道他是个哲学家、文化人，写过那两句著名的"问渠那得清如许，为有源头活水来"。这次树下读史，才知道那活水之源即是他正义的胸怀。朱熹19岁中进士，后到江西星子县（今江西省庐山市），就是去陶渊明家乡任职，正赶上大旱，他组织百姓平安度灾。灾后他向朝廷写了一封长长的汇报，大诉民间疾苦，痛批军政腐败，言辞激烈。说灾祸将至，近在早晚，上面却还不知道。孝宗看后大怒，差一点罢了他的官。他为官有两个特点，一是每到一地先调查研究，成语"下轿问志"就是从他而来；二是刚正不阿，有那不干净的官员知他要来上任，就先主动辞职。晚年，他被推荐去给皇帝讲课，每双日进宫讲儒家经典。但总是借机大讲民间疾苦，要求整肃纲纪。皇帝听得不耐烦，只讲了46天，就把他赶出宫去。宋金议和之后，他对政局失望，就一心研究学问去了，只是还忘不了家乡的那棵树："故家归来云树长，向来辛苦梦家乡。"家乡的那棵坚强树啊，民族恨，臣子泪，多少忠魂日夜萦绕在树梢。

婺源县虽小，却名士不绝。为官廉政，犯颜抗上，坚持真理，已成了这树下绵长的清风。宋末名士许月卿，许村人，离大树也就50公里。常犯颜直谏，说管天下的人，其量要足以容天下，广纳良才。他深感官场全面腐败，写了《百官箴》，列出各职各官的注意事项。宋亡，他不忘国耻，穿孝服"满城风雨近重阳，一舸烟波入醉乡"，数年不语而亡。元末汪泽民为官一尘不染。浙江出了一个大案，家里抄出一个给各级官员的行贿名单，详注各人名下受贿银两。只有汪名下注明"未受"二字。他在山东兖州任职，上面来员检查廉政，刚到地界便反身而回。别人问为什么？答：有汪兖州在可以不去。明代大臣汪铉心忧国事，主持兵部，第一个引进西方"佛朗机"大炮，遍布海防、边防；主持吏部，明察暗访，请托送礼之风为之一扫；主持督察院，先建立巡视人员管理制度：钦差出京办案，随带物品不得超过一杠，重不得过百斤。这都是在坚强树下发生的坚强事。

当历史的脚步行将迈出中国古代史的门槛时，有一个人出现在树下，他就是大名鼎鼎的中国铁路工程第一人詹天佑。詹家祖居老樟树下的岭脚村。1872年清政府派出第一批留美幼童，11岁的詹天佑，即在其列。他学成归国后正值帝国主义列强欺我无人，肆意瓜分、垄断中国的铁路修筑权。光绪十四年（1888年）清政府决定修一条津榆铁路，要架滦河大桥，河床泥沙深，水流急。先由英国人设计，失败；又转手日本人，不行；德国工程师出马，还是不行。詹要求来试一试。他采用"气压沉箱法"，一次成功，外国人刮目相看。不久，詹在英法两国相持不下时接手西太后去祭扫西陵的新易铁路工程，四个月通车。这是中国人自己设计、施工的第一条铁路。而最长中国人志气的是京张铁路。路在八达岭丛山中穿行，地形十分复杂。英、俄两国没有争到修路权，就封锁技术，威胁不给任何帮助。詹天佑拍案而起："窃谓我国地大物博，而于一路之工，必须借重外人，引以为耻。"他大胆起用本国人才，并创造性地把工程变成学校，一开工即招收练习生，同步教学培养，六年毕业。为测工程最难的八达岭隧道，他攀岩踏雪，风餐露宿，比外国人的方案缩短了 2000 米。从青龙桥到八达岭地势最陡一段，他不用通常的螺旋大回环，而用"之"字形，两个车头，前拉后推，为世界首创。工程提前两年完工，还节省了 35.6 万两银子。京张铁路的成功，使詹名扬中外，他先后出任了中国所有重要铁路的总工程师并代表中方在中东铁路委员会，与英、法、日、美等方唇枪舌剑，为国家争主权。他洁身自好，一生不沾烟酒，要求学生和子弟"勿屈己以徇人，勿沽名而钓誉"。五个孩子全部学铁路，效力中国铁路事业。

我对詹天佑的第一次印象，是在 17 岁那年考上大学坐京张铁路进京，当列车缓缓通过那个著名的"之"字路段时，全车厢的人都探出身来，向路边詹天佑的铜像默默地行注目礼。这次又去看了离坚强树不远的詹氏祠堂和詹天佑纪念馆。全都是詹氏族人和民间集资所建，高大敞亮，藏品丰富。我印象最深的是一张当年詹天佑对八达岭路基的地质测绘图。在乱石如麻、荆棘丛生的荒岭上，像切蛋糕一样被切出一个坡形剖面，上面满是密密麻麻的数据和外文符号。这是光绪三十年（1904 年），中国人脑后还拖着一根长长的辫子，科学的曙光终于初照这亘古的八达岭荒原。

今年我又三访坚强树，发现虽斗转星移，这里的人们仍然守树如玉，义心不改。上世纪"文化革命"中大毁文化之时，脚岭村一位名为詹永萱的文化人却默默地征集文物。当时花 100 元收来一麻袋杂玉，他慧眼识珠发现其中一粒疑是"猫眼"，就带着到故宫鉴定，果如所猜，价值连城。前面提到的乡贤，明代大臣汪铉亲身佩戴的一条玉带，居然也被他们收来。后来成立县博物馆，詹任第一任馆长，馆里的一多半重要文物都经他之手，那

"猫眼"自然成了镇馆之宝。詹永萱的儿子詹祥生从小受父亲耳提面命，子承父业，现在是第二任馆长。这二詹不知过手多少文物、瑰宝，虽一毫而莫取；也不知接待过多少名人，包括国家领导人，不卑不亢，虽布衣而有名士之风。

我在树下的高台上凭栏眺望，远山一线，白云悠悠。以这棵树为半径，方圆也就不过百公里吧，坚强之人，数之不尽；大义之举，连绵不绝。这还只说到土生土长的婺源人，如果算上北人南迁，再至上饶各县，在此生活过的民族英雄、爱国诗人，如岳飞、陆游、辛弃疾；革命先烈方志敏，民主人士黄炎培，还有上饶集中营里的英雄群体，就更多了。说到这里，我不得不略费笔墨提到一个人。我们报社有一位老记者名季音，当年的新四军战士，曾被关在上饶集中营，九死一生。今年他已经96岁，还在写回忆录，发表文章。行文至此，我不觉动了情，专门拨通了电话，向他表达敬意。他说全北京，当年上饶的狱友也就只剩俩人了。岁月的尘埃正在一点一点地覆盖上他们的身躯，最后他们终将会无言地离去。但有这棵擎天一柱的英雄树为他们代言，这一代代的慷慨悲歌就会永不停歇地震彻山谷，席卷河川，在青史上呜呜回响。巍巍古樟，山高水长。

樟树是我国长江中下游常见的树种，更是江西的省树。其树形高大，动辄七八米之围，树干横生旁出，荫蔽四方，千年不老，四季长青，蔚然而有文化之象。樟树从不亭亭玉立，孤芳自赏，总是枝叶交错你绕我缠，老干上覆盖着厚厚的苔藓，又常寄生一种"接骨草"。这药是骨科良药，村民如有牛羊鸡鸭腿折，捣烂敷之即好。樟树还喜与他树共生，最多见的是苦槠树和红豆杉。樟喜随人而居，总是长在村头水口人气兴旺的地方，人树相依，情深意长。有倒地跨河者就顺便为桥，任人行走；有生于路边浓荫如盖者，就让人们设个凉亭喝茶歇脚；有树洞中空者，孩童常出入嬉闹。我见过一棵大樟树，其树洞之大，在人民公社时期，里面曾养过一头牛，现在里面摆着一张麻将桌，供人打牌。一棵探身江边的老樟树，树枝扫到水面，一年上游发大水冲下不少人来。它竟如一把笊篱一样捞出十多个人，这些人的后人年年还有来树下感恩烧香的。乐安县竟有一条长 20 里的夹岸古樟树林，每株两抱以上。离坚强樟约 60 公里的婺源赋春镇，有号称江南第一樟的宋代古樟。一枝平伸探过河去，荫遮两岸。岳飞曾在这一带驻军，赫赫有名的岳元帅还留下一首隽美的小诗："上下街连五里遥，青帘酒肆接花桥。十年征战风光别，满地芊芊草色娇。"

樟者，木旁加章，此树大有文章。我在江西考察人文古树，几乎逢樟必有故事。这棵名坚强树的古樟劝人信高洁，拳拳表予心。就是专讲正义、忠诚、高洁、自强的故事。我信凡物之有异者必有其理，必暗含其情，等待有人来认识，来解读。天上之火为什么要点燃这棵古道旁的老樟树，就是要它做一个照路的火把，勿忘来路；为什么烧空了已朽的内瓤，却留下薄薄的树皮，就是要它涅槃再生，宣示生命的顽强；为什么会呈一个上下圆筒状，就是要接通天地，吐故纳新，发扬正气。

我们平常说读懂一个人不容易，其实要读懂一棵树更难。人不过百岁，树可千年；人才几族几种，树论科、属、种，有万万千；人有衣食保障还生命多舛，而树暴于荒野，山崩地裂，雷劈电闪，却仍然挺直脊梁；人的大脑里只存有一生的记忆，树的年轮里却藏有数朝数代的沧桑；人到须发皆白时，儿孙绕膝，大不了讲讲一生的经历，可大树呢，我见过三千年的大树，立于山，临于水，居然能不慌不忙，娓娓道出秦汉宋唐。一棵树，树皮上有多少道纹路，就有多少个故事，树枝上有多少枚叶片，就有多少首诗篇。你要能读懂一棵古树，就得俯下身子去吻它的根，那根里浸泡着先人的血泪；你要能读懂一棵古树，就得仰起头去看它头上的天，那天空有无言的痛苦悲欢。请读懂一棵树吧，这是在考古，在探秘，在复盘历史，在追溯文明，在破解一本自然留给我们的天书，是在回望人类自身的成长。

也许在别的地方还有类似的古树，但这样身高皮薄巍然而立的坚强树不多，同时树下又有这么多坚强的人和事的更不多。这是自然的选择，也是人文的表达，我们应该格外地珍惜它。

# 左公柳，西北天际的一抹绿云

清代的左宗棠是以平定太平天国、捻军、回民起义，收复新疆的武功而闻名后世的。但是，他万万没有想到，自己死后被追封为"文襄公"，而人们对他最没有争议的纪念竟是一种树，并不约而同地呼之为"左公柳"。可见和平重于战争，生态高于政治。环境第一，生存至上。

## 带棺西行

十年前我就去过一次甘肃平凉，专门去柳湖凭吊那里的柳树。平凉是当年左宗棠西征、收复新疆的跳板，他的署衙就设在柳湖。左虽是个带兵的人，但骨子里是推崇中国传统文化中耕读修身的知识分子。未出山以前，他像诸葛亮那样躬耕于湖南湘阴，潜心治兵法、农林、地理之学，后来虽半生都在带兵打仗，但所到之处总不忘讲农、治水、栽树。他驻兵平凉时，于马嘶镝鸣之中还颇有兴致地发现了一个三九不冻的暖泉，就集资修浚了这个湖，并手题"柳湖"二字，现在这遗墨仍立于水旁。那年来时，我的印象是湖水泱泱，柳丝绵绵，老柳环岸，一派古风，内心只是泛起了一点岁月的沧桑，并未深动。直到近年读了几本关于左公的书，才又引起我的注意，去年秋天专门重访了一次柳湖。

由西安出发西行，车子驶入甘肃境内，公路两边就是又浓又密的柳树。在北方的各种树木中，柳树是发芽最早的，当春寒寂寂之时，它总是最先透出一抹绿色，为我们报春。柳树的生命力又是最顽强的，它随遇而安，无处不长，且品种极多，形态各样。我在青藏高原的风雪中见过形似古柏、遒劲如铁的藏柳，在江南的春风细雨中见过婀娜多姿的垂柳。只我的家乡山西，就有两种截然不同的柳。北部的山坡下生长着一种树形高大、树冠浑圆的馒头柳，其树头的分枝修长柔韧，常用来制作草原上牧民用的套马杆。而南部平原上的小河流水旁，却生长着一种矮小的呈灌木状的白条柳，褪去绿皮，雪白的柳条是编制簸箕、笸箩、油篓等农家用具的绝好材料。

现在我眼前的这种柳是西北高原常见的旱柳，它树身高大，树干挺直，如松如杨，而枝叶却柔密浓厚。每一棵树就像一个突然从地心涌出的绿色喷泉，茂盛的枝叶冲出地面，射向天空，然后再四散垂落，泼洒到路的两边。远远望去连绵不断，又像是两道结实的堤坝，我们的车子夹行其中，好像永远也逃不出这绿的围堵。

左宗棠是1869年5月沿着我们今天走的这条路进入甘肃的。在这之前的十一年，马克思在《鸦片贸易史》中分析中国："一个人口几乎占人类三分之一的大帝国，不顾时势，安于现状，人为地隔绝于世并因此竭力以天朝尽善尽美的幻想自欺。这样一个帝国注定最后要在一场殊死的决斗中被打垮。"不幸言中。十年来，大清帝国在和西方列强及国内农民起义的搏斗中已经精疲力竭，到了垮台的边缘。虽有曾国藩、李鸿章这些晚清重臣垂死支撑，但还是每况愈下。李鸿章说，他就是一个帝国的"裱糊匠"，就在这时左宗棠横空出世，为日落时分的帝国又争得耀眼的一亮。

左宗棠算得上是中国官僚史上的一个奇人。按照古代中国的官制，先得读书，考中进士后先授一小官，然后一步一步地往上熬。他三考不中便无心再去读枯涩的经书，便在乡下边种地边研究农桑、水利等实用之学，后因太平天国乱起，就随曾国藩建湘军。1866年甘肃出现民变时，左正在福建办船政，建海军，对付东南的外敌。朝中无人，同治皇帝只好拆东墙补西墙，急召他赴西北平叛。但这时的政局已千疮百孔，哪里只是一个西北民变。

甘肃之西，新疆外来的阿古柏政权已形成割据，而甘肃之东继太平军之后兴起的东、西捻军，纵横陕西、河南、山东，如入无人之境。左受命时皇太后问西事几年可定，他答，五年，并提出一个战略构想：欲平回先平捻，先稳甘再收疆，一开口就擘画出半个中国的未来形势图，其雄心和眼光超过当年诸葛亮的《隆中对》。而这时清政府捉襟见肘，哪有这个实力。朝中以李鸿章为代表的主流派，干脆主张放弃新疆这块荒远之地，是他力排众议终于说动朝廷用兵西北。

左宗棠受命之后，先驻汉口指挥平捻，到1869年11月才进驻平凉，这年他已五十七岁。如果历史可以回放的话，这是一个十分悲壮的镜头：一队从遥远的湖南长途跋涉而来的士兵，穿着南国的衣服，说着北方人听不懂的"南蛮"语，艰难地行进在黄风、沙尘之中。队伍前面的高头大马上坐着一位目光炯炯、须发皆白的老者，他就是左宗棠。最奇的是，他的身后十多个士兵抬着一具黑漆发亮的棺材，在刀枪、军旗的辉映下十分醒目。左宗棠发誓，不收复新疆，平定西北，决不回京。人们熟知"力拔山兮气盖世"的项羽破釜沉舟的故事，可有多少人知道这个年近花甲的南国老翁，带棺出征过天山呢？

## 绿染戈壁

左宗棠在西北的政治、军事建树历史自有公论，我们这里要说的是他怎样首创西北的绿化和生态建设。左到西北后发现这里的危机不只是政治腐败、军事瘫痪，还有生态环境的恶劣和耕作习惯的落后。大军所过之处全是不毛的荒山、无垠的黄沙、裸露的戈壁、洪水冲刷过后的沟壑，这与江南的青山绿水、稻丰鱼肥形成强烈的反差。左宗棠隐居乡间时曾躬耕农亩，他是抱着儒家"穷则独善其身"的思想，准备种田教书、终老乡下的。但是命运却把他推向西北，让他"达则兼济天下"，兼顾西北。而且除让他施展胸中的军事、地理之学外，还要挖掘他腹中的农林水利之学。

面对赤地千里，他干的第一件事就是栽树，这当然是结合战争的需要，但古往今来西北不知几多战事，而栽树将军又有几人？用兵西北先要修路，左宗棠修的路宽三到十丈，东起陕西的潼关，横穿甘肃的河西走廊，旁出宁夏、青海，到新疆哈密，再分别延至南疆北疆。穿戈壁，翻天山，全长三四千里，后人尊称为"左公大道"。

1871年左宗棠下令栽树，有路必有树，路旁最少栽一行，多至四五行。这是为巩固路基，"限戎马之足"，为路人提供阴凉儿。左对种树是真有兴趣，真去研究，躬身参与，强力推行。他先选树种，认为西北植树应以杨、榆、柳为主。河西天寒，多种杨；

陇东温和，多种柳，凡军队扎营之处都要栽树。他还把种树的好处编印成册，广为宣传，又颁布各种规章保护树木。史载左宗棠"严令以种树为急务""相檄各防军夹道植树，意为居民取材，用庇行人，以复承平景象"。

我特别想找到这个"檄"和"令"，即他下达的栽树命令的原文，史海茫茫，文牍泱泱，可惜没有找到。好在其他奏稿、文告、书信中常有涉及。他的《楚军营制》（楚军即湘军）规定："长夫人等（后勤人员）不得在外砍柴。但（凡）屋边、庙边、祠堂边、坟边、园内竹木及果木树，概不准砍。""马夫宜看守马匹，切不可践食百姓生芽。如践食百姓生芽，无论何营人见，即将马匹牵至该营禀报。该营营官即将马夫口粮钱文拿出四百，立赏送马之人。再查明践食若干，值钱若干，亦拿马夫之钱赔偿。如下次再犯，将马夫重责二百，加倍处罚。"你看，他实行的是严格的责任制。左宗棠每到一地必视察营旁是否种树。在他的带领下，各营军官竞相种树，一时成为风气。现在平凉仍存有一块《武威军各营频年种树记》碑，详细记录了当时各营种树的情景。

由于这样顽强地坚持，左宗棠在取得西北战事胜利的同时，生态建设也卓有成效。左宗棠1866年9月奉调陕甘总督，到1880年12月奉旨离开，在西北任职十多年。他刚到西北时的情景是"土地芜废，人民稀少，弥望黄沙白骨，不似有人世光景"。到他离开时，中国这片最干旱、最贫瘠的土地上奇迹般地出现了一条绿色长廊。他在奏稿中向皇上报告返京途中所见："道旁所种榆柳，业已成林，自嘉峪关至省，除碱地沙碛之外，拱把之树，接续不断。""兰州东路……所种之树，密如木城，行列整齐。"这对夕阳中的大清帝国来说真是难得的欣慰。要知朝中的主流派原是要放弃这块疆土的啊，左宗棠力挽狂澜，一人带榇出关，又排除种种刁难，自筹军费，自募新兵，不但收回了这片失土，而且在向朝廷奉上时还将她绿化打扮一番。曾经的焦土、荒漠，现在绿风荡漾，树城连绵，怎么能不让人高兴呢？

左宗棠在西北到底种了多少树，很难有确切的数字。他在光绪六年（1880年）的奏折中称："自陕西长武到甘肃会宁县东门六百里，……种活树二十六万四千多株。"其中柳湖有一千两百多棵。再加上甘肃其余各州约有四十万棵，还有在河西走廊和新疆种的树，总数达一二百万棵之多。而当时左指挥的部队大约是十二万人，合每人种树十多棵。中国西北自秦之后至清代有三条著名的大道。一是秦始皇统一中国后修的驰道；二是唐代的丝绸之路（巧合，丝绸之路在宋元后已经衰落，它的重新发现并命名是德国地理学家李希霍芬1877年在其著作《中国——亲身旅行的成果和以之为依据的研究》中首次提出，其时左宗棠正埋头在这条古道遗址上修路栽树）；三就是左宗棠开辟的这条"左公绿柳之路"，中华人民共和国成立后的西北公路建设，基本上是沿用这个路基。三千里大道，百万棵绿柳，这在荒凉的西北是何等壮观的景色，它注定要成为西北开发史上的丰碑。

左宗棠的绿色情结也还远不只是沿路栽树，他不但要三千里路绿一线，还要让万里河山绿一片，至少还有两点值得一说。

一是种桑养蚕，引进南方的先进耕作技术。他自言："家世寒素，耕读相承，少小从事陇亩，于北农、南农诸书性喜研求，躬验而有得。"他考证，西北历史上即有养蚕之俗，《诗经》采桑之咏，说的就是陕西邠州和甘肃泾川的事。他大声疾呼改变当地保守、懒惰的恶习，要养蚕植棉，不要"坐失美利，甘为冻鬼"。

又从浙江引来桑苗并工匠六十人，还亲自在酒泉驻地栽了几百株桑示范。蚕桑随之在西北逐渐推广。

"向之衣不蔽体者亦免号寒之苦"，他又严禁烧荒，保护植被，"况冬令严寒，虫类蜷伏，任意焚烧，生机尽矣，是岂仁人君子所宜为"？左宗棠的远景目标是就地取材，靠养羊、纺毛、种桑、种棉，解决西北人民的穿衣问题。

二是美化城镇，改善环境。虽战事紧张，左每收复或进驻一地，都要对环境进行美化，倡导文明生活。他驻兰州后开凿了饮和池、挹清池两个市民饮水工程，方便当地百姓用水。听说国外有"公园"，左就将总督府的后花园修治整理，定期向社会开放。光绪五年（1879年）他第二次驻节肃州时，捐出俸银二百两，将酒泉疏浚成湖，湖心筑三岛，建楼阁，环湖种花树。左在给友人的信中高兴地说："白波万叠，洲岛回环。沙鸟水禽飞翔游泳水边，亭子上有层楼，下有扁舟。时闻笛声，悠扬断续。""近城士女及远近数十里间父老幼稚，挈伴载酒往来堤干，恣其游览，连日络绎。"这在荒凉的西北简直就是仙境下凡，可以想见祖祖辈辈居住在这里的人们是怎样地惊喜。以至于左怕人们因此忘掉正事，"肆志游冶，或致废业"，不得不将酒泉湖限期开放。左宗棠是在西北建设城市公园的第一人。

兵者，杀气也。向来手握兵权的人多以杀人为功、毁城为乐，项羽烧阿房宫，黄巢烧长安，前朝文明尽毁于一旦。他们能掀起造反的万丈狂澜，却迈不过政权建设这道门槛。只有少数有远见的政治家，才会在战火弥漫的同时播撒建设的种子，随着硝烟的退去便显出生命的绿色。

## 春风玉门

在清代以前,古人写西北的诗词中最常见的句子是:大漠孤烟、平沙无垠、白骨在野、春风不度,等等。左宗棠和他的湘军改写了西北风物志,也改写了西北文学史。三千里大道,数百万棵左公柳及陌上桑、沙中湖、江南景的出现,为西北灰黄的天际抹上一笔重重的新绿,也给沉闷枯寂的西北诗坛带来了生机。一时以左公柳为题材的诗歌传唱不休。最流行的一首是左宗棠的一个叫杨昌浚的部下真实的感叹:"大将筹边尚未还,湖湘子弟满天山。新栽杨柳三千里,引得春风度玉关。"杨并不是诗人,也未见再有其他的诗作行世,但只这一首便足以让他跻身诗坛,流芳百世。自左宗棠之后,在文学作品中,春风终于度过了玉门关。

文学反映现实,生活造就文学,这真是颠扑不破的真理。清代之后,左公柳成了开发西北的标志,也成了历代文人竞相唱和的主题。就是中华人民共和国成立后一段时间,史家对左宗棠或贬或缄之时,文人和民间对左公柳的歌颂也从未间断。如果以杨昌浚的诗打头,顺流而下足可以编出一部蔚为壮观的《左公柳诗文集》,这里面不乏名家之作。

1934年春,小说家张恨水游西北,是年正遇大旱,无奈之下百姓以柳树皮充饥。张有感写了一首《竹枝词》:"大旱要谢左宗棠,种下垂柳绿两行。剥下树皮和草煮,又充饭菜又充汤。"1935年7月名记者范长江到西北采访,左公柳也被写入了他的《中国的西北角》:"庄浪河东西两岸的冲积平原上,杨柳相望,水渠交通……道旁尚间有左宗棠征新疆时所植柳树,古老苍劲,令人对左氏雄才大略,不胜其企慕之思。"近代教育家、诗人罗家伦出国途经西北,见左公柳大为感动,写词一首,经赵元任作曲成为传唱一时的校园歌曲:"左公柳拂玉门晓,塞上春光好,天山融雪灌田畴,大漠飞沙旋落照。沙中水草堆,好似仙人岛。过瓜田,碧玉葱葱;望马群,白浪滔滔,想乘槎张骞,定远班超,汉唐先烈经营早。当年是匈奴右臂,将来便是欧亚孔道。经营趁早,经营趁早,莫让碧眼儿射西域盘雕。"

至于民间传说和一般文人笔下的诗画就更见真情。西北一直有左宗棠杀驴护树的传说。左最恨毁树,严令不许牲口啃食。一次,左从新疆返回酒泉,发现柳树皮被剥,便微服私访,见农民进城都将驴拴于树上。左大怒,立将驴带回衙门杀掉,并出告示,若有再犯,格杀勿论。甚至还有"斩侄护树"的传说。左去世后不久,当时很有名的《点石斋画报》曾发表一幅《甘棠遗泽》图,再现左公大道的真实情景:山川逶迤,大道向天,绿柳浓荫中行人正在赶路。画上题字曰:"种树十余年来,浓荫蔽日,翠幄连云,六月徂暑者,荫赐于下,无不感文襄公之德。""手泽在途,口碑载道,千年遗爱。"

一个人和他栽的树能经得起民间一百多年的传唱不衰,其中必有道理。文学形象所意象化了的春风实际上就是左公精神,春风何能度玉门,为有振臂呼风人。左是在政治腐败、国危民穷、环境恶劣的大背景下去西北的。按说他只有平乱之命,并无建设之责。但儒家的担当精神和胸中的才学让他觉得应该为整顿、开发西北尽一点力。左宗棠挟军事胜利之威,掀起了一股新政的狂飙,扫荡着那经年累世的污泥浊水。西北严酷的现实与一个南国饱学的儒生，砥砺出一串精神的火花，闪耀在中国古代史的最后一章之上，绽放出一丝回暖的春意。

左宗棠在西北开创的政治新风有这样几个特点。

一是强化国家主权，力主新疆建省。他痛斥朝中那些放弃西北的谬论，"周、秦、汉、唐之盛，奄有西北。及其衰也先捐西北，以保东南，国势浸弱，以底灭亡"。捐出西北，最后必定是国家的灭亡。从汉至清，新疆只设军事机构而无行省郡县。左前后五次上书吁请建省，终得批准，从此西北版图归一统。

二是反贪倡廉。清晚期的政治已成糜烂之局，何况西北，鞭长莫及。地方官为所欲为，贪腐成性。他严查了几个地方和军队里贪污、吃空额的典型，严立新规。他自己以身作则，陕甘军费，每年过手一千二百四十万两白银，无一毫不清。西北十年，没有安排一个亲朋。有家乡远来投靠者他都自费招待，又贴路费送回。光绪五年儿子带四五人从湖南到西北来看他。他训示："不可沾染官场气习、少爷排场，一切以简约为主。署中大厨房，只准改两灶，一煮饭，一熬菜。厨子一，打杂一，水火夫一，此外不宜多用人。尔宜三、八日作诗文，不准在外应酬。"你看，不但戒奢，还要像小学生一样写作业。

三是惩治不作为。他一针见血地指出："甘肃官场恶习，唯以徇庇弥缝，见好属吏为事，不复以国事民事为念""官场控案只讲和息事"，对贪污、失职、营私等事官官相护。里面已经腐烂，外面还在抹稀泥，维护表面的稳定。他最恨那些身居要位怕事、躲事、不干事的懒官、庸官，常驳回其文，令其重办，"如有一字含糊，定唯该道员是问！"其严厉作风无人不怕。

四是亲民恤下。战乱之后十室九空，左细心安排移民，村庄选址、沿途护送无不想到，又计算到牲畜、种子、口粮。光绪三年大旱，一亩地只值三百文，一个面饼换一个女人。他命在西安开粥厂，路人都可来喝，多时一天七万人。他身为钦差、总督，又年过花甲，带兵时仍住帐篷。地方官劝他住馆舍，他说："斗帐虽寒，犹愈于士卒之苦也。"

五是务实，不喜虚荣。他人还未到兰州，当地乡绅已为他修了一座歌功颂德的生祠，他最看不惯这种拍马屁的作风，立令拆毁。下面凡有送礼一律退回。地方官员或前方将领有写信来问安者，他说百废待举，军务、政务这么忙，哪有时间听这些空话、套话，一律不看。"一切称颂贺候套禀，概置不览，且拉杂烧之。"他又大抓文风，所有公文"毋得照绿营恶习，撷拾浮词，……尽可据实直陈，如写家信，不必装点隐饰"。他又兴办实业，引进洋人的技术修桥、开渠、办厂……

中国历史上多是来自北方的入侵，造成北人南渡，无意中将先进文化带到南方。而左宗棠这次是南人北伐，收复失地，主动将先进的江南文化推广到了西北。历来战争都是一次生态大破坏，而左宗棠这次是未打仗先栽树，硝烟中植桑棉，惊人地实现了一次与战争同步的生态大修复。恐怕在史上也仅此一例。

左宗棠性格决绝，办事认真，绝不做李鸿章那样的裱糊匠，虽不能回天救世，也要救一时、一地之弊。他抬棺西进，收失地，振颓政，救民生，这在晚清的落日残照中，在西北寒冷孤寂的大漠上，真不啻一阵东来的春风悄然度玉门，而那三千里绿柳正是他春风中飘扬的旗帜。

西学东渐，湘人北上，春风玉门，西北之幸！

## 柳色长青

柳树是一种易活好栽、适应性很强的树种，但也有一个缺点，不像松柏那样耐年头。我们要找千年的古柏很容易，千年的古柳几不可能，甚至百年以上的也不多见。所以对左公柳的保护、补栽，成了西北人民的一个情结，也是官方的一种责任，历代出台的保护文告接连不断。这一半是为了保护生态，一半是为了延续左公精神。我们现在能看到的最早的保护文件，是晚清官府在古驿道旁贴的一张告谕："昆仑之阴，积雪皑皑，杯酒阳关，马嘶人泣，谁引春风，千里一碧？勿翦勿伐，左侯所植。"可以看出，此告谕的重点不在树而在人，是保护树，但更看重左公精神的传承。1935年甘肃省政府发布的《保护左公柳办法》规定更为详细，大致内容如下：一、全省普查编号；二、分段保护，落实到人；三、树如枯死，亦不许伐；四、已砍伐者，按原位补齐；五、树旁不得采掘草土、引火、拴牲口等；六、违规者处以相当的罚金或工役；七、保护不力唯县长是问。

现存档案也记录了多起对盗伐事件的处理。1946年，隆德县建设科科长等人借处理枯树，伙同乡里人员盗卖柳树四百棵，县政府给予处罚后还要求"补植新苗，保护成活，以重先贤遗爱"，并就此对境内的左公柳进行了普查，还剩三千六百一十棵，都一一编号建档。我们发现在近代的政府文告中总少不了这样的词语：左公、先贤、遗爱、遗泽等，要知道这是官方的公文啊，但是仍掩盖不住对左宗棠的尊敬。左宗棠修缮过的兰州城门曾被改名为"宗棠门"。

在众多研究左宗棠在西北的著作中最权威的一本是1945年初版于重庆,后经王震将军提议又在1984年重印的《左文襄公在西北》。此书从书名到内文,凡说到左宗棠时概不直呼其名,都是尊称"文襄公",可见其在人们心目中的地位。

于是我又联想到一个著名的典故。当年左宗棠在湖南初露头角,他恃才傲物得罪了人,有人告了御状,眼看就要掉脑袋。大臣潘祖荫惜才,上书疾呼:"天下不可一日无湖南,湖南不可一日无左宗棠。"这一句话救了他的一条命。假使当年左不明不白地死去,哪有新疆的收复、西北的开发?真可谓中国不可一日无西北,西北不可一日无左宗棠。左一人而救湖湘,救陕、甘、宁、青、新,救大清天下。拔危救难,力挽狂澜,这样的名臣史上能有几人?不知为什么,在西北采访,我眼前总是浮现着苍凉的大漠、浩荡的队伍、一具黑色的棺材、须发皆白的左公和伸向天边的绿柳。有哪一个画家能画一张左公西行图,或哪一个导演能拍一部片子,这将是何等地动人。

岁月无情,从1871年左宗棠下令植树到现在已一百五十多年,要想拜谒一下左公亲植的柳树已经是一件很难的事了。档案记载,1935年时的统计,平凉境内还有左公柳七千九百七十八棵,而1998年8月出版的《甘肃森林》记载,全省境内的左公柳只剩两百零二棵,其中大部分存于柳湖公园,有一百八十七棵(左当年栽了一千二百棵)。看来我十年间两到柳湖还是来对了,这里确实是左公遗泽最多处。但1998年到如今又过了十五年啊,斗转星移,大树枯衰,左公柳还在锐减。

那天,我到柳湖去,想穿越时空一会左公的音容。只见湖边星星点点,隔不远处就会现出几株古柳,躯干总是昂然向上的,但树身实在是老了，表皮皴裂着，满是纵横的纹路，如布满山川戈壁的西北地图；齐腰处敞开黑黑的树洞，像是在撕心裂肺地呼喊；而它的根，有的悄无声息地抓地入土，吸吮着岸边的湖水，有的则青筋暴突地抱定青石，如西北风霜中老人的手臂。但不管哪一棵，则一律于枝端发出翠绿的枝叶，密浓如发，披拂若裾，在秋日的暖阳中绽出恬静的微笑。

柳湖公园正在扩建，岸边补栽的新柳柔枝嫩叶随风摇曳，如儿孙绕膝。而在柳湖之外，已是绿满西北，绿满天涯了。我以手抚树，读着左公柳这本岁月的天书，端详着这座生命的雕塑。古往今来于战火中不忘栽树且卓有建树的将军，恐怕只有左宗棠一人了。

# 沈公榕，眺望大海一百五十年

世人多知左公柳，而很少有人知道"沈公榕"。

历史竟是这样浪漫，在祖国的西北大漠和东南沿海，各用两棵树来标志中国近代史的进程。左公柳见证了新疆的收复，沈公榕见证了中国近代海军的诞生。

## 栽树明志，从一篑之土筑新基

2016年与2017年的岁尾年初，"辽宁舰"穿过宫古海峡进入西太平洋。中国航母编队的首次远航，虽然刚跨过第一个年头，而中国海军却已整整走过了一百五十年。一百五十年了，中国海军才迈出家门口走向深蓝，这个时刻我们不应该忘记一个人。

一百五十年前的12月23日，福州马尾船厂破土动工，中国人要建造军舰。近日，马尾船厂正在筹备大庆，有一个熟人知道我在全国到处找有人文价值的古树，就来电话说："马尾有船政大臣沈葆桢手植的一棵古榕树，见证了中国海军史，你不来看一看？而且，船厂马上要乔迁新址，将来这树被丢在那里，还不知会是什么样子。"我连忙赶到马尾。

马尾船厂是1866年12月开工的，当时请法国人日意格任总监督，一切管理遵从法式。我走在旧厂的大院里，像是回到了19世纪的法国。西边是一座法式的红砖办公楼和一个现存的中国最古老的车间——船政轮机厂；南边是当年的"绘事院"，即绘图设计室；东边是一座五层的尖顶法式钟楼。当年拖着长辫子的中国员工，就是在这钟声中上下班的。他们好奇地听金发碧眼、高鼻梁的洋师傅讲蒸汽机原理，学车、铆、电焊。

我要找的沈公榕就在钟楼的侧前方。一百五十年了，它已是一棵参天巨木，浓荫覆地，大约有多半个篮球场那么大，郁郁乎如一座绿城。树根处立有一块石头，被绿苔紧紧包裹。我贴近树身，蹲下身子，用一根细树枝一点一点地小心清理，渐渐露出了"沈公榕"三个大字。这榕一出土就分为三股，现已各有牛腰之粗。一枝向左，浓荫遮住了厂区的大路；一枝向后，如一扇大屏风贴在一座四层小楼上；还有一枝往右探向钟楼。可是，正当它伸到一半时却在空中齐齐折断，突兀地停在半空，枝上垂挂的气根随风舞动，像是一个长须老人在与钟楼隔空呼唤。我一时被这个场面惊呆，有一种莫名的惆怅，静静地仰望着这一百五十年前的历史天空。

别小看我现在脚下的这一小块土地，它是中国近代最早的舰船基地，中国制造业的发端处，中国飞机制造的发祥地，中国海军的摇篮，中国近代教育的第一个学堂，中西文化大交流的第一个平台。学者研究，这里竟创造了十多个中国第一。现在我们来凭吊它，就只有这几座红砖房子、一座钟楼和一棵古榕了。

鸦片战争后，清帝国被列强敲开了国门，国势日弱。老祖宗传下来的大刀长矛，在洋枪、洋炮面前是那样地无奈。镇压太平军起家的湘军名将彭玉麟，看到江面上飞驰的洋人炮艇，被惊得目瞪口呆，大呼："将来亡我者洋人也。"说罢口吐鲜血而死。洋务派深切地感到必须学习西方先进技术，"师夷长技以制夷"。

1866年6月左宗棠上书，请在福建马尾开办船厂，立被批准。但10月西北烽烟突起，左宗棠被任命为陕甘总督，西去平定叛乱，收复新疆。他不放心刚起步的船政大事，遍选接替之人，最后力保时任江西巡抚、正因母丧在福州家中守孝的沈葆桢出任船政大臣。历史有时是这样地匆忙。沈守孝在家，被逼上任，而当大任。当年曾国藩也是守孝在家，太平军起，政府命他就地组建湘军，而他也就此成为晚清名臣。天将降大任于斯人也，与你没商量。

沈葆桢是林则徐的女婿，从小受过严格的儒家思想教育，忠君报国，一身正气。但他也看到了世界潮流，力主"师夷制夷"，变革图强。在晚清睁眼看世界的先进分子中，他是晚于林则徐、魏源，早于康有为、梁启超的过渡人物。当时政局一团乱麻，帝国主义势力插手中国，多国角逐，朝野保守与开放的思想激烈冲突。经镇压太平军、捻军而兴起的湘军、淮军等地方实力派、各路封疆大吏互相掣肘。在这一团乱麻中要理出个头绪，师夷制夷，造船强军，谈何容易。况且在家乡办事，关系更复杂。本来，沈葆桢是不想接这个摊子的，但左宗棠三顾茅庐力请出山，并亲自为他配好各种助手，请"红顶商人"胡雪岩帮他筹钱，又一再上书朝廷，催其就职。忠孝不能两全，孝期未满的沈葆桢就走马上任了。

马尾，地处闽江入海口，形同马的尾巴，地低而土软，要建厂就得清理地基，类似现在的"三通一平"。他们先打入五千根木桩，加固岸基，填高近两米的土层，然后遍植榕树以固定厂房、船坞的周边。沈葆桢带头栽下了第一棵榕树，然后挥笔写下一副对联，悬于船政衙门的大柱上：

以一篑为始基，自古天下无难事
致九译之新法，于今中国有圣人

他要引进新法，以精卫精神，一筐一筐地填海筑基，开创近代中国的造船大业，不信事情办不成。

## "权自我操"，逆流而上，快刀斩乱麻

沈葆桢坐在船政衙门的大堂上，看着外面熙熙攘攘的工地、堆积如山的物资，特别是门外榕树上那些七长八短、随风舞动的气根，心乱如麻。

"船政"是一个洋务新词，是指海防及与船舰有关的一切事务，包括建厂、造船、办船校、买船、延请外国专家、制定相关政策、办理对外交涉，等等。总之，都是过去没有过的新事物，所以专设一个"船政衙门"，直属中央，类似我们改革开放初的"改革办""特区办"。

1866年的世界，西方工业革命已经走过了一百年。西班牙、荷兰、英国、法国都有了横行世界的蒸汽机舰队，而中国还在海上摇橹划桨或借风行船。思想开放的左宗棠，曾在杭州西湖里仿造了一条小洋船，但行之无力，遂决定引进洋技师、洋工匠，开船厂、办船校。

新事物一开始就遇到保守势力的顽强阻挠，还没有造船，就先是一场思想大论战，这有点像中国改革开放初的"真理大讨论"。许多朝中和地方的大员说，只要"以忠信为甲胄，礼义为干橹"就能战无不胜，"何必师事夷人"。左宗棠痛斥这帮迂腐之

臣，他上书说："臣愚以为，欲防海之害而收其利，非整理水师不可。……泰西巧，而中国不必安于拙也；泰西有，而中国不能傲以无也。""安于拙、傲以无"，左宗棠尖刻地刻画出了保守的当权者的嘴脸。

当时的福建地方官吴棠愚顽不化，沈葆桢来马尾办船政，他在经费、人力、材料、土地等方面，事事发难，处处拆台，几乎是"逢沈必反"。此人有一个特殊的背景，他早先在苏北运河边任一小知县，某日，一位曾有恩于他的官员扶柩南下，停于河上，吴遣差人送去银子三百两。正巧，有一位在旗少女扶父亲的灵柩北上，也停于河边。阴差阳错，差人将银子误投到旗女的船上。吴明知投错，也不好追回。谁知，这位少女就是后来的慈禧太后。天上掉馅儿饼，吴后半生有了一个大靠山，不断被提拔，处处受保护。现在他与沈不和，上面虽知船政重要，却总是和稀泥，劝沈与他和衷共济。有时一个重大历史的结点，就"结"在一个人身上，一个人可以绑架历史，影响国运。沈愤怒地上书："船政之事，非诸臣之事，国家之事也"，"非不知和衷共济"，而"大局攸关，安忍、顾虑、瞻徇，负朝廷委任"。他还表示"惟有毁誉听之人，祸福听之天，竭尽愚诚"。

他是本地人，工厂一开工，亲朋故旧都上门来找饭碗。他平生最恨劣幕奸胥、裙带相缠，为洗刷旧衙陈腐之风，他以法治厂，半军事化管理，甚至不惜开杀戒。一官员买铜不报，他批"阻挠国是，侮慢大臣"，就地立斩。他有一姻亲，触犯厂规，批："军法从事，杀！"布政使知是沈家亲戚，请求缓办，他坚持立即开堂问审。这时他父亲送来一信，他知必是求情，便说："家父的信是私事，等我办完公事再拆不迟。"喝令立斩。然后拆阅，果然是求情信，但已无用。一些劣绅还借助迷信煽动地痞与不明真相的群众闹事，阻挠开工。他一边做说服工作，一边捕杀两个为首之徒，事态当即平息。

开山用大斧，乱世用重典。向来成大事者必用铁手腕。沈葆桢、左宗棠、李鸿章、曾国藩，这些晚清名臣，本都是手无缚鸡之力的读书人，但他们都遇事不乱，刚毅过人，竟也杀人如麻。曾国藩的外号就是"曾剃头"。晚清的回光返照，全赖他们支撑。马尾船厂，这个中国近代工业的序幕，终于经沈葆桢的铁手腕轻轻拉开。

办洋务，最难把握的是与洋人的关系，沈的原则是："优赏洋员，权自我操。"经济上给予高酬重奖，政治上一寸不让。船政是个复杂的联合体，其所属的工厂、学校以及设计、绘图、管理等部门，经常保持有洋人技师、领班、教师、工匠、翻译、医生等六七十人。所以，船政衙门，也可以说是中国最早的"外国专家局"。沈给他们高薪，十年下来，雇用洋人共用银九十三万两，占船厂支出的百分之十八。法国人日意格为总监督，从头到尾参与了船政活动，尽职尽责，起了极大的作用。沈给他月薪一千两，而他自己的月薪才六百两。洋技师月薪二百两至二百五十两，而中国工人的月工资最低四两，最高二十一两。以这样的高薪买技术，沈认为值得。

但是在管理权上，沈葆桢绝不松手。当时清政府与列强定有屈辱的领事公约，通商中凡涉洋人之事由领事馆裁决，所谓"领事裁判权"。福州不是通商口岸，也未设领事馆，但法国驻宁波的领事却老远跑到福州来干涉船政。沈义正词严地说："根据万国外交惯例，领事是为通商而设。船厂非商务机构，与贵领事何干？"左宗棠还逼法外交部正式表态，不再干预中国的船政。

沈与洋人订有严格、细密的合同，最终目标是对方必须教会中国人自主造船。前三年，洋人手把手地教。后两年只在一旁指导，让中国工人自己动手干。直到造出船，又能驾船出海，这样才算履行了合同，可兑现薪酬。对不遵守厂规、不听指挥、不尽职守者开除、解聘。1869年，新造的第一艘轮船下水，总监工达士博要求用洋人引港。沈说，在中国的闽江口试航，我们熟悉水道，为什么一定要用洋人？不能开此先例。达士博以总监工身份相要挟，不答应就不上船，还煽动工人怠工。沈再三相劝，并因之推迟试航日期，达士博仍不让步，沈当即将其开除。而对尽职尽责的总监督日意格，沈除给予他重奖外，还奏请朝廷赏加提督衔并顶戴花翎，这是洋人在华获得的最高荣誉。正是有了高薪和沈的灵活把握，总体上中外合作是愉快的。

那天采访船政旧址时，我意外地碰到一个正在筹备的日意格个人回顾展，这是船政纪念活动的一部分。一位法国友人提供了日意格在华工作时的一百多幅照片，还有他在法国工程师协会介绍中国船政的一份法文讲稿，这是一批极珍贵的船政资料。

日意格是这样评价他的两个中国合作者的。关于左宗棠，他说："因循守旧的北京政府，仅知道满足于在别人呈递的奏折上批文签字，左宗棠不得不为此计划独自担负全责。此项创举若是失败，他在中国官僚机构中所能达到的最为辉煌的职业生涯将毁于一旦。左宗棠决心无论如何都要孤注一掷了，他不再听任其他官员对他将要进行的大业指手画脚，他的眼中只有一件事，就是迅速地将中国推上发展道路。他知道要迈出这至关重要的第一步需要有人勇挑重担。我真希望手边拥有这份左宗棠呈送皇帝的理由充分、勇气十足的奏折。你们若是读了这份奏折，一定会惊叹于他的观点。你们将会看到这些通常被我们认为滑稽可笑的人，品德是多么高尚，见识是多么深远。"他评价沈葆桢："中国政府特派一名钦差大臣来到此地担任总理船政大臣，这位官员名字叫沈葆桢，是一位出类拔萃、精明强干、意志坚定、善于指挥的将才。"

到1874年，福州船政共建造完成十五艘轮船，包括十一艘军舰，左宗棠的计划在沈葆桢手上已全部实现。近代中国的造船工业挤入了世界十强，技术水平与西方国家已相当接近，最大的"扬武"号已相当于国际上的二等巡洋舰。

## 洋为中用，落地生根，开放接纳促变革

沈葆桢栽榕时，也许没有想到他的洋务事业如这榕树一样，枝垂气根，根又生树，蔚然成林。

榕树生长于热带、亚热带，树形特别庞大。它有一个特点，就是可以从枝上垂下细如毛发的气根，密密麻麻，如帘如幕。当这细丝飘在空中时有如一团乱麻，随风来去，看不出有什么用途。但是，它有点像希腊神话里的安泰俄斯，只要柔软的须尖一接到地面，就见土生根，再难撼动，根又成树，树又吐根，就这样连绵不断地延展开去，一树成林。国内最大的榕树家族有一处在梁启超的家乡——广东新会县的"小鸟天堂"，一树成林，占地六亩。我见过海南岛昌江县的一棵榕树成林，占地竟达九亩。福建是盛产榕树的地方，福州就简称榕城。马尾建厂之时，沈葆

桢带头植榕，一时闽江口内外郁郁葱葱，蔚为壮观。每当沈葆桢坐在船政衙门大堂上办公，看着窗外日渐繁茂、已覆盖了山脚海滩的榕树林时，特别是那些气根落地又生出的第二代、第三代榕树时，心里就有了一些宽慰。

办厂之初，最缺的是人才。中国从汉到清独尊儒学，以文章选人立国。好的一面是礼义廉耻，修炼人的品德；琴棋书画，修养人的心性。不好的一面是重文、轻工、轻商，更不研究自然之理。在唯心和自我陶醉中生活，个人自我感觉顶天立地，国家自封为天朝，闭关锁国。1866年左宗棠上书办船厂，其时上溯近两百年，1687年，牛顿已经发现万有引力，而中国却还没有物理学这个词；上溯近一百年，1785年，瓦特已改良了蒸汽机，而中国的主要动力还是人力、畜力。在中国的教育体系里只有文科，没有工科。知识体系里只有经史子集，没有自然科学知识。北宋宰相赵普有一句名言："半部《论语》治天下。"《论语》里只有礼义廉耻，而没有物理化学。"安于拙、傲以无"，盲人骑瞎马，用人类的一半知识来治国，这怎么能立于世界民族之林呢？

在这种教育和选官体制中，左宗棠屡试不第，他就愤而不再应试，在家里自学农桑、水利、地理等有用之学。沈葆桢倒是按科举制度中了进士，点了翰林，走入仕途。但是他一与西方人打交道，发现自己简直就是一个文盲。他痛感一个国家的落后是文化落后、人才落后。现在要造船，牵一发而动全身、动全国，动了老祖宗，首先动到了中国的教育体系，千百年来科举制培养的秀才、举人、进士，一个也用不上。他们决定边办船厂，边办学校，从西方引进造船技术。像栽下了一棵大榕树，但这树如果只有树干，而没有"气根"，就永远只是一棵树，不能繁衍，不能成林。

左宗棠上书说，花上几百万两银子，只造出十几条船，这不是目的。最终是要培养出自己的人才，能造船，会开船。他请办一座"求是堂艺局"，他要让洋人来教授知识和技术。一听这个学校的名字就很有意思，既不是传统的"书院"，也不是后来叫的"学堂""大学"，而取名"局"，在"局"中求自然之"是"（规律），学习具体的技艺。"艺"是从传统的六艺而来，中国还没有"技术"这个词。它生动地反映了中国教育机构的进化过程，就像一条进化中的美人鱼，已有人头，却还留着鱼身。

沈葆桢决心要在洋务这棵大榕树上多生下一点气根，接入中国的土壤，完成由洋到土的转化。船厂一开办，他就同时办了两所学堂——前学堂与后学堂。前学堂用法文授课，教造船，培养技工；后学堂用英文授课，教驾船，培养海员。沈亲自出题，招考最优秀的学生。学校实行最严格的"宽进严出"制度。每三个月考试一次，依考分划为三等。一等赏银十元，如三次一等，另赏衣料；三次三等则除名。开办之初共收生三百余人，只有一多半的人读到了毕业。现在看当时的办学章程，实为在中国近代教育史上打下的第一根界桩，兹录如下：

## 求是堂艺局章程

第一条　各子弟到局学习后，每逢端午、中秋给假三日，度岁时于封印日回家，开印日到局。凡遇外国礼拜日，亦不给假。每日晨起、夜眠，听教习、洋员训课，不准在外嬉游，致荒学业；不准侮慢教师，欺凌同学。

第二条　各子弟到局后，饮食及患病医药之费，均由局中给发。患病较重者，监督验其病果沉重，送回本家调理，病痊后即行销假。

第三条　各子弟饮食既由艺局供给，仍每名月给银四两，俾赡其家，以昭体恤。

第四条　开艺局之日起，每三个月考试一次，由教习洋员分别等第。其学有进境考列一等者，赏洋银十元，二等者无赏无罚，三等者记惰一次，两次连考三等者戒责，三次连考三等者斥出。其三次连考一等者，于照章奖赏外，另赏衣料，以示鼓舞。

第五条　子弟入局肄习，总以五年为限。于入局时，取具其父兄及本人甘结，限内不得告请长假，不得改习别业，以取专精。

第六条　艺局内宜拣派明干正绅，常川住局，稽察师徒勤惰，亦便剽学艺事，以扩见闻。其委绅等应由总理船政大臣遴选给委。

第七条　各子弟学成后，准以水师员弁擢用。惟学习监工、船主等事，非资性颖敏人不能。其有由文职、文生入局者，亦未便概保武职，应准照军功人员例议奖。

第八条　各子弟之学成监造者，学成船主者，即令作监工、作船主，每月薪水照外国监工、船主辛工银数发给，仍特加优擢，以奖异能。

沈葆桢是为了造船才同时培养人才的，无意中他成了中国工科教育和职业教育第一人。中国的第一所工业专科学校，也是中国的第一所职业教育学校诞生了，这是一个伟大的创举，一座历史的里程碑。

过去儒家教育强调义理一面，遇强敌入侵幻想"忠信为甲胄"，这种唯心论有如义和团"刀枪不入"的魔咒，结果无论疆土还是肉体都被洋炮炸得粉碎。沈开办船政学堂之初，中国的孩子还没有一点科学基础。他只能选品德好、性聪明的少年重新打造。他先以儒家观点考其品学，为首期考生出的题目是"大孝终生慕父母"，考得第一名的是后来的大思想家严复。

但学生一入学，就再不要这块敲门砖，金蝉脱壳，甩掉"之乎者也"，立即钻进科技书堆中，沈自己也恶补科学。学堂开的课有代数、几何、物理、微积分、机械，还有船体和蒸汽机制造两门实习课。他又选十五岁至十八岁，力大、聪明的孩子办了一个"艺徒班"，这是中国最早的技工学校。他又发现，只跟着师傅照葫芦画瓢学造船还不行，还要能自己画图设计船只，于是又开设了"绘事院"，这又是中国最早的工业设计院。总之，沈葆桢借船政，牵一发而动全身，牵出了近代教育，催生了近代先进思想和科学技术人才，牵动了历史，这也是他始料不及的。

中国的文化人大致有五个阶段。一是古代传统文化人物，读经书，过科举，守儒教；二是近代文化人物，虽出身科举，但开始吸收西学，如康有为、梁启超；三是现代文化人物，上过私塾，但已废科举，后又上了西式新学堂，如鲁迅、胡适；四是有旧学底子，后又接受马克思主义，如陈独秀、毛泽东；五是当代文化人，在新中国成长起来，先接受马克思主义教育，改革开放后再学习西方文化。

在这个文化传承的链条中，船政学校正当古代文化到近代文化的过渡，是第一类文化人走向第二类文化人的桥梁，是一次文化大变革。它培养的人才，填补了从旧式经学到新式实用科技的空缺。而且他们在接触西方科技的同时，也接触西方的思想文化，于是这批人又成了东西方文化的桥梁。他们中间出了翻译《天演论》的严复、修了中国第一条铁路的詹天佑，而船校几乎培养了中国海军的全部骨干。

1871年，三十余名船校学生，驾船进行了第一次航海训练。南至新加坡，北至辽东湾，这是中国近代海军的第一次远航。而在二十多年后的甲午海战中，中方参战的十二艘舰的舰长（管带）十四人，有十人是马尾船校第一期的同班同学。其中四人阵亡，三人战败后愤而自杀。美籍历史学家唐德刚在《晚清七十年》一书中说，这是"一校一级之生而对一国"之大战。辛亥革命后，大总统孙中山即到马尾视察，他说："到马江船政局，又荷船政局长沈君希南尽礼欢迎，邀观制造轮机、铁胁、锅炉等厂十余所，乃知从前缔造之艰，经营之善，成船之多，足为海军之根基。"新中国成立前夕，张爱萍受命初创海军，他一个一个上门拜访的海军宿将，还是马尾旧人。1949年8月28日，毛泽东接见国民党海军起义将领时说："1866年马尾船政学堂开办起来，中国算是有了现代海军、近代海军。"近代著名的海军将领萨镇冰活了九十四岁，见证了三个时代的海军事业。

在马尾闽江口，沈葆桢亲手栽下的这棵巨榕，绵延海疆数十米，荫蔽华夏百余年。要论其大，远超广东新会和海南昌江的大榕树。沈公榕的生命力极强，我们在老厂区采访时，随便在办公楼的走廊上、窗户下，都能看到墙缝里钻出的榕树苗。而院子里，更是浓荫蔽日。福州身为榕城，以榕树为骄傲，现从马江口到罗星山顶，建成了一座大型榕树公园。满山的榕树攀山附石，层层叠叠，绿云压城。气根从天而降，密如天幕，有的竟穿透石块，石上生根，直如弦，挺如柱，它们都是沈公榕的后代。而路旁、草地上的树下，因地取势，遍立了严复、詹天佑、邓世昌等几十个船政人物的雕像，他们都是沈葆桢的学生，都或坐或立，仰望大海，还在关心着中国的海疆、中国的命运。

## 最遗憾，未能狠揍日寇一棒，
## 历史遂成糜烂之局一百年

正当沈葆桢全力以赴造船强军，希冀病弱的大清帝国快快生肌长肉、补气壮骨之时，列强加快了对中国的挑衅蚕食。

与马尾一水之隔的台湾，历经荷兰人侵占，郑成功收复后回归祖国。岛上只有薄弱的清兵守备，管理松散，日本早就对台湾垂涎三尺。日本是一个岛国，因其传统文化中的海盗基因，扩张本性难改，无时不在寻机挑衅，总想咬邻居一口。

1871年冬，时属中国藩国的琉球派六十九人前往广东中山府纳贡，返途遇风暴漂至台湾，三人遇难，余六十六人误入当地高山族牡丹社生番乡。琉球船民被剥去衣物，有五十四人被追杀，余十二人被知县保护，送至省城福州。休养一段时间后，送回琉球。此事与日本毫无干系，1873年日本派员到华交换通商条约，借机质询两年前的杀人之事。中方答："（台湾、琉球）二岛俱我属土，属土之人相杀，裁决在我。……何预贵国事而烦过问？"但日本人已铁了心要侵台，继续做文章。1874年3月，日本照会清政府："前年冬，我国人漂流其地，被杀戮者数十名，我政府将出师问罪。"这种强找借口，占你一地，甚至灭你一国，向来是帝国主义的本性。即使没有借口，它也可以随便制造一个。1937年的卢沟桥事变，就是日军假说他在训练中走失一个士兵，要强入宛平城寻人，接着就开枪开炮，占北京，占华北。

1874年4月，日本判断清政府不敢抵抗，正式宣布组织远征军侵台。5月17日，日军三千余人在台湾南部登陆。清政府反应迟钝，到5月底才连忙下旨："着授沈葆桢为钦差，办理台湾等处海防兼理各国事务大臣。"沈接任后提出，一边办外交，以理屈敌；一边"储利器"，积极备战。要求速购两艘铁甲舰，并召回马尾船厂经年所造的，已在天津、山东、浙江、广东等沿海服役的各舰备用。又建议速铺厦门到台湾的海底电缆，以通军情。他摆出决战之势，以震慑日本之野心。随后沈于6月到达台湾，坐镇指挥。而这时日军已控制了台南多个地区。我高山族同胞一面以原始刀矛奋起抵抗，一面请求沈葆桢保护，愿协同官军一致抗日。

沈一面备战，一面抚民、修路、练兵。"结民心，通番情，审地利""全台屹著长城"。他始终以软硬两手对敌，先派人谈判，以理屈兵。他在照会中说："琉球虽弱，亦俨然一国，尽可自鸣不平""即贵国专意恤怜，亦可照会总理衙门商办"，为何要出兵？当时只牡丹社生番乡土民杀人，而今天日军报复，却在整个台湾南部杀人掠土，波及无辜。严正声明"无论中国版图尺寸不敢以与人"，并指出，你军后勤补给已出现困难，粮运已为我控制，就不想想后路？"本大臣心有所危，何敢不开诚布公，以效愚者之一得"，我真替你捏一把汗呀。这义正词严、软中带硬的照会，使敌一时不敢妄动。

他深知日本人是在讹诈，一再吁请朝廷切不可退让。他说："倭奴虽有悔心，然窥我军械之不精、营头之不厚，贪鸷之心，积久难消。退兵不甘，因求贴费。贴费不允，必求通商。此皆不可开之端，且有不可胜穷之弊，非益严儆备，断难望转圜。"

他积极调兵，又请日意格雇来洋匠在台湾安平修筑了巨大炮台，基隆、澎湖等地也加筑炮台。马尾船厂这几年建造的"扬武""飞云""万年清"等十多艘兵舰全部调来台海。又请日意格出面租借外轮，从大陆运来当时最精锐的陆军——淮军，清军渐成绝对优势。而这时日军后勤补给困难，师老兵疲，士兵思乡厌战。到7月疾病开始流行，每天运来之兵不抵送回之病号。侵台高峰时士兵、民夫四千六百人，病死者达五百六十人。随着时间的推移，对日方愈加不利。沈又托日意格物色到一艘丹麦铁甲船，并交了定金，清军更如虎添翼。

当时中日的军力对比，日本并不比我国强多少。日本是1867年开始明治维新的，到1877年内战结束，前后十年才正式完成。它也曾经历了闭关锁国、被西方欺侮、订立不平等条约等和中国一样的过程，而这十年也正是中国觉醒、大办洋务自强的十年。历史巧合，1867年日本颁布维新令，同年中国马尾船厂开工、洋学堂开学。中日两国同时睁开眼向西方学习，在图强路上赛跑。但是，双方文化背景不同，一个是谦谦君子，学习是为了自卫；一个是海盗本性，学习是为了扩张。而明治维新除了发展工业外，在体制上还埋下了天皇制和军国主义的种子。李鸿章评价日本人，"其外貌恭谨，性情狙诈深险，变幻百端，与西洋迥异""日人情同无赖，武勇自矜，深知中国虚实，乃敢下此险着"。日本看准了中国官场的腐败、偷安、避战，如狼伺羊，不咬一口，总觉吃亏。

这时候沈葆桢的头脑最清醒。他认为，最好的办法是当其未成气候之时，猛击一棒，打断脊梁，灭其野心，一除后患。他的计划是，在台湾一举歼灭侵台日军，然后我舰队在琉球登陆，挥师长崎港，聚歼鹿儿岛舰队，迫敌订城下之盟。一战慑敌，使之数十年之内再不敢妄动。自古凡有战事，总会有投降派跳了出来，这时"各路劝勿开仗之信，纷至沓来"。沈一边应付日本人的侵略，一边还得应付国内投降派的掣肘。枪杆子、笔杆子他都有，一手提枪对日备战，一手握笔与投降派论战。他说"倭备日顿，倭情渐怯""倭营貌为整暇，实有不可终日之势""虽勉强支持，决不能持久也""若欲速了而迁就之，恐愈迁就，愈葛藤矣""臣等汲汲于备战，非为台湾一战计，实为海疆全局计。愿国家勿惜目前之巨费，以杜后患于未形"。否则"急欲销兵，转成滋蔓"。正当沈葆桢秣马厉兵，要直捣黄龙之时，北京传来议和消息，清政府赔银五十万两，换取日本撤兵。侵略者未得到惩罚，志得意满，体面收兵。

从1866年沈葆桢接手办船政，到1874年10月日本侵台罢兵，八年间，沈从无到有，打造了一支中国海军，在当时的世界上已进入十强之列。正因为有了这支海军，才镇住了日本的侵台野心。但正当他要挥起这把利剑，剁敌魔爪时，清政府议和了，1875年7月他遗憾地从台湾返回。

八年船政，八年蓄势。功亏一篑，一朝放弃。臣子恨，恨难平。

沈葆桢郁郁不乐，回到了他的马尾船政衙门，猛抬头看到了柱子上手书的对联：

以一篑为始基，自古天下无难事
致九译之新法，于今中国有圣人

新法已学到手，圣人却寸步难行。没有技术不行，只靠技术，政治不强也不行。日本是一个搬不走的坏邻居，中国失去了一次震慑恶邻的机会。而从此，日本渐渐坐大，野心更加膨胀，日后给中华民族造成的麻烦，如沈所言"愈迁就，愈葛藤""急欲销兵，转成滋蔓"，一直葛藤不断，滋蔓了一百年。先是二十年后，1894年的甲午海战，中国大败。日本不忘在台败于沈的旧恨，力逼清政府割让台湾。1931年日本又发动"九一八事变"，侵占了大半个中国，我方艰苦抗战十四年，牺牲军民三千万。至今日本还在东海寻衅，南湾挑事，一如当年。这国际关系就和人与人一样，你一回示软，人家欺侮你一百年。

## 壮士断臂，华丽转身求再生

现在我们再回到文章的开头，当年马尾厂区的那棵老榕树，横空断枝，留下了一个突兀的树身，这断下的一枝哪里去了？

老榕断枝，是马尾厂史上的一件奇事、大事。

到了21世纪初，马尾船厂早已不是一百五十年前跟着洋人学造船的小厂子，而已是订单遍五洲，外国人上门来买大船的大公司了。船厂已扩大成集团公司，老厂区再装不下这个大摊子。近年来，他们在海边选址，建起了更大的船坞、码头和办公楼，只等一百五十年庆典一过就搬新家。搬厂房、搬船坞、搬设备，这些都好说。就连那个法式的老钟楼，也都已按原样在新厂区复建了一座。但是，那棵巨大的沈公榕怎么办？它连着马尾船厂人的心，难割舍，却移不走。

还有一年了，搬家工作开始倒计时。正当大家苦无良策、一筹莫展之时，7月的一个晚上，雷声大作，风狂雨骤。一道闪电划破夜空，轰隆一声，有如陨石落地，震得厂区都轻轻一动。第二天起来一看，沈公榕的一枝齐齐地断裂于地，青枝绿叶，团团气根，整整盖满了半个院子。而树梢在地上伸展开去，直抚着老钟楼的墙根。雨停了，榕树的叶片被洗得洁净油绿，在橘红色的晨晖中愈发光彩照人。平时如一团乱麻的气根，也被雨水漂洗得干干净净，梳理得齐齐整整，就像船甲板上一盘备用的新缆绳。正是上班时分，人愈聚愈多，大家围过来看着断枝，都不说话，像是在肃穆地行着注目礼。谁都知道沈公榕是马尾厂的魂，当此船厂更新换代之际，老榕有灵，高呼出门，壮士断臂，要华丽转身！

这意外的事件倒给厂领导带来了灵感，虽说榕树靠气根繁殖，我们能不能试一试整枝栽培呢。他们请来园林专家，把这枝合抱粗的断榕小心清理，扶上卡车，护送到新区，一年后居然成活。为我们纪念沈葆桢留下了一件活着的念想之物。

沈葆桢是一位很低调的人物，他的历史贡献与他的知名度很不相称。他从左宗棠手中接办船政，晚年又与李鸿章分管南北洋海军，为朝廷重臣。他一生不忘强军固海，1879年在生命垂危之时，仍口授奏折，要朝廷加强海军，警惕日本，报此旧恨。"倭人夷我属国，虎视眈眈，凡有血气者，咸思灭此朝食。""臣每饭不忘者，在购买铁甲船一事……倭人万不可轻视。倘船械未备……兵势一交，必成不可收拾之势。"可惜天不假命，他只活了六十岁，灭倭的壮志未能实现。

沈葆桢是林则徐的外甥兼女婿，很得林的家风。"苟利国家生死以，岂因祸福避趋之"，他只求报国，不求闻达，一生清贫，甚至在世时身为高官，却常要借债度日。临终也没有给孩子留下一间房、一亩地，反而留下一份这样的遗嘱："身后，如行状、年谱、墓志铭、神道碑之类，切勿举办。"有点像鲁迅说的只求速朽。他本人的著作也不多，只是随着时间的推移，中国海军和造船事业的发展，及国际形势似曾相识似的循环归来，人们才又想起这位开拓者、预言者，近年才有了些对他的研究。

12月20日，在一百五十年庆典的前三日，我来到马尾船厂新区。沿海边的几个大型船坞里停着十几层楼高的在建大船，岸上滑动的巨型龙门吊，就像一道移动的彩虹。李厂长手指海边，讲解说，那一艘是在建的地质采矿船，可直接从一千五百米的深海下采矿、粉碎、装船；那一艘是科考船的生活船，本身就是一座七层楼的活动大旅店。我们头戴红色安全帽，在机器的轰鸣声中要大声喊话。人行走在这如山的大船旁和悬在半空的龙门吊下，就像几个正在蠕动的小甲虫。

新区已建成了一座十二层高的办公大楼，楼前广场上刻意保留了有当年船政记忆的三件标志物：沈葆桢雕像、沈公榕和法式钟楼。沈的雕像，背靠大楼，面向大门，雄伟高大。雕像高1.866米，寓意1866年，船政也即是近代中国海军的开创年份。底座高4.7米，寓意他在四十七岁那年接此重任，捐动了中国近代海军史的历史车轮。雕像的底座上有这样一段铭文：

沈葆桢（1820—1879），字翰宇，号幼丹。福建侯官人，清道光二十年进士。1866年得闽浙总督左宗棠力荐，出任总理船政钦差大臣。在福州马尾船厂制造轮船，开办新式学堂，不惮艰辛，为国图强。开拓了中国造船工业，并组建我国近代第一支海军舰队。

1874年临危受命，率船政轮船水师，赴台抗御日军入侵，保卫了宝岛台湾。1875年调任两江总督，广有惠政业绩。公忠体国，尽瘁于任上。清廷追赠太子太保，入祀贤良祠。

感谢马尾人，恐怕这是中国大地上唯一的一座沈葆桢雕像了。

只见他顶戴花翎，身披长袍，手执一卷文书，许是新船的设计图，或者是将要上奏的船政方案。海风拂动他的长袍，他挺身眺望着碧浪滔滔的大海。他看见了什么？看见了一百五十年来海面上滚滚不停的巨浪，看到了头上的天空诡谲多变的风云。他还在翘首瞭望，他放不下这颗赤子心。而在他的右后方，就是那棵新栽的"壮士断臂榕"，主干有一抱之粗，上面的细枝已吐出翠绿的叶片和团团的气根。整个树形昂首向东，指向古钟楼，如一匹伏枥的老马，随时准备飞腾上阵。

有趣的是，沈葆桢雕像的面部和沈公榕的树梢，都还蒙着一块薄薄的红色纱巾，在微风中如一团火苗。厂长说，要等到三天后，大庆正日子的那天早晨，才会在锣鼓和鞭炮声中揭去这块红盖头。为的是要给沈公一个惊喜，让他看看一百五十年后，今天的中国新船政。

正是：

东海波涛涛不平，
英雄抱恨恨难宁。
化作巨榕根千条，
吸尽海水缚苍龙。

第二章

# 古道热肠

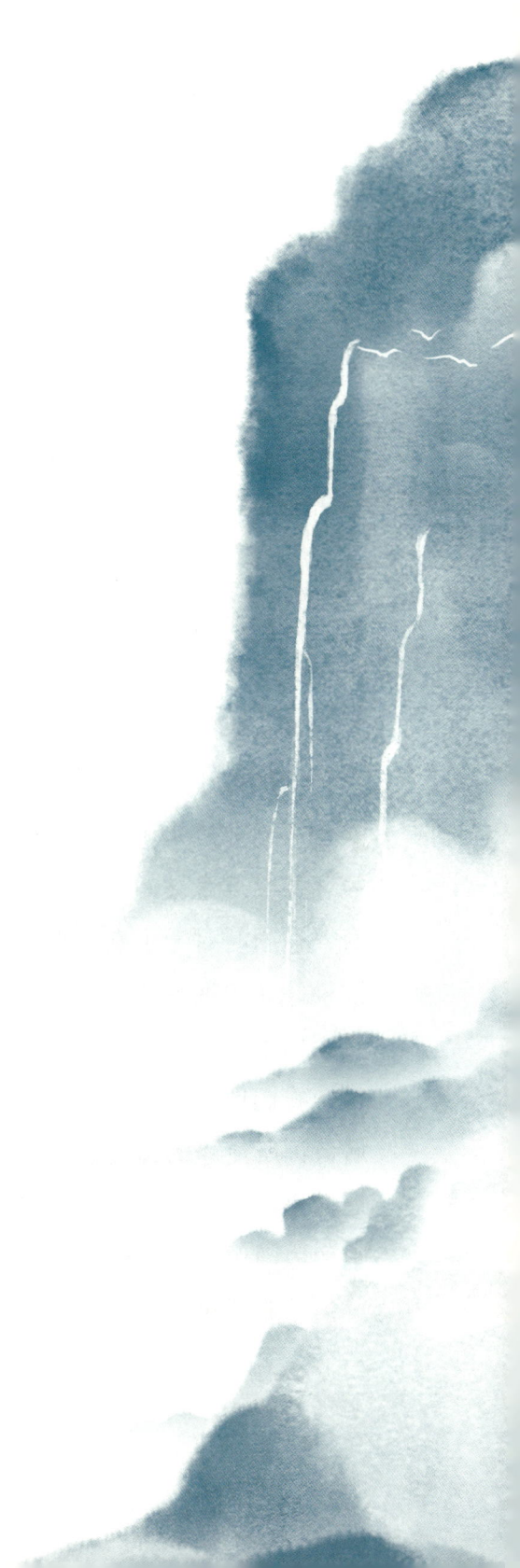

# 乱世中的美神

李清照是因为那首著名的《声声慢》被人们记住的。那是一种凄冷的美,特别是那句"寻寻觅觅,冷冷清清,凄凄惨惨戚戚",简直成了她个人的专有品牌,彪炳文学史,空前绝后,没有任何人能企及。于是,她便被当作了愁的化身。当我们穿过历史的尘烟,咀嚼她的愁情时,才发现在中国三千年的古代文学史中,特立独行、登峰造极的女性也就只有她一人,而对她的解读又"怎一个愁字了得"。

其实李清照在写这首词前,曾经有过太多太多的欢乐。

李清照于宋神宗元丰七年(1084年)出生于一个官宦人家。父亲李格非进士出身,在朝为官,地位并不算低,是学者兼文学家,又是苏东坡的学生。母亲也是名门闺秀,善文学。这样的出身,在当时对一个女子来说是很可贵的。官宦门第及政治活动的濡染,让她视野开阔,气质高贵。而文学艺术的熏陶,又让她能更深切细微地感知生活,体验美感。因为不可能有当时的照片传世,我们现在无从知道她的相貌。但据这出身推测,再参考她以后诗词所流露的神韵,她该天生就是一个美人坯子。李清照几乎一懂事,就开始接受中国传统文化的审美训练。又几乎是同时,她一边创作,一边评判他人作品,研究文艺理论。她不但会享受美,还能驾驭美,一下就跃上一个很高的起点,而这时她还只是一个待字闺中的少女。

请看下面这三首词：

绣面芙蓉一笑开，斜飞宝鸭衬香腮，眼波才动被人猜。
一面风情深有韵，半笺娇恨寄幽怀，月移花影约重来。

——《浣溪沙》

淡荡春光寒食天，玉炉沉水袅残烟，梦回山枕隐花钿。
海燕未来人斗草，江梅已过柳生绵，黄昏疏雨湿秋千。

——《浣溪沙（淡荡春光寒食天）》

蹴罢秋千，起来慵整纤纤手。露浓花瘦，薄汗轻衣透。
见客入来，袜刬金钗溜，和羞走。倚门回首，却把青梅嗅。

——《点绛唇（蹴罢秋千）》

一个天真无邪的少女，秀发香腮，面如花玉，情窦初开，春心萌动，难以按捺。她躺在闺房中，或者静静地看着沉香袅袅，或者起身写一封情书，然后又到后园里去与女伴斗一会儿草。

官宦人家的千金小姐，享受着舒适的生活，并能得到一定的文化教育，这在数千年封建社会中并不奇怪。令人惊奇的是，李清照并没有按常规粗识文字，娴熟针绣，然后就等待出嫁。她饱览了父亲所有的藏书，文化的汁液将她浇灌得不但外美如花，而且内秀如竹。她在驾驭诗词格律方面已经如斗草、荡秋千般随意自如，而品评史实人物，却胸有丘壑，大气如虹。

唐开元、天宝间的"安史之乱"及其被平定，是中国历史上的一个大事件，后人多有评论。唐代诗人元结作有著名的《大唐中兴颂》，并请大书法家颜真卿书刻于壁，被称为"双绝"。与李清照同时的张文潜，是"苏门四学士"之一，诗名已盛，也算个大人物，曾就这道碑写了一首诗，其中这样感叹：

天遣二子传将来，高山十丈磨苍崖。
谁持此碑入我室？使我一见昏眸开。

这诗转闺阁，入绣户，传到李清照的耳朵里，她随即和一首道：

五十年功如电扫，华清花柳咸阳草。
五坊供奉斗鸡儿，酒肉堆中不知老。
胡兵忽自天上来，逆胡亦是奸雄才。
勤政楼前走胡马，珠翠踏尽香尘埃。
何为出战辄披靡，传置荔枝多马死。
尧功舜德本如天，安用区区纪文字。
著碑铭德真陋哉，乃令神鬼磨山崖。

你看这诗的气势，哪像是出自一个闺中女子之手。铺叙场面，品评功过，慨叹世事，不输浪漫豪放派的李白、辛弃疾。李父格非初见此诗不觉一惊，这诗传到外面更是引起文人堆里好一阵躁动。李家有女初长成，笔走龙蛇起雷声。少女李清照静静地享受着娇宠和才气编织的美丽光环。

爱情是人生最美好的一章。它是一个渡口，一个人将从这里出发，从少年走向青年，从父母温暖的翅膀下走向独立的人生，包括延续新的生命。因此，它充满着期待的焦虑、碰撞的火花、沁人的温馨，也有失败的悲凉。它能奏出最复杂、最震撼人心的交响乐，许多伟人的生命都是在这一刻放出奇光异彩的。

当李清照满载着闺中少女所能得到的一切幸福，步入爱河时，她的美好人生更上一层楼，为我们留下了一部爱情经典。她的爱情不像西方的罗密欧与朱丽叶，也不像东方的梁山伯与祝英台。不是那种经历千难万阻、要死要活之后才享受到的甜蜜，而是起步甚高，一开始就跌在蜜罐里，就站在山顶上，就住进了水晶宫里。夫婿赵明诚是一位翩翩少年，两人又是文学知己，情投意合。赵明诚的父亲也在朝为官，两家门当户对。更难得的是，他们二人除一般文人诗词琴棋的雅兴外，还有更相投的事业结合点，金石研究。在不准自由恋爱，要遵媒妁之言、父母之命的封建时代，两人能有这样的爱情结局，真是天赐良缘，百里挑一了。陆游的《钗头凤》为我们留下爱的悲伤，而李清照为我们留下了爱情的另一端，爱的甜美。这个爱情故事，经李清照妙笔的深情润色，成了中国人千余年来的精神享受。

请看这首《减字木兰花》：

卖花担上，买得一枝春欲放。泪染轻匀，犹带彤霞晓露痕。
怕郎猜道、奴面不如花面好。云鬓斜簪，徒要教郎比并看。

这是婚后的甜蜜，是对丈夫的撒娇，从中也透出她对自己美丽的自信。

再看这首送别之作《一剪梅》:

红藕香残玉簟秋,轻解罗裳,独上兰舟。云中谁寄锦书来?雁字回时,月满西楼。

花自飘零水自流,一种相思,两处闲愁。此情无计可消除,才下眉头,却上心头。

离愁别绪,难舍难分,爱之愈深,思之愈切。另是一种甜蜜的、偷偷的咀嚼。

更重要的是,李清照绝不是一般的只会叹息几句"贱妾守空房"的小妇人,她在空房里修炼着文学,直将这门艺术炼得炉火纯青,于是这种最普通的爱情表达,竟变成了夫妻间的命题创作比赛,成了他们向艺术高峰攀登的记录。

请看这首《醉花阴(薄雾浓云愁永昼)》:

薄雾浓云愁永昼,瑞脑消金兽。佳节又重阳,玉枕纱厨,半夜凉初透。

东篱把酒黄昏后,有暗香盈袖。莫道不销魂,帘卷西风,人比黄花瘦。

这是赵明诚在外地时,李清照寄给他的一首相思词。彻骨的爱恋,痴痴的思念,借秋风、黄花表现得淋漓尽致。史载赵明诚收到这首词后,先为情所感,后更为词的艺术魅力所激,发誓要写一首超过妻子的词。他闭门谢客,三日得词五十首,将李词杂于其间,请友人评点,不料友人说只有三句最好:"莫道不销魂,帘卷西风，人比黄花瘦。"赵自叹不如。这个故事流传极广，可想他们夫妻二人是怎样在相互爱慕中享受着琴瑟相和的甜蜜，这也令后世一切有才有貌却得不到相应爱情质量的男女感到一丝悲凉。李清照自己在《〈金石录〉跋》里追忆那段生活时说："余性偶强记，每饭罢坐归来堂烹茶，指堆积史书言某事在某书某卷第几页第几行，以中否角胜负为饮茶先后，中即举杯大笑，至茶倾覆怀中，反不得饮而起。"这是何等的幸福，何等的欢乐，怎一个"甜"字了得。这蜜一样的生活，滋养着她绰约的风姿和旺盛的艺术创造。

但上天早就发现了李清照更博大的艺术才华，如果只让她这样去轻松地写一点闺怨闲愁，中国历史、文学史将会从她的身边白白走过。于是宇宙爆炸、时空激荡，新的人格考验，新的命题创作一起推到了李清照的面前。

宋王朝经过一百六十七年"清明上河图"式的和平繁荣之后，天降煞星，北方崛起了一个游牧民族。金人一锤砸烂了都城汴京（开封）的琼楼玉苑，还掠走了徽、钦二帝，赵宋王朝于公元1127年匆匆南逃，开始了中国历史上极屈辱的一页。李清照在山东青州的爱巢也树倒窝散，一家人开始过起漂泊无定的生活。

南渡第二年，赵明诚被任命为京城建康的知府，不想就在这时发生了一件负国耻又蒙家羞的事。一天深夜城里发生叛乱，身为地方长官的赵明诚不是身先士卒指挥戡乱，而是偷偷用绳子缒城逃走。事定之后他被朝廷撤职，李清照这个柔弱女子，在这件事上却表现出大节大义，很为丈夫临阵脱逃而羞愧。赵被撤职后夫妇二人继续沿长江而上向江西方向流亡，一路难免有点别扭，略失往昔的鱼水之和。当行至乌江镇时，李清照得知这就是当年项羽兵败自刎之处，不觉心潮起伏，面对浩浩江面，吟下了这首千古绝唱：

生当作人杰，死亦为鬼雄。
至今思项羽，不肯过江东。

——《夏日绝句》

丈夫在其身后听着这一字一句的金石之声，面有愧色，心中泛起深深的自责。第二年（1129年）赵明诚被召回京复职，但随即患急病而亡。

人不能没有爱，如花的女人不能没有爱，感情丰富的女诗人就更不能没有爱。正当她的艺术之树在爱的汁液浇灌下茁壮成长时，上苍无情地斩断了她的爱河。李清照是一懂得爱就被爱所宠、被家所捧的人，现在一下被困在了干涸的河床上，她怎么能不犯愁呢？

失家之后的李清照开始了她后半生的三大磨难。

第一大磨难是：再婚又离婚，遭遇感情生活的痛苦。

赵明诚死后，李清照居无定所，身心憔悴。不久嫁给了一个叫张汝舟的人。对于李清照为什么改嫁，史说不一，但一个人生活的艰辛恐怕是主要原因。这个张汝舟，初一接触也是个彬彬有礼的君子，刚结婚之后张对她照顾得也还不错，但很快就露出原形，原来他是想占有李清照身边尚存的文物。这些东西李视之如命，而且《金石录》也还没有整理成书，当然不能失去。在张看来，你既嫁我，你的身体连同你的一切都归我所有，为我支配，你还会有什么独立的追求？

两人先是在文物支配权上闹矛盾，渐渐发现志向情趣大异，真正是同床异梦。张汝舟先是以占有这样一个美妇名词人自豪，后渐因不能俘获她的心，不能支配她的行为而恼羞成怒，最后完全撕下文人的面纱，拳脚相加，大打出手。华帐前、红烛下，李清照看着露出真面目的张汝舟，真是怒火中烧。曾经沧海难为水，心存高洁不低头。李清照视人格比生命更珍贵，哪里受得这种窝囊气，便决定与他分手。但在封建社会，女人要离婚谈何容易。无奈之中，李清照走上一条绝路，鱼死网破，告发张汝舟的欺君之罪。

原来，张汝舟在将李清照娶到手后十分得意，就将自己科举考试作弊过关的事拿来夸耀，这当然是大逆不道。李清照知道，只有将张汝舟告倒治罪，自己才能脱离这张罗网。但依宋朝法律，女人告丈夫，无论对错输赢，都要坐牢两年。李清照是一个在感情生活上决不凑合的人，她宁肯受皮肉之苦，也不受精神的奴役。一旦看穿对方的灵魂，她便表现出无情的鄙视和深切的懊悔。她在给友人的信中说："猥以桑榆之晚景，配兹驵侩之下材。"她是何等刚烈之人，宁可坐牢下狱也不肯与"驵侩"之人为伴。

这场官司的结果是张汝舟被发配到柳州，李清照也随之入狱。我们现在想象李清照为了婚姻的自由，在大堂之上，昂首挺胸，将纤细柔弱的双手伸进枷锁中的一瞬，其坚毅平和之态真不亚于项羽引颈向剑时那勇敢的一刻。可能是李清照的名声太大，当时又有许多人关注此事，再加上朝中友人帮忙，李只坐了九天牢便被释放了。但这在她心灵深处留下了重重的一道伤痕。

今天男女之间分离结合是合法合情的平常事，但在宋代，一个女人，尤其是一个读书女人的再婚又离婚就要引起社会舆论的极大歧视。在当时和事后的许多记载李清照的史书中，都是一面肯定她的才华，同时又无不以"不终晚节""无检操""晚节流荡无归"记之。节是什么？就是不管好坏，女人都得跟着这个男人过，就是你不许有个性的追求。可见我们的女诗人当时是承受了多么大的心理压力。但是她不怕，她坚守独立的人格，坚持高质量的爱情，她以两个月的时间快刀斩乱麻，甩掉了张汝舟这个"驵侩"包袱，便全身心地投入到《金石录》的编写中去了。现在我们读这段史料，真不敢相信这是发生在近千年以前宋代的事，她倒像是一个"五四"时代反封建的新女性。

生命对人来说只有一次，那么爱情对一个人来说有几次呢？大概最美好的、最揪心彻骨的也只有一次。爱情是在生命之舟上做着的一种极危险的实验，是把青春、才华、时间、事业都要赌进去的实验。只有极少的人第一次便告成功，他们像中了头彩的幸运者一样，一边窃喜着自己的侥幸，美其名曰"缘"；一边又用同情、怜悯的目光审视着其余芸芸众生的失败，或者半失败。李清照本来是属于这一类型的，但上苍欲成其名，必先夺其情，苦其心，于是就把她赶出这幸福一族，先是让赵明诚离她而去，再派一个张汝舟来试其心志。她驾着一叶生命的孤舟，迎着世俗的恶浪，以破釜沉舟的胆力做了好一场恶斗。本来爱情一次失败，再试成功，甚而更加风光者大有人在，司马相如与卓文君就是。李清照也是准备再攀爱峰的，但可惜没有翻过这道山梁。这是一个悲剧，一个女人心中爱的火花就这样永远地熄灭了，这怎么能不令她沮丧，叫她犯愁呢？

李清照的第二大磨难是：身心颠沛流离，四处逃亡。

建炎三年（1129年）八月，丈夫赵明诚刚去世，九月就有金兵南犯。李清照带着沉重的书籍文物开始逃难。她基本上是追随着皇帝逃亡的路线，国君是国家的代表啊。但是这个可怜可恨的高宗赵构并没有这个觉悟，他不代表国家，就代表他自己的那条小命。他从建康出逃，经越州、明州、奉化、宁海、台州，一路逃下去，一直漂泊到海上，又过海到温州。

李清照一个孤寡妇人，眼巴巴地追寻着国君远去的方向，自己雇船、求人、投亲靠友，带着她和赵明诚一生搜集的书籍文物，这样苦苦地坚持着。赵明诚生前有托，这些文物是舍命也不能丢的，而且《金石录》也还没有出版，这是她一生的精神寄托。她还有一个想法，就是这些文物在战火中靠她个人实在难以保全，希望追上去送给朝廷，但是她始终没能追上皇帝。

她在当年十一月流浪到衢州，绍兴元年（1131年）三月又到越州。这期间，她寄存在洪州的两万卷书、两千卷金石拓片又被南侵的金兵焚掠一空。而到越州时，随身带着的五大箱文物又被贼人破墙盗走。皇帝看到身后跟随的人太多不利逃跑，干脆就下令遣散百官。李清照望着龙旗龙舟消失在茫茫大海中，就更感到无限的失望。按封建社会的观念，国家者，国土、国君、百姓。今国土让人家占去一半，国君让人家撵得抱头鼠窜，百姓四处流离。国已不国，君已不君，她这个无处立身的亡国之民怎么能不犯愁呢？李清照的身心在历史的油锅里忍受着痛苦的煎熬。

大约是在避难温州时，她写下这首《添字丑奴儿》：

窗前谁种芭蕉树？阴满中庭，阴满中庭，叶叶心心，舒卷有余情。

伤心枕上三更雨，点滴霖霪。点滴霖霪，愁损北人，不惯起来听。

"北人"是什么样的人呢？就是流浪之人，是亡国之民，李清照正是其中的一个。中国历史上的异族入侵多是由北而南，所以"北人"逃难就成了一种历史现象，也成了一种文学现象。"愁损北人，不惯起来听"，我们听到了什么呢？听到了祖逖中流击水的呼喊；听到了陆游"遗民泪尽胡尘里，南望王师又一年"的叹息；听到了辛弃疾"可堪回首，佛狸祠下，一片神鸦社鼓"的无奈；更仿佛听到了"我的家在东北松花江上"那悲凉的歌声。

1134年，金人又一次南侵，赵构弃都再逃，李清照第二次流亡到了金华。国运维艰，愁压心头，有人请她去游附近的双溪名胜，她长叹一声，无心出游。

风住尘香花已尽，日晚倦梳头。物是人非事事休，欲语泪先流。

闻说双溪春尚好，也拟泛轻舟。只恐双溪舴艋舟，载不动许多愁。

——《武陵春·春晚》

李清照在流亡途中居无定所，国家支离破碎，到处物是人非，这愁就是一条船也载不动啊！这使我们想起杜甫在逃难中的诗句"感时花溅泪,恨别鸟惊心"。李清照这时的愁早已不是"一种相思,两处闲愁"的家愁、情愁,现在国已破,家已亡,就是真有旧愁,想觅也难寻了。她这时是《诗经》的《离黍》之愁,是辛弃疾"而今识尽愁滋味"的愁,是国家民族的大愁,她是在替天发愁啊。

李清照是恪守"诗言志,歌永言"古训的。她在词中歌唱的主要是一种情绪,而在诗中直抒的才是自己的胸怀、志向、好恶。因为她的词名太甚,所以人们更多地看到她愁绪满怀的一面。我们如果参读她的诗文,就能更好地理解她的词背后所隐藏的苦闷、挣扎和追求,就知道她到底愁为哪般了。

1133年,高宗忽然想起应派人到金国去探视一下徽、钦二帝,顺便打探有无求和的可能。但听说要入虎狼之域,一时朝中无人敢应命。大臣韩肖胄见状自告奋勇,愿冒险一去。李清照日夜关心国事,闻此十分激动,满腹愁绪顿然化作希望与豪情,便作了一首长诗相赠。她在序中说:"有易安室者,父祖皆出韩公门下,今家世沦替,子姓寒微,不敢望公之车尘。又贫病,但神明未衰落。见此大号令,不能忘言,作古、律诗各一章,以寄区区之意,以待采诗者云。"

当时她是一个贫病交加、身心憔悴、独身寡居的妇道人家,却还这样关心国事。不用说她在朝中没有地位,就是在社会上也轮不到她来议论这些事啊。但是她站了出来,大声歌颂韩肖胄此举的凛然大义:"愿奉天地灵,愿奉宗庙威。径持紫泥诏,直入黄龙城。""脱衣已被汉恩暖,离歌不道易水寒。"她愿以一个民间寡妇的身份临别赠几句话:"闾阎嫠妇亦何知,沥血投书干记室。""不乞隋珠与和璧,只乞乡关新信息。""子孙南渡今几年,飘流遂与流人伍。欲将血泪寄山河，去洒东山一抔土。"

浙江金华有因南北朝时沈约曾题《八咏诗》而得名的一座名楼。李避难于此，登楼遥望这残存的南国半壁江山，不禁临风感慨：

千古风流八咏楼，江山留与后人愁。
水通南国三千里，气压江城十四洲。

——《题八咏楼》

我们单看这诗的气势，这哪里像一个流浪中的女子所写啊！倒像一个亟待收复失地的将军，或一个忧国伤时的臣子。那一年我到金华，特地去凭吊这座名楼，时日推移，楼已被后起的民房拥挤在一处深巷里，但依然鹤立鸡群，风骨不减当年。一位看楼的老人也是个李清照迷，他向我讲了几个李清照故事的民间版本，又拿出几页新搜集的手抄的李词送给我。我仰望危楼，俯察巷陌，深感词人英魂不去，长在人间。李清照在金华避难期间，还写了一篇《打马赋》。"打马"本是当时的一种赌博游戏，李却借题发挥，在文中大量引用历史上名臣良将的典故，状写金戈铁马、挥师疆场的气势，谴责宋室的无能。文末直抒自己烈士暮年的壮志：

木兰横戈好女子，老矣不复志千里，但愿相将过淮水。

从这些诗文中可以看见，她真是"位卑不敢忘忧国"，何等地心忧天下，心忧国家啊！"但愿相将过淮水"，这使我们想起祖逖闻鸡起舞，想起北宋抗金名臣宗泽病危之时仍拥被而坐大喊：过河！这是一个女诗人，一个"闾阎嫠妇"发出的呼喊啊！与她早期的闲愁闲悲真是相差十万八千里。这愁中又多了多少政治之忧、民族之痛啊！

后人评李清照常常止于她的一怀愁绪，殊不知她的心灵深处，总是冒着抗争的火花和对理想的呼喊，她是为看不到出路而愁啊！她不依奉权贵，不违心做事。她和当朝权臣秦桧本是亲戚，秦桧的夫人是她二舅的女儿，亲表姐。但是李清照与他们概不来往，就是在她的婚事最困难的时候，她宁可去求远亲也不上秦家的门。秦府落成，大宴亲朋，她也拒不参加。

她不满足于自己"学诗谩有惊人句"，而"欲将血泪寄山河"，她希望收复失地，"径持紫泥诏，直入黄龙城"。但是她看到了什么呢？是偏安都城的虚假繁荣，是朝廷打击志士、迫害忠良的怪事，是主战派和民族义士们的血泪。1142年，也就是李清照五十八岁这一年，岳飞被秦桧下狱害死，这件案子惊动京城，震动全国，乌云压城，愁结广宇。李清照心绪难宁，我们的女诗人又陷入更深的忧伤之中。

李清照遇到的第三大磨难是：超越时空的孤独。

感情生活的痛苦和对国家民族的忧心，已将她推入深深的苦海，她像一叶孤舟在风浪中无助地飘摇。但如果只是这两点，还不算最伤最痛，最孤最寒。本来生活中婚变情离者，时时难免；忠臣遭弃，也是代代不绝。更何况她一柔弱女子又生于乱世呢？问题在于她除了遭遇国难、情愁，就连想实现一个普通人的价值，竟也是这样难。已渐入暮年的李清照没有孩子，守着一孤清的小院落，身边没有一个亲人，国事已难问，家事怕再提，只有秋风扫着黄叶在门前盘旋，偶尔有一两个旧友来访。

她有一孙姓朋友，其小女十岁，极为聪颖。一日孩子来玩时，李清照对她说，你该学点东西，我老了，愿将平生所学相授。不想这孩子脱口说道："才藻非女子事也。"李清照不由得倒抽一口凉气，她觉得一阵晕眩，手扶门框，才使自己勉强没有摔倒。童言无忌，原来在这个社会上有才有情的女子是真正多余啊！而她却一直还奢想什么关心国事、著书立说、传道授业。她搜集的文物汗牛充栋，她学富五车，词动京华，到头来却落得个报国无门，情无所托，学无所传，别人看她如同怪物。

李清照感到她像是落在四面不着边际的深渊里，一种可怕的孤独向她袭来，这个世界上没有一个人能读懂她的心。她像祥林嫂一样茫然地行走在杭州深秋的落叶黄花中，吟出这首浓缩了她一生和全身心痛楚的，也确立了她在中国文学史上地位的《声声慢》：

寻寻觅觅，冷冷清清，凄凄惨惨戚戚。乍暖还寒时候，最难将息。三杯两盏淡酒，怎敌它、晚来风急！雁过也，正伤心，却是旧时相识。

满地黄花堆积，憔悴损，如今有谁堪摘？守着窗儿，独自怎生得黑、梧桐更兼细雨，到黄昏、点点滴滴。这次第，怎一个愁字了得！

是的，她的国愁、家愁、情愁，还有学术之愁，怎一个愁字了得！

李清照寻寻觅觅的是什么呢？从她的身世和诗词文章中，我们至少可以看出，她在寻觅三样东西。

一是国家民族的前途。她不愿看到山河破碎，不愿"漂流遂与流人伍""欲将血泪寄山河"。在这一点上她与同时代的岳飞、陆游及稍晚的辛弃疾是相通的。但身为女人，她既不能像岳飞那样驰骋疆场，也不能像辛弃疾那样上朝议事，甚至不能像陆、辛那样有政界、文坛朋友可以痛痛快快地使酒骂座、痛拍栏杆。她甚至没有机会和他们交往，只能独自一人愁。

二是寻觅幸福的爱情。她曾有过美满的家庭，有过幸福的爱情，但转瞬就破碎了。她也做过再寻真爱的梦，但又碎得更惨，甚至身负枷锁，锒铛入狱，还被以"不终晚节"载入史书，生前身后受此奇辱。她能说什么呢？也只有独自一人愁。

三是寻觅自身的价值。她以非凡的才华和勤奋，又借着爱情的力量，在学术上完成了《金石录》巨著，在词艺上达到了空前的高度。但是，那个社会不以为奇，不以为功，连那十岁的小女孩都说"才藻非女子事"，甚至后来陆游为这个孙姓女子写墓志时都认为这话说得好。以陆游这样热血的爱国诗人，也认为"才藻非女子事"，李清照还有什么话可说呢？她只好一人咀嚼自己的凄凉，又是只有一个愁。

李是研究金石学、文化史的，她当然知道从夏商到宋，女人有才藻、有著作的寥若晨星，而词艺绝高的也只有她一人。都说物以稀为贵，而她却被看作是异类、是叛逆、是多余的。她环顾上下两千年，长夜如磐，风雨如晦，相知有谁？鲁迅有一首为歌女立照的诗："华灯照宴敞豪门，娇女严装侍玉樽。忽忆情亲焦土下，佯看罗袜掩啼痕。"李清照是一个被封建社会役使的歌者，她本在严妆靓容地侍奉着这个社会，但忽然想到她所有的追求都已失落，她所歌唱的无一实现，不由得一阵心酸，只好"佯说黄花与秋风"。

李清照的悲剧就在于她是生在封建时代的一个有文化的女人。作为女人，她处在封建社会的底层，作为一个知识分子，她又处在社会思想的制高点，她看到了许多别人看不到的事情，追求着许多别人不追求的境界，这就难免有孤独的悲哀。

本来，三千年封建社会，来来往往有多少人都在心安理得、随波逐流地生活。你看，宋廷仓皇南渡后不是又夹风夹雨、称臣称儿地苟延了一百五十二年吗？尽管与李清照同时代的陆游愤怒地喊道："公卿有党排宗泽，帷幄无人用岳飞。"但朝中的大人们不是照样做官，照样花天酒地吗？你看，虽生乱世，有多少文人不是照样手摇折扇、歌咏风月、舞文弄墨了一生吗？你看，有多少女性，就像那个孙姓女子一般，不学什么辞藻，不追求什么爱情，不是照样生活吗？但是李清照却不，她以平民之身，思公卿之责，念国家大事；以女人之身，求人格平等，寻爱情之尊。无论对待政事、学业还是爱情、婚姻，她决不随波，决不凑合，这就难免有了超越时空的孤独和无法解脱的悲哀。

她背着沉重的十字架，集国难、家难、婚难和学业之难于一身，凡封建专制制度所造成的政治、文化、道德、婚姻、人格方面的冲突、磨难，都折射在她那如黄花般瘦弱的身子上。一如她的名字所昭示的，"明月松间照，清泉石上流"。李清照骨子里所追求的是一种人格的超群脱俗，这就难免像屈原一样"众人皆醉我独醒"，难免有超现实的理想化的悲哀。

有一本书叫《百年孤独》，李清照是千年孤独，环顾女界无同类，再看左右无相知，所以她才上溯千年到英雄霸王那里去求相通，"至今思项羽，不肯过江东"。还有，她不可能知道，千年之后到封建社会气数将尽时，才又出了一个与她相知相通的女性，秋瑾。那秋瑾回首长夜三千年，也长叹了一声："秋雨秋风愁煞人！"

如果李清照像那个孙姓女孩或者鲁迅笔下的祥林嫂一样，是一个已经麻木的人，也就算了；如果李清照是以死抗争的杜十娘，也就算了。她偏偏是以心抗世，以笔唤天。她凭着极高的艺术天赋，将这漫天愁绪又抽丝剥茧般地进行了细细的纺织，化愁为美，创造了让人们永远享受无穷的词作珍品。

李词的特殊魅力就在于它一如作者的人品，于哀怨缠绵之中有执着坚韧的阳刚之气，虽为说愁，实为写真情大志，所以才耐得人百年千年地读下去。郑振铎在《中国文学史》中评价说："她是独创一格的，她是独立于一群词人之中的。她不受别的词人的什么影响，别的词人也似乎受不到她的影响。她是太高绝一时了，庸才的作家是绝不能追得上的。无数的词人诗人，写着无数的离情闺怨的诗词，他们一大半是代女主人翁立言的，这一切的诗词，在清照之前，直如粪土似的无可评价。"于是，她一生的故事和心底的怨愁就转化为凄清的悲剧之美，她和她的词也就永远高悬在历史的星空。

随着时代的进步，李清照当年许多痛苦着的事和情都已有了答案，可是当我们偶然再回望一下千年前的风雨时，总能看见那个立于秋风黄花中的寻寻觅觅的美神。

# 一个永恒的范仲淹

山东青州为中国最古老的行政区之一。当年大禹治水后将中国分为九州，即有青州，《尚书·禹贡》上有记。现在人们到青州来，主要是两件事，一是上山"拜寿"，二是到城里凭吊范仲淹。

出青州城南五里，有一山名云门山。自山脚下遥望山顶，崖上隐隐有一寿字，这就是人们要来看的奇迹。一条石阶小路折转而上，两边一色翠柏，枝枝蔓蔓，撒满沟沟壑壑。树并不很粗，却坚劲挺拔，都生在石上。树根缘石壁而行，如闪电裂空；树干破石而出，如大纛迎风。偶有一两株树直挡路中，那是修路时不忍斫损，特意留下的，树皮已被游人摸得油光。环视四周，让人感到往日岁月的细密。

片刻我们爬到半山望寿阁，在这里小憩，山顶石壁上的大红寿字已历历在目。回望山下，街市远退，田园如织。再鼓余勇，直迫山顶，这时再仰观那寿字，犹如一艘多桅巨船，挟云裹雾，好像就要压到头上。同行的一个小伙子贴身字上，还没有寿下"寸"字的一竖高。这是世界上最大的寿字，是书法的精品、极品，日本的书道专家还常渡海西来顶礼膜拜呢。这是明代嘉靖三十九年，青州衡王为自己祝寿时所刻，距今已四百多年。

山上残雪未消，我在料峭春风中，细细端详这个奇迹。这字高 7.5 米，宽 3.7 米，也不知当初怎样写上去、刻出来，却又这样不失间架结构，点画笔意。这衡王创造了奇迹，但他当时的目的并不为艺术，正如古墓中出土的魏碑，今天我们看作书法精品，当年不过是死者身边一块普通的石头。衡王刻字希冀自己长寿百岁，同时也向老百姓摆摆皇族的威风。但是数代之后衡王府就被抄家，命不能永存，威风也早风吹雨打去，倒是这个有艺术价值的寿字，寿到如今。

从寿字前左行，进一洞，洞如城门。回望门外云气蒸腾，这是云门山的由来。由门折上山巅，如鲤鱼之背，稍平，上有石阶，有亭，有庙，有佛窟。扶栏远眺，海风东来，云霭茫茫，山川河流，远城近乡，都渺渺如画。遥想当年大禹治水，从这里东去导流入海，天下才得以从漫漫洪水中解救出来，有此青州。从此，人们在这里男耕女织，一代一代地繁衍生息。

范仲淹曾来这里为官，李清照曾在这里隐居，衡王在这里治自己的小天地。人们在这石山上摩崖刻字，凿窟造像，叽叽喳喳，忙忙碌碌，唯有这山默默无言。我想当年云门山山神看着那个花钱刻字、以求福寿的衡王，肯定轻蔑地哼了一声便继续打坐入定了。我环山走着，看着这些从唐至明的遗迹，看着山下缭绕的云雾，真为云门山而骄傲，它蔑风雨而抗雷电，渺四野而越千年。林则徐说山："壁立千仞，无欲则刚。"它无求无欲，永存于世。

从山上下来，到青州城西去谒范公祠。这是人们为纪念北宋名臣范仲淹所修，千年来香火不绝。这祠并不大，大约就是两个篮球场大的院子。院心有一井，名范公井，传为范公所修。这井水也不一般，清冽有加，传范仲淹公余用此水调成一种"青州白丸药"，治民痼疾，颇有奇效。如同情人的信物，这井成了后人怀念范公的依托。宋人有诗云："甘清汲取无穷已，好似希文昔日心"（范仲淹字希文），现在这井还水清如镜。

正东有三贤祠，中正供有范公像及其生平壁画。祠堂左右供欧阳修和富弼，他们都是当年推行庆历新政时的主持。院南有竹林一片，翠竹千竿，蔚然秀地灵之气。竹后有碑廊，廊中刻有范公的名文《岳阳楼记》。院心有古木三株，为唐楸宋槐，可知这祠的久远。树之北有冯玉祥将军的隶书碑联："兵甲富胸中，纵教他虏骑横飞，也怕那范小老子；忧乐关天下，愿今人砥砺振奋，都学这秀才先生。"这两句话准确地概括了范公的一生。

范仲淹从小丧父，家境贫寒。他发愤读书，早起煮一小盆粥，粥凉后划为四块，这就是他一天的饭食。以后他科举得官，授龙图阁大学士，为政清廉，且力图革新。后来，西夏频频入侵，朝中无军事人才，他以文官身份统兵戍边，大败敌寇。西夏人惊呼"他胸中自有雄兵百万"，边民尊称为"龙图老子"。连皇帝都按着地图说，有仲淹在，朕就不愁了。后又调回朝中主持庆历新政的改革，大刀阔斧地除旧图新，又频繁调各地任职，亲自推行地方政治的革新。无论在边防、在朝中、在地方，他总是"进亦忧，退亦忧"，其忧国忧民之心如炽如焰。范仲淹是一个诸葛亮式的政治家，一生主要是实践。他按自己认定的处世治国之道，鞠躬尽瘁地去做，将全部才华都投入到处理具体政务、军务中去，并不着意为文。不是没有文才，是没有时间。

宋仁宗皇祐三年（1051年）范仲淹到青州任知府，这是他的官宦生涯，也是人生旅途的最后一站，第二年他便病逝于此地。《岳阳楼记》是他去世前七年，因病从前线调内地任职时所作。正如《出师表》一样，这是一个伟人后期的作品，也是他一生思想的结晶。我能想见，一个老人在这小院中、在井亭下、竹林中是怎样地焦虑徘徊，自责自求，忧国忧民。他回忆着"人不寐，将军白发征夫泪"的戍边生活；回忆着"居庙堂之高"，伴君勤政的艰辛；回忆赈灾放粮，所见到的平民水火之苦。他总结历代先贤和自己一生的政治阅历，终于长叹一声："先天下之忧而忧，后天下之乐而乐。"这声大彻大悟的慨叹如名刹大庙里的钟声，浑厚沉远，震悟大千。

这一声长叹悠悠千年，激励着多少志士仁人，匡正了多少仕人官宦。《岳阳楼记》并不在岳阳楼上所作，洞庭湖之大观当时也不在先生眼前，可以说这是一篇借题发挥之作。范公将他对人生、对社会的理解，将他一生经历的政治波涛，将他胸中起伏的思潮，一起借洞庭湖的万千气象倾泻而出，然后又顿然一收，总成这句名言，化为彩虹，横跨天际，光照千秋。

春风拂动唐楸宋槐的新枝，翠竹摆动着嫩绿的叶片，这古祠在岁月长河中又迈入新的一年。范公端坐祠内，默默享受这满院春光。我于院中徘徊，面对范公、欧阳公和富公的神位，默想千年古史中，如他们这样职位的官员有多少，如他们这样勤勉治事的人又有多少，但为什么范仲淹能教人千年永记，时时不忘呢？我想一个人只是辛苦地实践、忠诚地牺牲还不行，这些只能随寿而终，只能被同时代的人理解。更重要的是，他要能创造一种精神，能提炼出一种符合民心、符合历史规律的思想，是那句"先天下之忧而忧，后天下之乐而乐"的名言，是这种进步的忧乐观使范仲淹得到了永恒。

走出三贤祠，上车出城。路边闪过两个高大的石牌楼，突兀兀地在寒风中寂寞。人说这是当年衡王府的旧址，多么威风的皇族，现在只剩下这路边的牌楼和山上的寿字。遥望云门，雾霭中翠柏披拂，奇峰傲立。在山上刻字的人终究留不住，留下的是这默默无言的山；把门楼修得很高的人还是存不住，长存的是那些曾用生命去推动历史车轮滚滚向前的人。

# 辛弃疾的一瓢泉水流过千年

江西上饶市铅山县有个稼轩乡,就是南宋词人辛弃疾,号稼轩的那个"稼轩"。辛弃疾当初起这个号,是准备到农村去种地的。他常谓"人生在勤,当以力田为先"。但是生于乱世,他先以救国为重,拼搏了前半生后,不受朝廷重用,他带着满腹的郁闷、惆怅,到铅山来过农家日子。他喝酒、交友、访山林。一日访得一处泉水,不大(还没有半个网球场大),形如一个水瓢,就给它取名"瓢泉"。他在这瓢泉边一徘徊蹉跎就是二十多年,真是岁月磨尽英雄老,一个把栏杆拍遍的壮士,就这样终老山林。他一生有词作六百多首,而"瓢泉之作"竟占了两百二十五首。其中有一首《洞仙歌》以无比欣喜之情记叙了这个泉的发现:

飞流万壑,共千岩争秀。孤负平生弄泉手。叹轻衫短帽,几许红尘,还自喜,濯发沧浪依旧。

人生行乐耳,身后虚名,何似生前一杯酒。便此地、结吾庐,待学渊明,更手种,门前五柳。且归去,父老约重来,问如此青山,定重来否。

瓢泉的发现还真成了辛弃疾人生的一个转折点。两年后的1194年,他从福建任上再次被撤职,就干脆在泉边起房架屋,把家搬到这里，从此再没有离开过。

那天我去采访时，该地乡党委书记自豪地说："我这里是中国第一词乡。"我说："历史上词人的家乡多矣，何见得你就是第一？"他说有四条理由，没有人敢比。

"一、乡政府以词人之名命名；二、在本乡八十平方千米范围内竟留下辛词两百多首，占词人全作的三分之一；三、我们继承这份遗产的力度最大。"我说，前两条是硬件，全国确实没有第二家可比，唯这第三条值得商榷。书记不急，领我看他的乡政府办公小院，从院墙再到一楼、二楼、三楼，粉壁墙上浓墨淡彩，不是辛词便是辛词的画意。等到落座，他竟将辛弃疾南渡后的每一个节点、每一首词的创作时间讲得清清楚楚，当说到某首词时能背得滚瓜烂熟。真让我们这些自命为文人的人汗颜。我说："你是个'真辛粉'。"他说，在稼轩乡随便摸个人头都是"辛粉"。今年春节，乡机关同家属举办本乡的春晚，有一个节目是比赛背辛词。一口气背三首者小奖、十首者中奖、一百首者大奖，大奖奖品是一台笔记本电脑。还真有人抱走了电脑。我问，还有第四条吗？

他领我穿村走巷，穿过一片辛词的海洋，来到村外的"瓢泉"旁。他说第四条就是这"瓢泉"，是硬件里的硬件。一个词人在近千年前发现、流连、吟咏过的一处泉水，能不断线地一直流淌到今天，默默地滋润以他名字命名的稼轩乡。这确是一个奇迹，全国的唯一。

大家还记得我们在中学课本里学过那个柳宗元笔下的"小石潭"吧，那年我专门由湖南过广西去寻访，它早已无踪无影。小时我故乡的村庄里有十几处泉水，前些年回去时，一泉不存，地干裂得耕地能掉进牛腿。水这个东西，受地质、气候、战争、开矿等因素的影响，是最不稳定的。连黄河都曾有过改道和断流。难得这一瓢之泉，竟如稼轩词一样叮叮淙淙、不紧不慢地流过了千年。

瓢泉，是在一整块石头上泛出的一处小水，积为一汪，清澈见底。当年朝廷不听他这个主战派的建议，对之屡召屡弃，他心酸无比，自嘲姓氏："艰辛做就，悲辛滋味，总是辛酸辛苦。更十分，向人辛辣，椒桂捣残堪吐。世间应有，芳甘浓美，不到吾家门户。"既然好事不到吾家门户，那就把吾家搬到这个好风景处。这一瓢秀丽的小泉给了词人莫大的慰藉。朝中的事管不了，他在这里"管竹管山管水""宜醉宜游宜睡""记得瓢泉快活时，长年耽酒更吟诗"。

这里本来游人就少，泉边小树上挂了一个水瓢，是专门给辛词的知音们准备的，好隔时空遥对，同饮一泉水。我摘瓢在手，躬身舀水，举瓢齐眉如举杯，天光云影，与辛公，醉一回！饮罢，击瓢而歌曰：

君在泉之头，
我在泉之尾。
泉水淙淙流千年，
郁孤台下清江水。

君弃宦海去，
来寻甘泉美。
管山管竹又管水，

山水看你也妩媚。

君词书墙头，
君词写巷尾。
稻花香里说丰年，
千年神交，一瓢泉酒，
与君醉一回。

# 读柳永

柳永是中国历史上一个并不大的人物。很多人不知道他，或者碰到过又很快忘了他。但是近年来这根柳丝却紧紧地系着我，倒不是为了他的名句"杨柳岸，晓风残月"，也不为那句"衣带渐宽终不悔，为伊消得人憔悴"，只为他那人，他那身不由己的经历和那歪打正着的成就，以及由此揭示的做人成事的道理。

柳永是崇安（今福建省武夷山市）人，他没有为我们留下太多的生平记载，以至于现在也不知道他确切的生卒年月。那年到闽北去，我曾想打听一下他的家世，找一点可凭吊的实物，但一川绿风，山水寂寂，没有一点音息。我们现在只知道他大约在三十岁时便告别家乡，到京城求功名去了。

柳永像封建时代的大多数知识分子一样，总是把从政作为人生的第一目标。其实这也有一定的道理，人生一世谁不想让有限的生命发挥最大的光热？有职才能有权，才能施展抱负，改造世界，名垂后世。那时没有像现在这样成就多元化，可以当企业家，当作家，当歌星、球星，当富翁，在那时要成名只有一条路，去当官，所以就出现了各种各样在从政大路上跋涉着的而被扭曲了的人。像李白、陶渊明那样求政不得而求山水；像苏轼、白居易那样政心不顺而求文心；像孟浩然那样躲在终南山里而窥京城；像诸葛亮那样虽说不求闻达，布衣躬耕，却又暗暗积聚内力，一遇明主就出来建功立业。

柳永是另一类的人物，他先以极大的热情投身政治，碰了钉子后没有像大多数文人那样转向山水，而是转向市井深处，扎到市民堆里，在这里成就了他的文名，成就了他在中国文学史上的地位，他是中国封建知识分子中一个仅有的类型，一个特殊的代表。

柳永大约在公元 1017 年，宋真宗天禧元年时到京城赶考。以自己的才华，他有充分的信心金榜题名，而且幻想着有一番大作为。谁知第一次考试就没有考上，他不在乎，轻轻一笑，填词道："富贵岂由人，时会高志须酬。"等了三年，第二次开科又没有考上，这回他忍不住要发牢骚了，便写了那首著名的《鹤冲天》：

黄金榜上，偶失龙头望。明代暂遗贤，如何向。未遂风云便，争不恣狂荡，何须论得丧？才子词人，自是白衣卿相。

烟花巷陌，依约丹青屏障。幸有意中人，堪寻访。且恁偎红倚翠，风流事、平生畅。青春都一饷。忍把浮名，换了浅斟低唱。

他说我考不上官有什么关系呢？只要我有才，也一样被社会承认，我就是一个没有穿官服的官。要那些虚名有什么用，还不如把它换来吃酒唱歌。这本是一个在背地里发的小牢骚，但是他也没有想一想，你怎么敢用你最拿手的歌词来发牢骚呢？他这时或许还不知道自己歌词的分量。它那美丽的语句和优美的音律，已经征服了所有的歌迷，覆盖了所有官家的和民间的歌舞晚会，"凡有井水处皆能歌柳词"。

柳永这首牢骚歌不胫而走传到了宫里，宋仁宗一听大为恼火，并记在心里。柳永在京城又挨了三年，参加了下一次考试。这次好不容易通过了，但临到皇帝亲自圈点放榜时，仁宗说："且去浅斟低唱，何要浮名？"又把他给勾掉了。这次打击实在太大，柳永就更深地扎到市民堆里去写他的歌词，并且不无解嘲地说："我是奉旨填词。"他终日出入歌馆妓楼，交了许多歌伎朋友，许多歌伎也因他的词而走红。她们真诚地爱护他，给他吃，给他住，还给他发稿费。你想他一介穷书生流落京城有什么生活来源，只有卖词为生。这种生活的压力、生活的体味，还有皇家的冷淡，倒使他一心去从事民间创作。他是第一个去民间的词作家，这种扎根坊间的创作生活一直持续了十七年，直到他终于在五十岁才算通过考试，得了一个小官。

歌馆妓楼是什么地方啊，是提供享乐、制造消沉、拉你堕落、教你挥霍、引人轻浮、教人浪荡的地方。任你有四海之心、摩天之志，在这里也要魂销骨铄，化作一摊烂泥。但是柳永没有被化掉，他的才华在这里派上了用场。成语言：脱颖而出。锥子装在衣袋里总要露出尖来，宋仁宗嫌柳永这把锥子不好，"啪"的一声从皇宫大殿上扔到了市井底层，不想俗衣破袍仍然裹不住他闪亮的锥尖。这真应了柳永自己的那句话："才子词人，自是白衣卿相。"寒酸的衣服裹着闪光的才华。有才还得有志，多少人进了红粉堆里，也就把才沤了粪。

也许我们可以责备柳永没有大志，同为词人不像辛弃疾那样"道'男儿到死心如铁'。看试手，补天裂"，不像陆游那样"自许封侯在万里，有谁知，鬓虽残，心未死"。时势不同，柳永所处的时代正当北宋开国不久，国家统一，天下太平，经济文化正

113

复苏繁荣。京城汴梁是当时世界上最大的都市，新兴市民阶层迅速形成，都市通俗文艺相应发展。恩格斯论欧洲文艺复兴时说，这是一个需要巨人而且产生了巨人的时代，市民文化呼唤着自己的文化巨人。这时柳永出现了，他是中国历史上第一个专业的市民文学作家。市井这块沃土堆拥着他，托举着他，他像田禾见了水肥一样拼命地疯长，淋漓酣畅地发挥着自己的才华。

柳永于词的贡献，可以说如牛顿、爱因斯坦于物理学的贡献一样，是里程碑式的。他在形式上把过去只有几十字的短令，发展成为百多字的长调。在内容上他把词从官词中解放出来，大胆引进了市民生活、市民情感、市民语言，从而开创了市民所歌唱着的是自己的词的局面。在艺术上他发展了铺叙手法，基本上不用比兴，硬是靠叙述、白描的功夫，创造出前所未有的意境。就像超声波探测，就像电子显微镜扫描，你得佩服他的笔怎么能伸入到这么细微绝妙的层次。他常常只用几个字，就是我们调动全套摄影器材也很难达到这个情景。比如这首已传唱九百年不衰的名作《八声甘州》：

对潇潇暮雨洒江天，一番洗清秋。渐霜风凄紧，关河冷落，残照当楼。是处红衰翠减，苒苒物华休。唯有长江水，无语东流。

不忍登高临远，望故乡渺邈，归思难收。叹年来踪迹，何事苦淹留。想佳人妆楼颙望，误几回、天际识归舟。争知我，倚阑干处，正恁凝愁！

一读到这些句子，我就联想到第一次置身于九寨沟山水中的感觉，那时照相根本不用选景，随便一抬手就是一幅绝妙的山水图。现在你对着这词，任裁其中一句都情意无尽，美不胜收。这种功夫，古今词坛能有几人。

艺术高峰的产生和自然界的名山秀峰一样，是不以人的意志为转移的，柳永自己也没有想到，他在中国文学史上会占有这样一个重要位置。就像我们现在作为典范而临摹的碑帖，很多就是死人墓里一块普通的刻了主人生平的石头，大部分连作者姓名也没有。凡艺术成就都是阴差阳错，各种条件交汇而成一个特殊气候，一粒艺术的种子就在这种气候下自然地生根发芽了。

柳永不是想当名作家而到市井中去的，他是怀着极不情愿的心情，考场落第后走向瓦肆勾栏，但是他身上的文学才华与艺术天赋，立即与这里喧闹的生活气息、优美的丝竹管弦和多情婀娜的女子发生共鸣。他在这里没有堕落，他跳进了一个消费的陷阱，却成了一个创造的巨人。这再次证明成事成才的辩证道理，一个人在社会这架大算盘上只是一颗珠子，他受命运的摆弄，但是在自身这架小算盘上他却是一只拨着算珠的手，才华、时间、精力、意志、学识、环境，统统变成了由他支配的珠子。

一个人很难选择环境，却可以利用环境，大约每个人都有他基本的条件，也有基本的才学，他能不能成才成事，原来全在他与外部世界的关系怎么处理。就像黄山上的迎客松，立于悬崖绝壁，沐着霜风雪雨，就渐渐干挺如铁，叶茂如云，游人见了都要敬之仰之了。但是如果当初这一粒松子有灵，让它自选生命的落脚地，它肯定选择山下风和日丽的平原，只是一阵无奈的山风将它带到这里，或者飞鸟将它衔到这里，托于高山之上，寄于绝壁之缝。它哭天天不应，喊地地不灵，一阵悲泣（也许还有如柳永那样的牢骚）之后，也就把那岩石拍遍，痛下决心，既活就要活出个样子。它拼命地吸天地之精华，探出枝叶追日，伸着根须找水，与风斗与雪斗，终于成就了自己。这时它想到，多亏我留在了这里，要是生在山下将平庸一世。

　　生命是什么，生命就是创造，是携带着母体留下的那一点信息，去与外部世界做着最大限度的重新组合，创造一个新的生命。为什么逆境能成大才，就是因为在逆境下你心里想着一个世界，上天却偏要给你另外一个世界。两个世界矛盾斗争的结果，便是超乎这两个世界的更新的、更完美的世界。而顺境下，时时天遂人愿，你心里没有矛盾，没有企盼，没有一个理想中的新世界，当然也不会去为之斗争，为之创造，那就只有徒增马齿，虚掷一生了。柳永是经历了宋真宗、仁宗两朝四次大考才中了进士的，这四次共取士九百一十六人，其他九百一十五人都顺顺利利地当了官，有的或许还很显赫，但他们大都被历史忘得干干净净，而柳永至今仍享此殊荣。

　　呜呼，人生在世，天地公心。人各其志，人各其才，无大无小，贵贱不分。只要其心不死，才得其用，就能名垂后世，就不算虚度生命。这就是为什么历史记住了秦皇汉武，也同样记住了柳永。

# 追寻那遥远的美丽

快二十年了，我总有一个强烈的向往：到青海去一趟。这不只是因为小学地理上就学到的柴达木盆地、青海湖的神秘，也不只是因为近年来西北开发的热闹。另有一个埋藏于心底的秘密，是因为一首歌，那首《在那遥远的地方》，还有它的作者，像一个幽灵似的王洛宾。

大概是上天有意折磨，我几乎走遍了神州的每一个省，每一处名山大川，就是青海远不可及，机不可得。直到去年，才有缘去朝圣。当汽车翻过日月山口的一刹那间，我像一条终于跳过龙门的鲤鱼。山下是一马平川，绿草如茵，起起伏伏地一直漫到天边，我不由得想起了"天似穹庐，笼盖四野"的古老民歌。远处有一汪明亮的水，那就是青海湖，是配来映照这蓝天白云的镜子。

这里的草不像新疆的草场那样高大茂密，也不像内蒙古的草场那样在风沙中透出顽强，它细密而柔软，蜷伏在地上，如毯如毡，将大地包裹得密密实实，不见黄沙不见土，除了水就是浓浓的绿。而这绿底子上，又不时钻出一束束金色的柴胡和白绒绒的香茅草，远望金银相错，如繁星在空，这真是金银一般的草场。当年二十六岁的王洛宾云游到这里，只因那个十七岁的卓玛姑娘用鞭子轻轻地抽了他一下，含羞拍马远去，他就痴望着天边那一团火苗似的红裙，脑际闪过一个美丽的旋律——《在那遥远的地方》。

卓玛确有其人，是一个牧场主的女儿，当时王洛宾在草原上采风，无意间捕捉到这个美丽的倩影。这倩影绕心三日，挥之不去，终于幻化为一首美丽的歌，永远定格在世界文化史上。试想，王洛宾生活在大都市北平，走过全国许多地方，天下何处无美人，何独于此生灵感？是这绿油油的草，草地上的金花银花，草香花香。还有这湖水、这牧歌、这山风、这牛羊，万种风物万般情，全在美人一鞭中。卓玛一辈子也没有想到，她那轻轻的一鞭会抽出一首世界名曲。

当后人听着这首歌时，总想为它注释一个具体的爱情故事，殊不知这里不但没有具体的爱，就是在作者的实际生活中，也没有找到过歌唱中的甜蜜。王洛宾好像生来就负有一种使命，总是去追寻美丽——美丽的旋律、美丽的女人，还有美丽的情感。王洛宾是"美令智昏""乐令智昏"，他认为生活甚至生命就是美丽的音乐。

他一入社会就直取美的内核，殊不知这核外还有许多坚硬的甚至丑陋的外壳。所以他一生屡屡受挫，直到1981年六十八岁时，才正式平反，恢复正常人的生活，1992年七十九岁时，中央电视台首次向社会介绍他的作品。这时，全社会才知道，那许多传唱了半个世纪的名曲，原来都出自这个白胡子老头。国内外许多媒体，纷纷为他举办各种晚会。

我曾看过一次盛大的演出，在名曲《掀起你的盖头来》的伴奏下，两位漂亮的姑娘牵着一位遮着红盖头的"新娘"，慢慢踱到舞台中央，她们突然揭去"新娘"的盖头，水银灯下站着一个老人，精神矍铄，满面红光。他那把特别醒目的胡须银白如雪，而手里捏着的盖头殷红似血。全场响起有节奏的掌声，人们唱着他的歌，许多观众的眼眶里已噙满泪花。这时，离他生命的终点只剩下两三年的时间。

王洛宾的生命是以歌为主线的，信仰、工作，甚至生活中的衣食住行都成了歌的附属，就像一棵树上的柔枝绿叶。1937年，他到西北，这本是一次采风，但他被那里的民歌所迷，就留下不走了。他在马步芳和共产党的军队里都服过役，为马步芳写过歌，也为王震将军的词配过曲。

他只知音乐而不知其余。甚至他已成了一名解放军的军人，却突发奇想要回北京，于是不辞而别。正当他在北京的课堂上兴奋地教学生唱歌时，西北来人将这个开小差的逃兵捉拿归案。我们现在读这段史料真是哭笑不得，甚至在劳改服刑时，他宁可用维持生命的一个小窝头，去换取人家唱一曲民间小调。

他也曾灰心过，有一次他仰望厚墙上的铁窗，抛上一根绳，挽成一个黑洞似的套圈。就要踏向另一个世界时，一声悠扬的牧歌，轻轻地飘过铁窗，他分明看到了铁窗外的白云红日，嗅到了原野上湿润的草香。他终于没有舍得钻进那个死亡隧道，三两下扯掉了死神递过来的接引之绳。音乐，民间音乐，才真正是他生命的守护神。我们至今不知道这是哪一位牧人的哪一首无名的歌，这也是一根"卓玛的鞭子"，又一回轻轻地抽在了王洛宾的心上。这一鞭，为我们抽回来一只会唱歌的老山羊，一个伟大的音乐家。

为了寻找那种遥远的感觉，我们进入金银滩后选了一块最典型的草场，大家席地而坐，在初秋的艳阳中享受这草与花的温软。不知为什么，一坐到这草毯上，人人都想唱歌。我说，只许唱民歌，要原汁原味的。当地的同志说，那就只有唱情歌。青海的"花儿"简直就是一座民歌库，分许多"令"（曲牌），但内容几乎清一色歌唱爱情。一人当即唱道：

尕妹送哥石头坡，
石头坡上石头多。
不小心跷了妹的脚，
这么大的冤枉对谁说。

这是少女心中的甜蜜。又一人唱道：

黄河沿上牛吃水，
牛鼻圈落在个水里。
我端起饭碗想起你，
面叶捞不到嘴里。

这是阿哥对尕妹急不可耐的思念。又一人唱道：

菜花儿黄了，
风吹到山那边去了。
这两天把你想死了，
不知道你到哪儿去了。
黄河里的水干了，
河里的鱼娃见了。
不见的阿哥又见了，
心里的疙瘩又散了。

一个多情少女正为爱情所折磨，忽而愁云满面，忽而眉开眼笑。

秦时明月汉时关，卓玛的草原、卓玛的牛羊、卓玛的歌声就在我的眼前。现在我才明白，我像王洛宾一样鬼使神差般来到这里，是因为这遥远的地方仍然保存着的清纯和美丽。六十四年前，王洛宾发现了它，六十四年后，它仍然保存完好，像一块闪着荧光不停放射着能量的元素，像一座巍然耸立、为大地输送着溶溶乳汁的雪山。青海湖边向来是传说中仙乐缈缈、西王母仙居之所，现在看来，这传说其实是人们对这块圣洁大地的歌颂和留恋，就像西方人心中的香格里拉。

我耳听笔录，尽情地享受着这一份纯真。

我们盘坐于草地，手持鲜花，遥对湖山，放浪形骸，击节高唱，不觉红日压山。当我记了一本子，灌了满脑子，准备踏上归途时，突然想到一个问题，怎么这么多的歌声里，倾诉的全是一种急切的盼望、憧憬，甚至是望而不得的忧伤，为什么就没有一首来歌唱爱情结果之后的甜蜜呢？

晚上青海湖边淅淅沥沥下起当年的第一场秋雨，我独卧旅舍，静对孤灯，仔细地翻阅着有关王洛宾的资料，咀嚼着他甜蜜的歌和他那并不甜蜜的爱。

闯入王洛宾一生的有四个女人。第一位是他最初的恋人罗珊，两人当时都是留洋学生。一开始，他们从北平出来，卿卿我我，甜甜蜜蜜，但风雨交加只得时聚时散，若即若离，最终没能结合。王洛宾承认她很美，但又感到抓不住，或者不愿抓牢。他成家后，剪掉了贴在日记本上的罗珊的玉照，但随即又写上"缺难补"三个字，可想他心中是怎样的剪不断，理还乱。直到1946

年王洛宾早已娶妻生子,还为罗珊写了一首歌:

你是我黑夜的太阳,
永远看不到你的光亮。
偶尔有些微光呃,
也是我自己的想象。

你是我梦中的海棠,
永远吻不到我的唇上。
偶尔有些微香呃,
也是我自己的想象。

你是我自杀的刺刀,
永远插不进我的胸膛,
偶尔有些微疼呃,
也是我自己的想象。

你是我灵魂的翅膀,
永远飘不到天上。
偶尔有些微风呃,
也是我自己的想象。

意大利名曲《我的太阳》中的那位女郎是一个灿烂的太阳,而王洛宾的这个太阳却朦朦胧胧,只是偶尔有些微光,有时又变成了梦中的海棠,留在心中的只是飘忽不定、彩色肥皂泡似的想象。

　　第二位便是那个轻轻抽了他一鞭的卓玛,他们相处只有三天,王洛宾就为她写了那首著名的歌。回眸一笑甜彻心,瞬间美好成永远。卓玛不但是他的太阳,还是他的月亮。她那粉红的笑脸好像红太阳,她那美丽动人的眼睛好像晚上明媚的月亮。为了那"一鞭情",他甚至愿意变作一只小羊,永远跟在她的身旁。但是也只跟了三天,此情此景就成了遥远的回忆。

　　第三位是他的正式妻子,比他小十六岁的黄静,结婚后六年就不幸去世了。

　　第四位是他晚年出名后,前来寻找他的台湾女作家三毛。三毛的性格是有点执着和癫狂的,他们相处了一段时间后三毛突然离去,当时在社会上曾引起一阵轰动、一阵猜测。我们现在看到的是王洛宾在三毛去世之后为她写的一首歌《等待》:

　　你曾在橄榄树下等待再等待,
　　我却在遥远的地方徘徊再徘徊。
　　人生本是一场迷藏的梦,
　　且莫对我责怪,
　　为把遗憾赎回来,
　　我也去等待,
　　每当月圆时,
　　我对着那橄榄树独自膜拜。
　　你永远不再来,我永远在等待,
　　等待等待,等待等待,
　　越等待,我心中越爱。

四个人中，只有黄静与他实实在在地结合，但他却偏偏为那三个遥远的人儿各写了一首动情的歌。

第二天我们驰车续行，雨还在下，飘飘洒洒，若有若无，草地被洗得油光嫩绿。我透过车窗看远处的草原，全然是一个童话世界。雨雾中不时闪出一条条金色的飘带，那是盛开的油菜花；一方方红的积木，那是牧民的新居；还有许多白色的大蘑菇，那是毡房。这一切都被洇浸得如水彩，如倒影，如童年记忆中的炊烟，如黄昏古寺里的钟声。我一次次地抬头远望，一次次地捕捉那似有似无的海市蜃楼。脑际又隐隐闪过五彩的鲜花、美妙的歌声，还有卓玛的羊群。

我突然想到，这自然世界和人的内心世界在审美上是多么相通。你看遥远的东西是美丽的，因为长距离为人们留下了想象的空间，如悠悠的远山，如沉沉的夜空；朦胧的东西是美丽的，因为它舍去了事物粗糙的外形，而抽象出一个美的轮廓，如月光下的凤尾竹，如灯影中的美人；短暂的东西是美丽的，因为它只截取最美的一瞬，如盛开的鲜花，如偶然的邂逅；逝去的东西也是美丽的，因为它留给我们永不能再的惆怅，也就有了永远的回味，如童年的欢乐，如初恋的心跳，如破灭的理想。

王洛宾真不愧为音乐大师，对于天地间和人心深处的美丽，大师撮其神，一"曲"皆留住。他偶至一个遥远的地方轻轻哼出一首歌，一下子就幻化成一个叫我们永远无法逃脱的光环，美似穹庐，直到永远。

# 《康定情歌》背后的故事

南国冬日，冒着凛冽的海风，我来到福建惠安，看一个给全世界留下了永远的爱，自己却没有得到爱的人。三年前，我到川藏交界的康定，无意中知道那首著名的《康定情歌》的发现整理者是一个叫吴文季的人，原籍福建惠安。以后就总惦记着这件事，今天终于有缘来访他的故居和墓地。

在抗日战争时期，吴文季一腔热血投奔抗日，在武汉参加了"战时干部训练团"，后又辗转重庆，考入中央音乐学院。学院停课期间，为生计他应聘到驻扎在康定地区的青年军教歌，这使他有机会到民间采风。康定地处汉藏文化的交接带，既有汉文化的敦厚，又有藏文化的豪放，尤其是音乐取杂交优势，更显个性。大渡河畔有一座跑马山，那是汉藏同胞，特别是青年男女节日里跑马对歌的地方。吴文季就是在这里采得这首情歌溜溜调的。

随着抗战胜利学校内迁，这首歌也被带回南京。先是经加工配器在学院的联欢会上演出，引起轰动。当时的中国女高音歌唱家喻宜萱就将它带到巴黎的国际音乐节，于是这首歌又走遍世界。那是多么浓烈的爱情旋律啊！"世间溜溜的女子，任我溜溜地爱哟，世间溜溜的男子，任你溜溜地求哟。"从西部高原吹来的清风夹着草香，裹着这歌、这情，飘过原野，洒向广袤的大地。大渡河的雪浪和着它的旋律，一泻千里，冲出深山，流过平原，直入大海。

那天晚上我就宿在康定城里。这是一座高山峡谷中的小城，抗战时曾做过西康省的省会，因地处中国内地通往西藏直至印度的咽喉要道，当时是仅次于上海、天津的对外商埠。晚饭后在街上散步，随处可见历史的遗痕，老房子、商店里的旧家具，地摊上的老画片，还有藏区常见的石头、骨头项链、小刀具等，许多外地游客在街上悠闲地转悠着，怀旧，淘宝。

市中心修了一个休闲广场，华灯初上，喇叭里播放着《康定情歌》，还有那首有名的《康巴汉子》："康巴汉子哟……胸膛是野性和爱的草原，任随女人恨我，自由飞翔……"河水穿城而过，拍打着堤岸，晚风轻漾，百姓就在广场上和着这歌的旋律、浪的节拍翩翩起舞。不少游客按捺不住，也跳进队伍里，手之舞之，足之蹈之。那坦荡的爱浓烈的情，我现在想来心中还咚咚作响。《康定情歌》已被刻在大渡河边的石碑上，已登上各种演唱会，通过现代传媒手段传遍全球，甚至被卫星送上太空。但是，很少有人问一问，它的作者是谁？

当我在大渡河边惊喜地知道了这首民歌的发现整理者时，立即就想探寻他的身世。几年来我到处搜求有关资料，而这却将自己推入一种悲凉的空茫。

南京解放后，吴文季在1949年5月参加解放军，先后在二野文工团、西南军区文工团、总政文工团工作，曾任男高音独唱演员，领唱过《英雄战胜大渡河》等著名的歌曲。但因为参加过"战干团"和曾到国民党部队教歌这一段经历，他被认为不宜在总政文工团工作，于1953年被遣送回乡。没有任何处分，也没有任何说法。天真的他以为下放劳动一两年就可返回北京，以至于他走时连行李都没有带全，一批宝贵的创作乐谱也寄存在朋友处。没有想到竟是一去不归。

那天，我从惠安县城出发，找到洛阳镇，又在镇上找到一条小巷。这巷小得仅容一人紧身通过，然后是一处破败的民房。房分前后室，我用脚量了一下，前室只有三步深，墙上挂着他的一张遗像，供少数知情而又知音的人前来瞻仰。地上则散乱地堆着一些他当年用过的农具，后室只能放下一张床，是他劳累一天之后，挑灯写歌的地方。

吴回乡后，孤无所依，就吃住在兄嫂家，每日出工，参加集体劳动，业余帮镇上的中学辅导文艺节目，一时使该校节目水平大涨，居然出省演出。后来又安排他到地方歌舞团工作，还创作并排练了反映当地女子爱情的歌剧《阿兰》。他盼着北京有令召还，但日复一日，不见音讯。就这样，直到1966年5月1日他不幸病逝，也没有等到召回令，时年才四十八岁。

参观完旧居，访过他的兄嫂，我坚持要去看看他的墓。村里人说，从来没有外地人，更没有北京来的人去看，路不好走。我的心里一紧，就更想去会一会那颗孤独的灵魂。开车不能了，我们就步行从一条蜿蜒的小路爬上一个山包，再左行，又是一条更窄的路。因为走的人少，两边长满一人多高的野草，一种大朵的黄花夹生其中。我问这叫什么花，领路的村民说："叫臭菊，到处是，很贱的一种花，常用来沤肥的。"我心里又是一紧，更多了一分惆怅。大家在齐人深的野草和臭菊中觅路，谁也不说话，好像回到一个洪荒的中世纪。

转过一个小坡，爬上一个山坳，终于出现一座孤坟。浅浅的土堆，前面有一块石碑，上书"吴文季之墓"，并有一行字："他一生坎坷，却始终为自由而歌唱。"我想表达一点心意，就地采了一大把各色的野花，中间裹了一大朵正怒放的臭菊，献在他的墓前，深深地鞠了一躬，然后坐在坟前，听头上的风轻轻吹过，两旁松柏肃然，世界很静。

我想陪这个土堆里的人坐一会儿，他绝不会想到有这样一个远方的陌生人来与他心灵对话。他整理那首情歌是在1944年左右，到现在已经六十多年，那是他精神世界中最明媚、灿烂的时刻。而他的死，并孤寂地躺在这里是1966年，也已半个世纪。他长眠后的岁月里，回忆最多的一定是在康定的日子，那强壮的康巴汉子、多情的藏族姑娘，那激烈的赛马、跳舞、歌唱、狂欢的场面。这是他一生中最美好的一瞬。

音乐史上的许多名曲都来自民间的采风，并伴有音乐家的传奇故事，如大漠戈壁长风送来的驼铃，久久地摇荡着人们的心灵。吴文季的西康采风，类似音乐家王洛宾的青海湖边采风，康定的藏族姑娘应该比青海的藏族姑娘更热辣奔放一些。王洛宾与卓玛曾有一鞭情，有相拥于马背、飞驰过草原、陶醉于绿草蓝天的浪漫，因而产生了那首名曲《在那遥远的地方》。我们也有理由猜想，在《康定情歌》后面，在鼓声咚咚、彩旗飘飘的跑马山上，或许也另有一个浪漫的故事。"世间溜溜的男子，任你溜溜地求哟"，难道吴家这样英俊的大哥就没有哪位姑娘在赛马时轻轻地抽他一鞭？那时他才二十四岁啊，正是花季。

我在墓边坐着，南国的冬天并不凋零，放眼望去，大地还是一样地葱绿。近处仍是没过人的野草和大朵的臭菊，远处有一座小山，我问叫什么山，陪同的人说不出具体的名字，倒讲了一个曾在山那边发生的著名的"陈三五娘"故事。啊，我知道《陈三五娘》是在闽南一带流传甚广的传统剧目，后来还被拍成了电影。大意是穷文人陈三，在元宵灯会上与富家女子黄五娘邂逅，互相爱慕。黄父却贪财爱势，将五娘允婚他人。陈三便和五娘私奔，终于找到了自己的幸福。这是一个闽版的《梁祝》，但我不知故事的原型却是在这里。

讲故事者说，他们私奔的路线就是从那座山后转过来，一直朝这边，朝吴的墓地走来。吴文季在这里长大，又酷爱民间音乐，他一定看过这出戏。也许，他在这凄冷的墓里，还在一遍一遍地回味着这个故事。私奔是爱情题材中常有的主题，从司马相如与卓文君到《陈三五娘》，传唱不衰。但天上无云何有雨，地上无土怎长苗？当你处于一个不敢爱或不敢被人爱的环境或条件下时，你与谁私奔，又奔向何处呢？

吴文季所留资料甚少。他在总政文工团大约是有一位女友的，离京时，他的衣物、书籍，特别是一些乐谱资料还寄存在她处。但自从下放后，对方的回信就渐写渐少，最后音讯断绝。这大约是我们知道的他一生中唯一享受过的一丝的爱，像早春里吹过的一缕暖风，然后又复归消失。

山上的风大，不可久留，我起身下山，对地方上的朋友说："墓碑上的那句话应改为：他终身为爱情而歌唱，却没有得到过爱。"

# 来自天国的枫杨树

一次在贵州谈树,座中有一位干部说,他多年前在云贵边境的大山里下乡,见到一棵大树,不知名,还拿回其一根枝到省林业部门求证,也无结果,后来大家就都称这树为无名树。我听后大奇,世上哪有没名字的树?第二年我就专程到大山里去访这棵树,想不到引出一段传奇。

树在贵州省威宁县的石门坎乡。这里是云、贵、川交会的鸡鸣三省之地,属乌蒙山区的最深处。那天,一转过山梁我就看见了那棵树,非常高大,长在半山腰上,都快要与山顶齐平了。等走到树下,真的立有一块小石碑,上面用中英双语刻着"无名树"。原来,这是清末一名叫伯格理的英国传教士从家乡带来的树苗,竟在异国他乡生长得这般硕壮高大。

一棵古树就是一本活着的史书。在我采写的人文古树系列中,有记录了战争、天灾、经济活动等各种事件和人物的古树,唯独没有一棵记录传教士文化的古树。十多年前,我到福建三明考察过一片栲树林。这是一种珍稀树种,全世界只有两片成林,一片在巴西,但面积很小,约六百亩,我们这一片有两万多亩。这树种有一个奇怪的名字——格氏栲,是一个叫格瑞米的英国传教士在中国发现后回国写成论文公布的。但是我遍查资料,也没有发现格瑞米这个人,只好存疑。今天在这里,终于第一次见到一棵实实在在的附载有西方传教士文化的大树。

## 树无名，人不再

来之前我稍微做了一点功课。

伯格理（1864—1915）生于英国一个工人家庭，二十三岁那年被教会招募到中国传教。他先在安徽经过半年的汉语培训，然后溯长江而上到云南。中途在三峡的急流中还翻船落水，险丢性命。以后从云南进入贵州，他的一生就全部贡献给这座乌蒙大山了。中央电视台曾播过他的三集纪录片，国内也出版过有关他的书。

乌蒙山深处生活着这样一个族群：苗民。他们原住中原，同为华夏后裔，在经年的战乱中被逼得一逃再逃，直落入这边陲大山的夹缝之中。没有了自己的土地、财产、文字，没有尊严，被汉人地主欺侮、歧视，被彝人奴隶主掠为奴隶，类似印度的贱民。他们算是世界上最苦难的族群之一了，极需要同情，需要改变现状。这时伯格理出现了，好像是上天导演的一出话剧，世界上一个最先进国家的年轻人，突然降落在一个最落后的族群中，剧情由此展开。

当时的苗民几乎没有什么房屋可言，草棚、洞穴，人畜共居。就是直到2000年左右我第一次去苗寨时，有的人家仍然是下养牛上住人，围火塘而食，屋里臭气氤氲，黑烟熏人。陪同的市委领导说他一般下乡都不进苗屋的。可是一百多年前的伯格理，大大方方地住进了苗屋。他在日记里说，有一次他抱着一捆干草，与一头猪睡在一起过了一夜。他学着说苗语，吃荞面、土豆。他去救济那些在生存线上挣扎的苗民。请看他的日记：

12月15日。由于寒冷和饥饿,人们每天都在死亡线上挣扎。

12月18日。晚饭后我和老杨带着一些苞谷和几百文钱,去寻访穷人。整天都在下雪。在我们的第一个去处,房子已经倒塌,他们用苞谷秸秆搭了一个巢穴。里面有父亲、母亲、一个儿子和一个小姑娘。除了一塘火,一无所有。每到夜晚,成群的狼就在周围大声地号叫。我们给了他们一些粮食和钱。

12月20日。和老杨一起出去,救济了四个家庭。

无疑,苗民正在遭受最沉重的苦难,问题是谁来拯救他们。他们中间没有工人阶级,不可能产生阶级觉悟,也没有先进文化的输入。这是一片最适合外来宗教植入的土壤。马克思说:"宗教里的苦难既是现实的苦难的表现,又是对这种现实的苦难的抗议。宗教是被压迫生灵的叹息,是无情世界的心情,……宗教是人民的鸦片。"伯格理就是这样一位来自八千公里之外的、以宗教的身份闯入苦难世界的使者,他和苗民兄弟一起对现实抗议、同情、叹息,用宗教来安抚被压迫者的生灵。

这好像不可理解,一个英国人明明可以过着衣食无忧的日子,为什么要千里迢迢,来东方过这地狱式的生活?那时在英国的教会有一股"救世"热,招募青年到最苦最远的地方去拯救穷人。对于一个渴望有成就、愿牺牲的年轻人来说,这也是机遇。

世上总有一些愿以生命之血汗去培植理想之花的人,而不必计较以什么名义。就像我国20世纪五六十年代毕业的大学生,一句口号"到祖国最需要的地方去",就能立即让人热血沸腾,甚至付出生命。我就是当时从北京去到内蒙古的,二十二岁,比伯格理来中国时还小一岁。我们那一批人到达后还嫌不苦，不愿留在城镇，我的一个福建籍的同学提出到更远的阿拉善去，他终日在茫茫的戈壁滩上与一个孤身老牧民一起牧骆驼，好像这样才是心目中的壮丽人生。大约青年人在他青春期的那几年，一颗不安分的心总在做着异常的跳动，不知道哪一次就会跳出轨道，做出想不到的事情。

伯格理当然不是以革命的名义，不是来领导穷人打土豪、分田地的。他是以宗教的名义，来施舍主的爱，教人自爱、互爱，做上帝的羔羊。他要在乌蒙深处开辟一片桃花源。而这里确实也是一个川、云、贵三不管的世外之地。他在这里安了家，只花了五个英镑在山坳坳里盖起一座简陋小屋，被称为"五镑小屋"，他要用愚公移山的耐力，撬开这个石门坎，干一番事业。

那天，我是先绕行云南昭通，而后进入贵州威宁的石门坎的。山崖上一扇巨大的石门半开，横断云贵，石门坎由此得名。石壁旁用中英双语刻着一行字：

栅子门的石梯路

1905 年，为方便从昭通运送砖瓦到石门坎修建教堂和学校，伯格理先生安排打通的岩路。学校建成后，由负责建筑工程的王玉洁老师以此为背景取名"基督循道工会石门坎小学"，1912 年更名为"中华基督循道工会石门坎光华小学"。

一过石门坎就可以看到那棵高大的"无名树"，它浓绿一团，像是这个石灰岩大山中的圆心一点；直立着朝向太阳，又像是一根测量时间的日晷。它就这样每日运转着太阳的投影，已经一百多年。我们那一天的采访，无论走到哪个方向都能回望到它的身影。

石门下面是陡峭的石梯小路，满地碎石。我小心地下到寨子里，最想看的当然是主人的故居，那个"五镑小屋"。那间房子与其说是主人的卧室，还不如说是这大山里唯一的一间诊所。在这里发生过许多治病救人的故事。苗民处深山之中，远离现代文明，终年潮湿阴冷，瘴气横行。天花、霍乱、伤寒、麻风多种传染病轮番发生，民众完全生活在一种痛苦无告的自生自灭之中。伯格理虽然举着唯心的宗教旗帜，但首先得面对唯物的残酷现实。他在传播上帝之爱前，先得抚平苗民正在流血的伤口。

伯格理行走在崎岖小路上，穿行于寨子间，总是药箱不离身，在集市上碰到有人倒地就灌药施救。他娶了一个护士妻子，又有几个专业医生做同道。他屋内那张白木小桌上，各种药瓶就占了大半个桌面。不相识的苗民经常老远赶来求他治病。那些原本必死无疑的伤寒、疟疾等，几片西药就起死回生，在苗民眼里伯格理就是神仙。这是科学的力量，但伯格理把功劳记在神的账上，劝说那些受苦的人：归来吧，耶稣的孩子。于是从者如流。

伯格理真心把苗民当亲人，施医喂药，不嫌其脏，不怕染病。而事实上他也多次被传染，病愈后又照样救人。在病危时他宁可把稀缺的盘尼西林让给苗民，但最后一次他没有能摆脱病魔之手。1915年，石门坎流行伤寒，许多人逃走躲避，他却留下来照顾他的学生。他终于倒在了"五镑小屋"里，时年只有五十一岁。所以，我一进入石门坎，就在这个山坳里上上下下地搜寻那个"五镑小屋"，但是历经百年风雨，它早已荡然无存。唯有当年在屋后栽的那棵"无名树"已长得特别高大，要三人才能合抱。

它一离地即分为两股,像一个倒立的"人"字,写向蔚蓝的天空。

## 人虽去,石留痕

石门坎,是一部用石头书写的历史。

苗民无自己的文字,也不识汉字。好像处在石器时代,与外部世界完全无法沟通,因此,受尽汉官、彝族土司的欺骗、作弄。他们常拿一张有字的纸,说上面是公文,任意勒索。苗族本来与华夏同源,曾是楚人先祖。但是由于不断地被驱赶、逃亡,到被赶到西南边陲时,他们不但丢失了土地,也丢失了自己的文字。伯格理下决心创造苗文。他选用苗族衣服上的图案作声母,从拉丁文中找韵母,模仿汉语的单音节词,终于制订出了第一批苗文,这是一个奇迹,苗人可以读书上学了。

这就回到了文章开头说的石门坎小学。石门坎,一道石头的门槛,这边是贵州那边是云南,两边分布着最穷苦的苗民。伯格理带领他们打通了这道门槛,烧砖、烧瓦、伐木,建起了一所能容纳两百多名学生的小学校,周边山区还建了十七所分校,为地方发展了新式教育。1911年,中国的辛亥革命爆发,他即把学校改名为"石门坎光华小学",意在庆祝推翻清朝,光复中华,并在《苗族原始读本》中加进了爱国主义教育的内容:

问:苗族是什么样的民族?
答:苗族是中国的古老民族。
问:中国是什么?
答:中国是世界上一个古老的国家。

问：苗族是从哪里来的？

答：苗族是从中国内地的黄河边来的。

他很注意配合时局，争取地方政府的支持。他在日记里记载，端午节要开运动会了：

我早在节前一周致函汉官（县长），邀请他在节日那一天光临，为获胜者颁奖。他于下午两点来到并对孩子们发表了演说，接着为学校颁发了证书及奖品。

值得一提的是，从一开始，伯格理就坚持苗、汉双语教学，使学生视界开阔，也加强了民族团结与融合。学校还开英语课、生理卫生课。所以后来曾发生了更奇怪的事情，抗日战争中驼峰航线上的美国飞行员因飞机失事降落在深山里，竟遇到了能说流利英语的苗民，因而得救。

伯格理在深山办学的影响有多大，只举两例便知。辛亥革命后蔡锷任云南总督，急需人才，他于1912年2月6日亲自致电伯格理：

需八名苗民学生，入云南省立师范，成绩优者，入北京师范；（需）入讲武堂四名，成绩优异者，送日本士官学校，以造国家栋梁。

伯格理当即答应。

他还不断选送优秀小学毕业生到成都华西中学读书。这些孩子毕业后又都回到苗区发展教育事业。有一个叫朱焕章的孩子，十六岁才读小学一年级，但是天资聪颖。伯格理资助他去成都华西大学读书，他在毕业典礼上的发言引起了坐在台下的蒋介石的注意，就单独召见他，希望他到总统府工作。朱焕章却婉言拒绝，他说："我的老师伯格理告诉我们，每个受到高等教育的苗族人都要回到石门坎，为苗族人服务。"1946年，朱焕章当选为"国大"代表，到南京参加会议，他是苗族参与国家大事的第一人。蒋再次单独召见他，希望他出任当时政府教育部民族教育司司长，朱焕章再次拒绝。他回到石门坎开办了第一所中学，自任校长，为苗族培养了很多人才。

经过伯格理坚持不懈的努力，这个西南大山里的文化荒原上出现了奇迹。从1905年第一所学校开学，仅仅三十年，云贵苗区的教育水平远远高于当时的全国平均水平，甚至高于汉人的平均教育水平。1945年抗战胜利后，国民党曾做过人口普查：汉人每十万人中有二点一九个大学生，而苗族人每十万人中有十个大学生。

以一人之力改变一个地区的文化落后，历史上确有先例。唐代，韩愈被发配到潮州，那也是一处未开发的蛮荒之地，买卖奴隶，巫术盛行，他大办学校以开民智。他之前潮州只出过三名进士，他之后到南宋就出了一百七十二名进士。韩庙碑上说："不有韩夫子，人心尚草莱。"这乌蒙大山里，如果没有伯格理，苗民的精神世界也还是一团荒草啊。是伯格理帮他们翻过了这道愚昧和文明之间的门槛。

我很想看一看伯格理小学的旧址。2015年，这里曾纪念过石门坎小学建立一百周年。但是旧房也早已片瓦不存了，倒是那棵"无名树"下有1914年立的一块由当时的县知事书写的功德碑，讲伯格理如何在这里"兴惠黔黎，初开草昧""能支大厦，独辟石门""化鴃舌为莺声，……由人间而天上"，其意类潮州韩夫子庙碑。斯人虽远去，石碑留旧痕。

石门坎是一道大的石坡，没有走惯山地的人还真有点累。我们在"无名树"下小憩一会儿继续下行。突然在断壁荒草间发现一些整齐的石块，再一看竟然是两个相连的旧游泳池，池子半边靠山，三面围墙，相当于现在一个标准泳池的大小，全部用二尺长的大石条砌成。泳池还十分完好，只是久不使用，石缝里长出了没膝深的荒草。草丛中的一块小石碑上面用中英文刻着："游泳池。伯格理先生修于1912年。1913年5月端午节运动会正式使用。"当年他们砍伐竹子，打通竹节，架设管道，从山上引来清泉水注入池中。这恐怕是中国最早的露天游泳池了。可以想见，一生都不洗一次澡的苗民，在清澈见底的泳池中戏水，春风吹面，蓝天白云，那是一种什么样的心情。

从游泳池再下一个小坡，便是足球场了。这是伯格理和他的学生们用蚂蚁搬家、蜜蜂做窝式的方法，从石山腰上硬抠出一块平地建成的。伯格理本人足球、篮球、板球无所不能。足球场一边紧贴着山壁，一边就是悬崖，下面是万丈深渊，远处是不尽的群山，层层峦峦，云蒸雾霭。据说当年踢球时，如果不小心皮球滚落山下，是要背着干粮去下山寻找的。

当年的四川军阀杨森也喜欢足球，并且手下有一支球队，号称打遍天下无敌手。他从四川到贵州上任，路过石门坎意外地发现这里竟有一个足球场，就让他的球队与苗族学生队比赛，学生们打赤脚上阵。结果三场球，杨队输了两场，有一场还是苗族学生给了面子。杨森把他的队员集合起来臭骂一顿说："你们还好意思穿鞋吗？"队员们忙脱下鞋送给这些苗族兄弟。临走时杨森还向伯格理要了四名队员。

伯格理从英国带来了篮球、足球，在学校举办运动会，让苗民第一次尝到现代运动的欢乐。他的日记里这样记载：

引进各种各样的体育项目，除了能增强中国人的体质，也可以大大促使中国的年轻人，无论是汉族还是少数民族，摆脱低级趣味，过上健康、快乐、积极向上的生活。

伯格理开办新式学校，引进现代体育运动，在这个深山窝里大刀阔斧地移风易俗，现在想来人们几乎不敢相信。但大树作证，青石留痕。我在泳池边长满青苔的石条上漫步，度量着池的长宽；从这个悬崖足球场的边上探身下望，想象着当年挖土开石的劳作；又回头仰望那棵伸向半空的"无名树"。石门坎，石门坎，这是一片纯石头的喀斯特地貌，是贵州全省最高最寒冷的地方，却在一百多年前捷足先登，最早接触到了现代文明。旧武侠小说里常说某人的武功抓石留痕，佛教故事说达摩面壁九年，在这悬崖峭壁上，伯格理有什么样的功夫，能够留下这么多痕迹呢？

## 树有名，爱永在

当我从上向下依次看完了石门坎、"无名树"、游泳池、足球场之后，又返回到山梁上。虽然明知"五镑小屋"和当年的石门坎小学早已不复存在，还是想凭吊一下它的旧址。

"五镑小屋"已经让伯格理的后继者高树华牧师改建成一座

二层小别墅。有壁炉、橱柜，很厚的石墙，典型的英式房子，体现了当时最高的西方文明。但是，这房子里却藏着一个悲剧。好房子引起了土匪的注意，他们猜想主人一定有钱。1936年3月6日，一伙土匪冲进高的小屋，不但抢劫了他的财物，还残忍地将他推下石坎，一直滚落到无名树下。无名树看着这位可怜的英国同乡在痛苦地呼喊，但也无能为力。当学生们闻讯赶来时，高已血肉模糊，他只说了一句话："我要和伯格理牧师在一起。"最终他也长眠在石门坎下。

在原石门坎小学的旧址上已建造起一所现代化的小学和一所中学。近十年来石门坎已经出了本科生三百五十人，研究生六人，博士生两人。

让我吃惊的是，石门坎小学竟有一个红色的塑胶大操场，在绿色四围的群山怀抱中十分耀眼。球场靠悬崖一侧的边缘建了一条开放式的图书走廊（可能也是为了防止皮球的滚落），学生们课后可以随意抽读自己喜欢的书。我抽出一本，还未及读，立时白云擦肩，绿风入袖，八百里乌蒙奔来眼底，不觉神思千里之外。这一生不知读了多少书，也上过各类的学府，却从来没有见过这样的高山清风读书处。

我慢慢收回视线，才猛然发现刚才还在半山腰的"无名树"，正好长到与新学校的操场齐平。这时才看清了树梢和它的枝、它的叶。只见每一束柔枝上都旁生出长长的叶柄，柄侧对生着椭圆形的叶片，类似槐树的叶形，但更大、更绿、更柔软，如一扇孔雀的羽毛。更有趣的是，枝上挂着的果荚，像一串串的鞭炮，足有二尺来长，在微风中来回摆动，闪着粼粼的光。我赶快用手机上的识花软件一搜，哎呀，它本来是有名字的啊，叫枫杨树！这是一棵来自天国的枫杨树。

枫杨树形疏密有致，枝叶婆娑轻柔，有柳树的风度，所以别名麻柳；那一串鞭炮式的果荚很像蜈蚣，又叫蜈蚣柳。我奇怪为什么它的学名叫枫杨？枫树和杨树分别属于槭树科和杨柳科，这枫杨树却属于胡桃科，既不沾枫也不带杨呀。大约它的片荚状果实与枫树相似，而身形又如杨树般高大。果荚片片兮飘四方，身躯巍巍兮立山岗。人们仰之敬之，不认识它就直呼为"无名树"，已经一百多年了。

现在到底该叫什么名字呢？我想这棵树来到中国已一百多年，早已中国化了。它有一个名、一个字。学名枫杨树，字伯格理。事实上我多次来贵州，一般人说起这棵树时，也都称它为伯格理树。

伯格理是一个特例，是一个奇迹。

他在旧中国的动乱年代，在最穷困落后的苗族山区，用了十年的时间创办教会、学校、医院、邮局，创造了苗文，普及文化，引进良种，移风易俗。直到1915年去世，他把毕生的心血贡献给了当时中国最落后的被人遗忘的乌蒙山区。

但他还是没有能走得更远，他在世时屡遭地方黑恶势力的阻挠、追打，有一次重伤几乎丢掉性命，后回国养伤，他的继任者也不幸命殒石门坎。他的事业不可复制。这类似旧中国梁漱溟、晏阳初在山东、河北做的农村改革实验，如夜空飞过了一颗流星。那么伯格理的意义在哪里？在于他宣示了爱的力量。他不能左右时局的变化，不能左右政治形势，但是可以唤醒人们的良知。用大爱去融化一切的不愉快，就像海水淹没嶙峋的礁石。

不错，伯格理是来传教的。1840年鸦片战争后，中英不平等条约强加进了传教条款,他是乘着西方的侵略浪潮而登陆中国的,他是一个虔诚的教徒。伯格理在日记中说:"我们在这里不是政治代言人,不是探险家,不是西方文明的前哨站。"伯格理是用一片爱心来做这件事的,他为能被苗族接受感到无限幸福,他在《苗族纪实》中激动地说:

和他们是一家人!在我生平中还从来没有受到过如此崇高的赞扬;而且是被中国最贫穷和待发展的少数民族认可为一种父兄般的形象,这对于我来说是最大的幸福。成为苗族人中的一位苗人!所有这些成千上万的蒙昧、不卫生、落后、犯过罪的但又是最可爱的人。我的兄弟和姐妹们,我的孩子们!

自从猴子变人以来,人类就是一个命运共同体了。岂止人类,便是这个星球上所有的生物同在一个地球村,也都是一个命运共同体。人们对山水、花草、动物尚且有爱心,何况同类之间呢。爱因斯坦是威力无穷的原子能的奠基人,人们问他世上什么力量最强大?他说,是爱。

爱是一条底线,在道德上叫人道,在哲学上叫共性,在品格上叫纯粹。这是超阶级、超种族、超时空的。只不过一般的爱心总要有一个躯壳,如男女之爱,如亲情之爱,如阶级之爱,如同病相怜,等等。宗教也是众多躯壳之一,伯格理就是顶着这个躯壳来推行爱心的。事实上他已超越了宗教。因为并不是所有的宗教和宗教徒都能做到这一点。相反,以宗教名义进行的战争、残杀,从来也没有休止过。伯格理是从宗教的蛹壳中化飞出来的一只彩蝶,他体现的是最彻底的人道精神。

大约比伯格理早三百年，中国哲学家王阳明从京城被贬官到贵州，他那时的生存条件比伯格理更差一些。他在一个山洞中痛苦地悟出了对后世影响很大的致良知思想，即人人都有内在于心的天理良知，我们要通过各种艰苦的磨炼来找到它。伯格理是在中国贵州彻底实践了王阳明致良知哲学思想的第一个外国人。

当一个人修炼得超出他的躯壳后，就是一个纯粹的人，有道德的人，他会超时空地受到所有人的尊敬。这样的例子，中外不胜枚举。如白求恩，一个加拿大人来中国支援抗日；如斯诺（摩门教徒），一个美国人同情红军，宣传红军，冒险采写了《西行漫记》；如拉贝（犹太教徒），一个德国人在遭遇南京大屠杀时冒死救了许多中国人；南非黑人领袖曼德拉坐狱二十七年，出狱后就任总统时，却邀请看守他的狱卒参加典礼。以上这些人各有自己国籍、党派、民族、宗教的躯壳，但爱到深处，爱到纯粹时，这些躯壳都已灰飞烟灭，只剩下一颗爱心，即老百姓说的良心。大爱是能求同存异、包容一切的。不论是一个人还是一个团体，有没有爱心是衡量他好坏的底线。这就是为什么虽然已经过去一百多年，伯格理在中国人心里，尤其是在苗族人的心里总是抹之不去。

人总是要死的，把身体埋入地下，把精神寄托在天上。宗教称之为天国。在各国的神话中都有一整套天国世界的人和物。我们也常说，在天之灵，等等。伯格理早就是天上的人了。但是，他在人间留下了一棵树：伯格理树。一年又一年，这棵树挺立在石门坎上，舞动着青枝绿叶，呼吸着乌蒙山里的八面来风，现在它已经超过主人生命的一倍，将来还会超十倍、几十倍地活下去，向后人讲述爱的故事。

# 平凉赋

中国以"平"命名的地名何其多也,然甘肃平凉之"平"别有深意。其得名于前秦苻坚在此建郡,欲平定前凉,一统天下。后岁月推移,疆域西展,平凉遂渐居华夏版图之中心。其接昆仑而下关中,控南北而带东西,崆峒一柱,顶天立地。登高一望,九万里江山来眼底,三千年文明在心头。

平凉之地,苍天厚爱。戈壁西去,独留崆峒一柱绿;漠风北来,化作泾川百里波。冬无严寒,暖风吹得游人醉;夏无酷暑,大树底下故事多。至今,宫庙相望,祭拜不息,多少美丽的传说代代相续。虽神话无凭,却佛道有据。崆峒山上,黄帝东来问大道;大云寺里,佛祖西遗舍利子。神矣,仙矣,佛矣,道矣!平凉,平凉,神仙的家乡,中华民族梦中的摇篮。

然,人非神仙,大业实难;佛道尚空,青史维艰。平凉地处咽喉,时跨千年,阅尽了多少往事云烟。

周文王伐密,李世民破阵;吴氏抗金,朱元璋分藩。飞将军李广,"不教胡马度阴山";皇甫谧,在此写就中华针灸奠基篇。落日城头,丝路西去驼影重;笳声呜咽,将军东归车马喧。长路漫漫,大漠孤烟。李商隐怀才不遇,泾州城头,"欲回天地入扁舟";林则徐禁烟获罪,含恨西行,"楼头倚剑接崆峒";左宗棠柳湖扎营,平乱抗俄,收复新疆,湖湘子弟满天山,更可贵,其为民生,开国门,中国第一次引进西洋机械开渠在平凉。谭嗣同仗剑北上,"划开天路岭为门",反身去做变法流血第一人;冯玉祥五原誓师下平凉,新军新学推新政,于城乡遍立民国"为民碑"。天道轮回,人盼和平,开国前夕,彭德怀推兵布阵在平凉,又重演苻坚、左宗棠剑指西北定边陲。

马踏祁连,人唱阳关,大军西行,红旗插遍陕、甘、宁、青、新。美丽河山,破镜又圆,重描仙境在人寰。分矣,合矣,乱矣,治矣!平凉,平凉,新的起点,中华民族翻越文明的一道门槛。

青史不绝,地覆天翻,不废寒来暑往。任朝代更迭,王母宫里香火不断,人民企盼的是四时平安;任将来相去,柳湖畔左公柳常绿如烟,百姓记住的是留给了他们多少阴凉。为政之道,平平常常,国富民安;为官之德,平平淡淡,不躁不贪;治世之方,公平公正,同热同凉。崆峒山高,泾河水长,大道无形,佛法无边。平凉,平凉!天道有常,神人合一,人心是天。天不变,道亦不变。

第三章

# 雁过留声

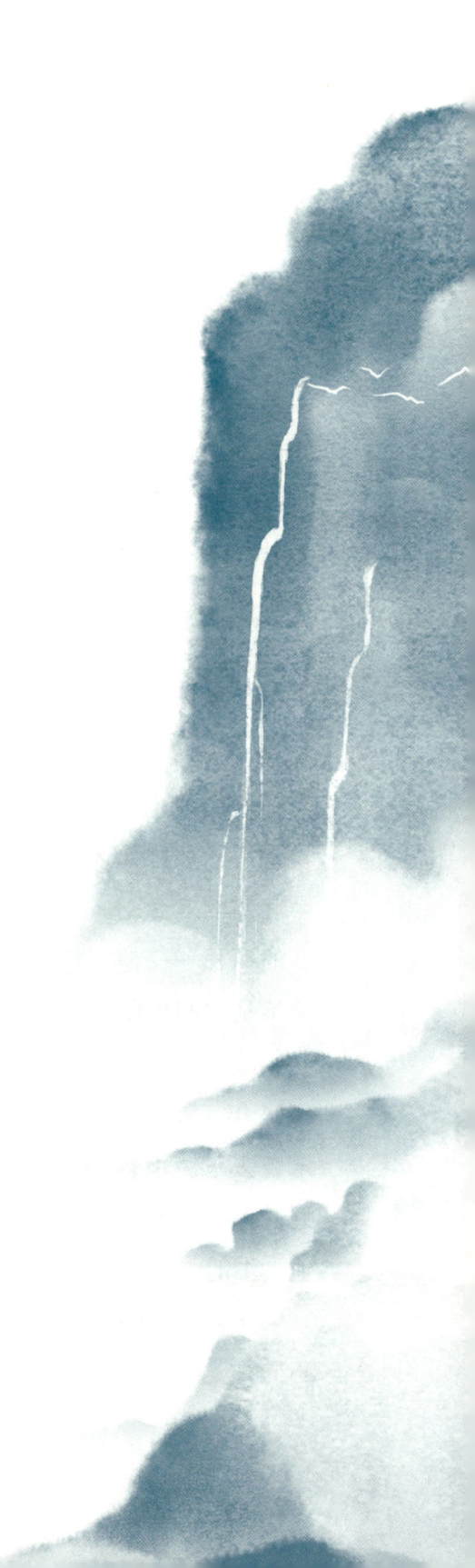

## 徐霞客的丛林

丛林这个词，在自然界就是树林，密密麻麻，丛生着的树木；在佛教里是指僧人聚居的地方——寺院，后来演变成寺院管理。大概出家人总是在远离烟火的地方修行，那里除了树林还是树林。于是丛林，就同时为自然界和精神界所借代，横跨两域而囊括四方。而有一个人，却一生都在这两个丛林里穿行，他就是徐霞客，让我们现在来截取一段他最后的丛林生活。

徐霞客是中国的旅行文学之祖，他一生足迹遍及现在全国的二十一个省，经三十余年撰成六十余万字的《徐霞客游记》。我总在好奇地想一个问题，古代交通不便，山水阻隔，而且像旧小说上说的那样，还时有强人出没。以他一人之力，是怎么完成这个壮举的？2018年11月，我到云南宾川县找树，却误撞入徐霞客的丛林——他穿行过的树林和探访过的寺院，才知道他的游历绝不是我们想象的那样单枪匹马。

徐霞客从二十二岁开始，游历了中国的东南部和北部。到1636年，他已四十九岁，翘首西望，彩云之南还有一块神秘之地未曾去过。他自知时日不多，便决然地对家人说："我将寄身天涯，再探胜地，家里勿念，生死由之。"就这样，徐露客开始了他人生的收官之旅。

同乡的静闻和尚知他远行，说："我听说云南有佛地鸡足山，心向往之，早刺血写就了一部《法华经》，今日正好与你结伴，亲送血经，了我大愿。"他们离开江阴，晓行夜宿，不想行至湖南境内遭强人打劫，行李、银两尽失。静闻一病不起，他对徐说："吾将不生，请务必将这部血经与我的骨灰带到鸡足山，拜托，拜托。"静闻死后，徐霞客将其火化，捧经负骨，一路向鸡足山而来。

我们现在查到的日期，徐霞客是明崇祯十一年（1638年）十二月二十二日进山的，还带了一个姓顾的随身仆人，就是日记里常提到的顾仆。他这次连续住了三十天，每天写一篇游记。后应丽江土司之邀下山，第二年八月又再返回山上，日记续写到九月十四日，是为《徐霞客游记》的最后一篇。两次共考察记录了二十五寺、十九庵、二十七静室、六阁和两庙。而吃住、供应、交际，几乎全都是在寺院里。日出而作，青山绿水；日入而息，黄卷青灯。终日在两个丛林中穿行，超凡脱俗，过着化外生活。

作为旅行文学家，他有一种天生的使命感，就是发现自然之美并诉诸美妙的文字，我们至今可与之分享快乐。徐霞客在这里寻奇觅险，就连随从、仆人都不敢上的地方，他常一人攀藤附葛，直达绝顶。舍身崖，一般都是佛地名山的最高最险处，只有舍身敬佛的教徒，为表虔诚才肯冒险一试。你看他是这样登上鸡足山舍身崖的："余攀蹑从之，顾仆不能至。时罡风横厉，欲卷人掷向空中。余手粘足踞，幸不为舍身者，几希矣。"半空绝壁，大风能把人抛向谷中。他"手粘足踞"，像壁虎一样爬了上去。而遇风景优美处，则如在仙境。水帘洞"垂空洒壁，历乱纵横，皆如明珠贯索"，石上绿苔"若绚彩铺绒，翠色欲滴"，崖畔"巨松夹陇，翠荫分流"。

他去探一个壁上的奇洞，没有路，"见一木依崖直立，少斫级痕以受趾，遂揉木升崖……足之力半寄于手，手之力亦半无所寄，所谓'凭虚御风'，而实凭无所凭，御无所御也"。你看，这简直是练杂技。仅靠在一根直木上砍出的几个印子，只能踩住脚趾，就敢攀岩。而且，你再细细品读"揉木升崖"的那个"揉"字，用得多好。他只能全神贯注地体会脚下这力，反复试踏，揉挪脚趾，如履薄冰。我们现代人开车，碰到难停的车位，或需小心地掉头、倒车、错车时，就常用"揉车"这个词，原来在三百年前徐霞客就早有发明。遇有风景好的时候，他则心情大好。"（楼）前瞰重壑，左右抱两峰，甚舒而称。楼前以杪松连皮为栏，质朴而雅，楼窗疏棂明静。度除夕于万峰深处，此一宵胜人间千百宵。"

他几乎每天都是在这样地冒险、享受，其乐无穷，他的日记就是一部旅游词典。类似的妙语还有：蚁附虫行、悬峻梯空、涧水冷冷、乔松落落，等等。登山时"作猿猴升"；民俗的热闹"鼓吹填街"；除夕夜举火朝山的人群"彻夜荧然不绝"。他登上鸡足最高峰，看东北方向，雪山皑皑，金沙江明灭一线，蜿蜒东来。徐霞客终于完成了中国地学的新发现，金沙江才是长江的源头："而雪山之东，金沙江实透腋南注。"只有登临绝顶，俯视大千，揽山河于怀中，才会溢出"透腋南注"这样的词句，真巨笔如椽，气达乾坤。

徐霞客是大学问家，他的旅行自然不在游玩山水，而是游学山水，把文章写在大地上和山水之间。晚年的徐霞客已经声名远播，粉丝如云。许多人争相为他提供考察线索，而地方上也常以能接待他为荣。这就应了马克思的那句话，人是各种社会关系的总和。他早不是一个自然的个体人，而已是一个社会的人，他的行走也成了文化上的穿针引线。

徐霞客在西行前,当时的大学者陈继儒分别写介绍信给滇中名士唐大来、丽江土司木增,和鸡足山上的弘辨、安仁二僧。而这二僧当年曾在江浙一带修行,木增土司又很向往汉文化,宗教成了南北四方文化交流的纽带。徐霞客人还未到,消息就不胫而走,僧俗人等翘首以盼。徐到后的第一件事情,就是安顿好静闻和尚的后事。上山当天他先进的是大觉寺,一进山门就解下包袱,献上血经,将静闻和尚的骨灰挂于院中的一株宋梅上,商议如何修塔归葬。而他也好像有了回家的感觉。

云南省的宾川县位于金沙江南岸之干热河谷,海拔从一千四百米到三千三百米不等,是典型的立体气候,植物品种极为丰富。感谢徐霞客在三百多年前就穿行在这片丛林里,给我们留下了生物多样性的记录。《徐霞客游记》中详细描写了鸡足山从山下到山顶的松树、胡桃、栗树、桂子、竹、草、兰等。他总是以一种好奇的、喜悦的心情观察自然,山水多情,草木有灵。

鸡足山上长着一种云南松,为松科松属的常绿乔木。松树是一个大家族,世界上的松树有八十余种,在我国分布于东北、华北、西北的有油松、樟子松、黑松和赤松;分布于华中的有马尾松、黄山松、高山松;分布于川滇地区的有云南松、思茅松。松树以其耐旱、抗寒、长寿和树形高大而常被赋予人格上的象征,受人喜爱。松树因每束针叶的数量不同,而分为二针、三针、四针、五针。云南松通常三针一束,它还有一个特点是松针柔软而细长,是普通油松的三四倍,颜色鲜嫩青翠,一穗穗地披拂在枝,如观音手中的拂尘。更奇特的是,春天这鲜嫩的松针是可以做成菜吃的,二十多年前我来云南时就曾尝过。

在《徐霞客游记》中，徐霞客详细描绘了传衣古寺前的一株云南松，主干一丈五尺以上，有三人合抱之粗，而横枝却比树干还大，已经开裂，只好筑了一个台子，撑起木桩来保护。它的枝叶从四面披散倒悬下来，如凌空飞舞的凤凰。松后的石坊上有一副对联："峰影遥看云盖结，松涛静听海潮生。"山中有寺，寺前有坊，坊上有联，而这一切又掩映在一株不知年月的古松之中，这是何等有人文气息的丛林。亦幻亦真，亦树亦文。他一生踏寻山水，遍访名刹，现在又沉浸在大自然与历史文化相融相映的气氛之中，慢慢品着这副对联，竟推敲起文字来，"涛潮二字连用，不免叠床之病，何不以'声'字易'涛'字乎？"后来他修《鸡足山志》时，又特为这棵"传衣寺古松"立此存照："鸡山之松，以五鬣（五鬣，即云南松古称，以其针穗长如动物毛发）见奇，参霄蔽陇，碧荫百里，须眉尽绿，然挺直而不虬，巨润而不古，而古者常种也。龙鳞鹤氅，横盘倒垂，缨络千万，独峙于传衣之前，不意众美之外，又独出此一老。"可惜现在这松与寺都已不复存在了。

如欧洲早期的教会一样，中国的佛教寺院也是一块精神和文化的高地。明代万历年间，鸡足山上逐渐形成了一个青烟缭绕、钟鼓相闻的佛国世界。最盛时有三十二寺七十二庵，两千僧人。而寺庙的兴建、香客的云集，又拉动了建筑业、商贸业与民间文化交流。徐霞客在山上记山水、考寺院、研究文学，搜集诗文，编《鸡足山志》。每日不是漫步在山风绿树间，就是浸润在精神的丛林中，足行手记，为我们留下了那个时代的人文写真。虽远在深山，却情趣多多。

徐曾记某日寺里的早点，"三空先具小食，馒后继以黄黍之糕,乃小米所蒸,而柔软更胜于糯粉者。乳酪、椒油、菱油、梅醋,杂沓而陈,不丰而有风致。"他在山上考察十分辛苦,跋山涉水汗流浃背,抄录碑文,冻僵手指。寺里就请他去洗热水澡。这是一个长丈五、宽八尺、深四尺之大池,连着一口烧水大锅,要一天才能烧热。他与四个长老同浴,先在池外洗擦,再入池浸泡,"浸时不一动,恐垢落池中",再擦,再泡,类似现代的桑拿浴。他自觉有趣,"如此番之浴,遇亦罕矣"。

大觉寺里居然还有一个人工喷泉,池中置盆,"盆中植一锡管,水自管倒腾空中,其高将三丈,玉痕一缕,自下上喷,随风飞洒,散作空花。"他怀着一颗童心,饶有兴趣地去分析研究,终于弄清是将对面崖上的水,用管子从地下暗引过来,水压形成喷泉。这恐怕是有记载的中国最早的人工喷泉。

和尚们与他的关系很好,争着抢着邀他到自己的寺、庵、静室里去住,真有点"米酒油馍炕上坐,快把亲人迎进来"的感觉。山上僧众也有派系,徐甚至还为他们解决矛盾,排解纠纷。

他常住在悉檀寺。悉檀者,梵语,普度之意。这是明王朝敕封的皇家寺院,宏伟庄严"为一山之冠"。日记载,那年腊月二十九他在寺里吃过早饭,到街上去买了一双鞋,仆人买了一顶帽子,逛街,中午吃了一碗面。又上行二里,到兰陀寺,寺主热情出迎。见院内有一块残碑,就细考并笔录。神情专注,不觉天黑,"录犹未竟",寺主备饭留宿。他就让仆人回悉檀寺取自己的卧具,仆人带回悉檀长老的话说,别忘了明天是除夕呀,让你的主人早点回来,"毋令人悬望"。你看,多么温馨的画面,好一个暖暖的丛林。有时回来晚了,寺里就派人举灯到路边或"遍呼山头"。正月十五那天,寺里与民间一样张灯结彩,铺松毛坐地,摆各种果盒，饮茶谈笑，山上居然还有外国僧人。

他的日记，随意记来，山风扑面，涧水有声，僧俗人物等都跃然纸上。

我不知道徐霞客在其他地方是如何游历的，想来别处也不可能一地而集中这几种高档的丛林，有这么多奇绝秀美的山、涧、瀑、树，还有许多从皇家寺院到个人的茅庵、静庐。他是真正来做文化修行的啊，丛林复丛林，何处是归程，徐霞客找到了自己的归宿。而佛祖也觉得他已功德圆满，该召他回西天去了。他那双跋涉了大半生的赤脚疲倦了，一日忽生足疾，渐次不能行走。崇祯十二年（1639年）九月十四日，他写完了《徐霞客游记》的最后一篇。在山上边休养边修《鸡山志》，三个月后丽江土司派来了八个壮汉，用竹椅将他抬下山去，一直送到湖北境内上船。一百五十天后他回到江阴老家，不久便去世了，享年五十四岁。

我在山上沿着徐霞客考察的路线走了一遍，努力想找回他当年的影子。顺着一条深涧的边沿，我们折进一片林子，约行二里，即是他曾住过的悉檀寺。当年的皇家寺院已毁于"文化大革命"，没膝深的荒草荆棘里依稀可辨旧时的柱础、房基和片片瓦砾。唯有寺前的一棵云南松孤挺着伸向蔚蓝的天空，随着时间潮水的退去，它已长成一个顶天立地的汉子，这棵松树该命名为徐霞客松。

当年丽江土司所差的八位壮士就是从这个路口抬他下山的，他示意绕松而过，再看一眼涧边的飞瀑。平时他最喜在这里观瀑，日记中写道："坠崖悬练，深百余丈""绝顶浮岚，中悬九天"。其时正当冬日，叶落满山，飞瀑送客，呼声切切。他这次可不是平常出游之后的回乡，而是客居人间一回，就要大辞而别了。徐霞客从怀中掏出一支磨秃了的毛笔，挥手掷入涧中，伫望良久，他想听一听生命的回声。那支笔飘摇徐下，化作了一株空谷幽兰，依在悬崖之上，数百年来一直静静地绽放着异香。人们把它叫作《徐霞客游记》。

正是：

霞落深山林青青，掷笔涧底有回音。
风尘一生落定时，文章万卷留后人。

## 梁思成落户大同

当北京正在为拆掉梁思成、林徽因故居,而闹得沸沸扬扬、满城风雨时,山西大同却悄悄地建了一座梁思成纪念馆。这是我知道的国内第一座关于他的纪念馆,没有出现在他拼死保护的古都北京,也没有出现在他的故乡广东,却坐落在塞外古城大同。

我当时听到这件事不觉大奇,主持城建的耿彦波市长却静静地回答说:"这有两个原因,一是20世纪30年代梁先生即来大同考察,为古城留下许多宝贵资料,这次古城重建全赖他当年的文字和图录;二是解放初梁先生提出,将北京新旧城分开建设以保护古都的方案,可惜未能实现。六十多年后,大同重建正是用的这个思路。"大同人厚道,古城重建工程还未完工,便先在东城墙下为先生安了一座住宅。开馆半年,参观者已过三万人。

梁思成是古建专家,但更不如说他是古城专家、古城墙专家。他后半生的命运是与古城、古城墙连在一起的。1949年初,解放军攻城的炮声传到了清华园,他不为食忧,不为命忧,却为身处的这座古城北平担忧。一夜,有两位神秘人物来访,是解放军派来的,手持一张北平城区图,诚意相求,请他将城内的文物古迹标出,以免为炮火所伤。从来改朝换代一把火啊,项羽烧阿房,黄巢烧长安,哪有未攻城先保城的呢?仁者之师啊,他激动得说不出话来,标图的手在颤抖。这是他一生最难忘的一幕。

中国有世界上最古老的房子,却鲜少留下怎么盖房的文字。

一代一代，匠人们口手相传地盖着宏伟的宫殿和辉煌的庙宇，诗人们笔墨相续，歌颂着雕栏玉砌，却不知道祖先留下的这些宝贝是怎样造就的。梁思成说："独是建筑，数千年来，完全在技工匠师之手。其艺术表现大多数是不自觉地师承及演变之结果。这个同欧洲文艺复兴以前的建筑情形相似。这些无名匠师，虽在实物上为世界留下许多伟大奇迹，在理论上却未为自己或其创造留下解析或夸耀。"

如何发扬光大我民族建筑技艺，在以往都是无名匠师不自觉地贡献，今后却要成为近代建筑师的责任了。直到20世纪20年代末，国内发现了一本宋版的《营造法式》，但人们不懂它在说些什么。大学者梁启超隐约觉得这是一把开启古建之门的钥匙，便把它寄给在美国学建筑的儿子梁思成，希望他能在洪荒中开出一片新天地。梁思成像读天书、破密码一样，终于弄懂这是一本古代讲建筑结构和方法的图书。

纸上得来终觉浅，他从欧美留学回来便一头扎进实地考察之中。那时的中国兵荒马乱，梁带着他美丽的妻子林徽因和几个助手，跑遍了河北、山西的古城和古庙。山西北部为佛教西来传入中原时的驻足之地，庙宇建筑、雕塑壁画等保存丰富；又是北方游牧民族定居、建都之地，城建规模宏大。20世纪30年代，西方科学研究的"田野调查"之法刚刚引进，这里就成为中国第一代古建研究人的理想试验田。

1933年，梁思成、林徽因一行来到大同，下午即开始调查测量华严寺，接着又对云冈、善化寺进行详细考察，后又往附近的应县木塔、恒山悬空寺调查。再后来，梁、林又专门去了一次五台山，直到卢沟桥的炮声响起，他们才撤回北平。因为有梁思成的到来，这些上千年的殿堂才首次有现代照相机、经纬仪等设备为其量身造影。

在纪念馆里，我们看到了梁思成满面风尘趴在大梁上的情景，也看到了秀发披肩、系着一条工作大围裙的林徽因正双手叉腰，专注地仰望着一尊有她三倍之高的彩塑大佛。幸亏抢在日本人占领之前，梁思成和林徽因等人的这次测量留下了许多宝贵资料，以后许多文物即毁在侵略者的炮火下。抗战期间，他们到处流浪，丢钱丢物也不肯丢掉这批宝贵资料，终于在四川长江边一个叫李庄的小镇上，完成了《图像中国建筑史》等一批关于中国古建研究的重要著作，也成就了梁、林在中国建筑史上的地位。

现在纪念馆的墙上和橱窗里，还有梁、林当年为大同所绘的古建图，严格的尺寸、详尽的数据、漂亮的线条，还有石窟中那许多婀娜灵动的飞天。真不知道当时在蛛网如织、蝙蝠横飞、积土盈寸的大殿里，在昏暗的油灯下，在简陋的旅舍里，他们是怎样完成这些开山之作的。这些资料不只为大同留下了记录，也为研究中国建筑艺术提供了依据。

1949年新中国成立，饱受战乱之苦又饱览古建之学的梁思成极为兴奋。他想得很远，9月开国前夕，他即上书北平市长聂荣臻将军，说自己"对于整个北平建设及其对于今后数十百年影响之极度关心""人民的首都在开始建设时必须'慎始'"，要严格规划，不要"铸成难以矫正的错误"。

他头脑里想得最多的是怎样保存北京这座古城。当时保护文物的概念已有，但是，把整座城完好保存，不破坏它的结构布局，不损坏城墙、城楼、民居这些基本元素，却是梁思成首次提出。他曾经设想，为完整保留北京古城，在其西边另辟新城，以应首都人民的工作和生活之需；他又设想在城墙上开辟遗址公园，"城墙上面，平均宽度约十公尺以上，可以砌花池，栽植丁香、蔷薇一类的灌木，或铺些草地，种植草花，再安放些园椅。夏季黄昏，可供数十万人纳凉游息。秋高气爽的时节，登高远眺，俯视全城，西北苍苍的西山，东南无际的平原，居住于城市的人民可以这样接近大自然，胸襟壮阔；还有城楼角楼等可以辟为陈列馆、阅览室、茶点铺。这样一带环城的文娱圈、环城立体公园，是全世界独一无二的"。

你看，他的论文和建议，也这样富有文采，可知其人是多么纯真浪漫，这就是一代学者的遗风。现在我们在纪念馆里，还可以看到他当年手绘的城头公园效果图。但是他的这个思想太超前了，不但与新中国翻身后建设的狂热格格不入，就是当时比较发达、亟待从战火中复苏的伦敦、莫斯科、华沙等都市也无法接受。其时世界各国都在忙于清理战争垃圾，重建新城。刚解放的北京竟清理出34.9万吨垃圾、61万吨大粪，人们恨不能将这座旧城一锹挖去，他的这些设想也就只能停留在建议中和图纸上了。

中华人民共和国成立后的十多年间，北京今天拆一座城楼，明天拆一段城墙。每当他听到轰然倒塌的声响，或者锹镐拆墙的咔嚓声，他就痛苦得无处可逃。他说拆一座门楼是挖他的心，拆一层城墙是剥他的皮。诚如他在给聂荣臻的信里所言，他想的是"今后数十百年"的事啊。向来，知识分子的工作就不是处置现实，而是探寻规律、预示未来。他们是先知先觉，先人之忧，先国之忧。所以也就有了超出众人、超出时代的孤独，有了心忧天下而不为人识的悲伤。

1965年,他率中国建筑代表团赴巴黎出席世界建筑师大会,这时许多名城,如伦敦、莫斯科、罗马在战后重建中都有了拆毁古迹的教训,法国也正在热烈争论巴黎古城的毁与存,会议期间法国终于通过了保护巴黎古城另建新区的方案,而这时比巴黎更古老的北京却开始大规模地拆毁城墙。消息传来,他当即病倒。回国途中他神志恍惚,如有所失,过莫斯科时在中国大使馆小住,他找到一本《矛盾论》,把自己关在房子里苦读数遍,在字里行间寻找着,希望能排解心中的矛盾。

　　记得那几年我正在北京西郊读书,每次进出城都是在西直门城楼下的公交车站换车,总是不由得仰望一会儿那巍峨的城楼和翘动的飞檐。如果赶在黄昏时刻,那夕阳中的剪影,总叫你心中升起一阵莫名的感动。但到毕业那年,楼去墙毁,沟壑纵横,黄土漫天。而这时梁思成早已被赶出清华园,经过无数次的批斗,然后被塞进旧城一个胡同的阴暗小屋里,忍受着冬日的寒风和疾病的折磨,直到1972年去世。

　　辛弃疾晚年怀才不遇,报国无门,他曾自嘲自己的姓氏不好,"艰辛做就,悲辛滋味,总是辛酸、辛苦"。梁先生是熟悉宋词的,他晚年在这间房子里一定也联想到自己的姓氏,真是凄凉做就,悲凉滋味,凉得叫他彻心彻骨。这个小屋是他在这个生活、工作,并拼命保护的城市里的最后一处住所,就是这样一间旧房也还是租来的。我们伟大的建筑学家,研究了中国古往今来所有的房子,终身以他的智慧和生命来保护整座北京城,但是他一生从没有一间属于自己的房子。

　　今天我站在新落成的大同古城墙上,想起林徽因当年劝北京市领导人的一句话:"你们现在可以拆毁古城,将来觉悟了也可以重修古城，但真城永去，留下的只不过是一件人造古董。"我们现在就正处在这种无奈和尴尬之中。但是重修总是比抛弃好，毕竟我们还没有忘记历史，在经历了痛苦的反思后又重续文明。

现在的城市早已没有城墙，有城墙的城市是古代社会的缩影，城墙上的每一块砖，都保留着那个时代的信息和文化基因。每一个有文化的民族，都懂得爱护自己的古城，犹如爱护自己身上的皮肤。我看过南京的明城墙，墙缝里长着百年老树，城砖上刻有当年制砖人的名字，而缘砖缝生长的小树根，竟将这个我们不相识的古人拓印下来，他生命的信息融入了这棵绿树，就这样一直伴随着改朝换代的风雨走到我们的面前。我想当初如果听了梁先生的话，北京那四十公里长的古城墙，还有十多座巍峨的城楼，至今还会完好保存。我们爬上北京的城楼，能从中读出多少感人的故事，听到多少历史的回声。而现在我只能在大同城头发思古之幽情，和表示对梁先生的敬意了。

我手抚城墙，城内的华严寺、善化寺近在咫尺，那不是人造古董，而是真正的辽、宋古建文物，是《营造法式》书中的实物。寺内的佛像至今还保存完整，栩栩如生。他们见证了当年梁先生的考察，也见证了近年来这座古城的新生。

手抚这似古而新的城墙垛口，远眺古城内外，我在心中吟哦着这样的句子：

> 大同之城，世界大同。
> 哲人之爱，无复西东。
> 古城巍巍，朔风阵阵。
> 先生安矣！在天之魂。

# 百年明镜季羡老

九十八岁的季羡林先生离我们而去了。

初识先生是在 20 世纪 90 年代的一次颁奖会上。那时我在新闻出版署工作,全国每两年评选一次优秀图书,季老是评委,坐第一排,我在台上干一点宣布谁谁讲话之类的"主持"之事。他大概看过我哪一篇文章,托助手李玉洁女士来对号,我赶忙上前向他致敬,会后又带上我的几本书到北大他的住处去拜访求教。他对家中的保姆也指导读书,还教她写点小文章。先生的住处是在校园北边的一座很旧的老式楼房里,朗润园十三号楼。那天我穿树林,过小桥找到楼下,一位司机正在擦车,说正是这里,刚才老人还出来看客人来了没有。

房共两层,先生住一层。左边一套是他的会客室,有客厅和卧室兼书房,不过这只能叫书房之一,主要是用来写散文随笔的,我在心里给它取一个名字叫"散文书屋",著名的《牛棚杂忆》就产生在这里。书房里有一张睡了几十年的铁皮旧床,甚至还铺着粗布草垫,环墙满架是文学方面的书,还有朋友、学生的赠书。他很认真,凡别人送的书,都让助手仔细登记、编号、上架。到书多得放不下时,就送到学校为他准备的专门图书室去。他每天四时即起,就在床边的一张不大的书桌上写作。这是多年的习惯,学校里都知道他是"北大一盏灯"。有时会客室里客人多时,就先把熟一点的朋友避让到这间房里。

有一年春节我去看他，碰到教育部部长来拜年，一会儿市委副书记又来，他就很耐心地让我到书房等一会儿，并没有一些大人物乘机借新客来就逐旧客走的手段。我尽情地仰观满架的藏书，还可低头细读他写了一半的手稿。他用钢笔，总是写那样整齐的略显扁一点的小楷。学校考虑到他年事已高，尽量减少打扰，就在门上贴了不会客之类的小告示，助手也常出面挡驾。但先生很随和，听到动静，常主动出来请客人进屋。助手李玉洁女士说："没办法，你看我们倒成了恶人。"

这套房子的对面还有一套东屋，我暗叫它"学术书房"，共两间，全部摆满语言、佛教等方面的专业书，人要在书架的夹道中侧身穿行。和"散文书屋"不同，这里是先生专注学术文章的地方，向南临窗也有一书桌。我曾带我学摄影的孩子，在这里为先生照过一次相。他很慷慨地为一个孙辈小儿写了一幅勉励的字，是韩愈的那句"业精于勤荒于嬉"，还要写上"某某小友惠存"。他每有新书出版，送我时，还要写上"老友或兄指正"之类，弄得我很紧张。他却总是慈祥地笑一笑问："还有一本什么新书送过你没有？"有许多书我是没有的，但这份情太重，我不敢多受，受之一二本已很满足，就连忙说有了，有了。

先生年事已高，一般我是不带人或带任务去看他的。有一次，我在中央党校学习，党校离北大不远，他们办的《学习时报》大约正逢几周年，要我向季老求字，我就带了一个年轻记者去采访他，采访中记者很为他的平易近人和居家生活的简朴所感动。那天助手李玉洁女士讲了一件事。季老常为目前社会上的奢费之风担忧，特别是水资源的浪费，他是多次呼吁的，但没有效果。他就从自家做起，在马桶水箱里放了两块砖，这样来减少水箱的排水量。这位年轻的女记者当时就笑弯了腰，她不能理解，先生生活起居都有国家操心，自己何至于这样认真？以后过了几年，她每次见到我都提起那件事，说季老可亲可爱，就像她家乡农村里的一位老爷爷。

后来季老住进三〇一医院，为了整理先生的谈话我还带过我的一位学生去看他，这位年轻人回来后也说，总觉得先生就像是隔壁的一位老大爷。我就只有这两次带外人去见他，不忍心加重他的负担。但是后来过了两年，我又一次住党校时，有一位学员认识他，居然带了同班十多个人去他病房里问这问那、合影留念。他们回来向我兴奋地炫耀，我却心里戚戚然，十分不安，老人也实在太厚道了。

先生永远是一身中山装，每日三餐粗茶淡饭。他是在二十四岁那一年，人生可塑可造的年龄留洋的啊，一去十年。以后又一生都在搞外国文学、外语教学和中外文化交流的研究，怎么就没有一点"洋"味呢？近几年基因之说盛行，我就想大概是他身上农民子弟的基因使然。有一次他在病房里给我讲，小时穷得吃不饱饭，给一个亲戚家割牛草，送完草后磨蹭着不走，直等到中午，只为能给一口玉米饼子吃。他现在仍极为节俭，害怕浪费，厌恶虚荣。每到春节，总有各级官场上的人去看他，送许多大小花篮，他病房门口的走廊上就摆起一条花篮的长龙。到医院去找他，这是一个最显眼的标志，他对这总是暗自摇头。我知道先生是最怕虚应故事的。有一年老同学胡乔木邀他同去敦煌，他是研究古西域文化的，当然想去，但一想到沿途的官场迎送，便婉言谢绝。

自从知道他心里的所好，我再去看他时，就专送最土的、最实用的东西。一次从香山下来,见到山脚下地摊上卖红薯,很干净漂亮的红薯,我就买了一些直接送到病房,他极高兴,说很久没有见到这样好的红薯了。先生睡眠不好,已经吃了四十年的安眠药,但他仍好喝茶。杭州的"龙井"当然是名茶,有一年我从浙江开化县的一次环保现场会上带回一种"龙顶"茶。我告诉他这"龙顶"在"龙井"上游三百公里处,少了许多污染,最好喝。他大奇,说从未听说过,目光里竟有一点孩子似的天真。我立即联想到他写的一篇《神奇的丝瓜》,文中他仰头观察房上的丝瓜,也是这个神态。这一刻我一下读懂了一个大学者的童心,和他对自然的关怀。季老为读者所喜爱,实在不关什么学术,至少不全因学术。

他很喜欢我家乡出的一种"沁州黄"小米,这米只能在一小片特定的土地上生长,过去是专供皇上的。现在人们有了经营头脑,就打起贡品的招牌,用一种肚大嘴小的青花瓷罐包装。先生吃过米后,却舍不得扔掉罐子,在窗台上摆着,说插花很好看。以后我就摸着他的脾气,送土不送洋,鲜花之类的是绝不带的。后来聊得多了,我又发现了一丝微妙,虽是同一辈的大学者,但他对洋派一些的人物,总是所言不多。

我到先生处聊天,一般是我说得多些,考虑先生年事已高,出门不便,就尽量通报一点社会上的信息。有时政、社会新闻,也有近期学术动态,或说到新出的哪一本书、哪一本杂志。有时出差回来,就说一说外地见闻。有时也汇报一下自己的创作,他都很认真地听。助手李玉洁说:"先生希望你们多来。"他还给常来的人都起个"雅号",我的雅号是"政治散文",他还就这个意思为我的散文集写过一篇序。如时间长了我未去,他会问助手,

"政治散文"怎么没有来。

一次我从新疆回来,正在创作《最后一位戴罪的功臣》,我谈到在伊犁采访林则徐的旧事。虎门销烟之后林被清政府发配伊犁,家人和朋友要依清律出银为他赎罪,林坚决不肯,不愿认这个罪。在纪念馆里有他就此事写给夫人的信稿。还有发配入疆时,过险地"果子沟",大雪拥谷,车不能走,林家父子只好下车蹚雪而行,其子跪地向天祷告:"父若能早日得救召还,孩儿愿赤脚蹚过此沟。"先生的眼角已经饱含泪水。他对爱国和孝敬老人这两种道德观念是看得很重的。他说,爱国,世界各国都爱,但中国人爱国观念更重些。欧洲许多小国,历史变化很大,唯有中国有自己一以继之的历史,爱国情感也就更浓。他对孝道也很看重,说"孝"这个字是汉语里特有的,外语里没有相应的单词。我因在报社分管教育方面的报道,一次到病房里看他,聊天时就说到儿童教育,他说:"我主张小学生的德育标准是:热爱祖国、孝顺父母、尊敬师长、和睦伙伴。"他当即提笔写下这四句话,后来发表在《人民日报》上。

先生原住在北大,房子虽旧,环境却好。门口有一水塘,夏天开满荷花。是他的学生从南方带了一把莲子,他随手扬入池中,一年、两年、三年就渐渐荷叶连连,红花映日,他有一文专记此事。于是,北大这处荷花水景就叫"季荷"。但2003年,就是中国大地"非典"流行那一年,先生病了,年初住进了三〇一医院,开始治疗一段时间还回家去住一两次,后来就只好以医院为家了。"留得枯荷听雨声",季荷再也没见到它的主人,我也无缘季荷池了,以后就只有在医院里见面。

刚去时,常碰到护士换药。季老是腿疾,护士要用夹子伸到伤口里洗脓涂药，近百岁老人受此折磨，令人心中不是滋味，他却说不痛。助手说，哪能不痛？先生从不言痛。医院都说他是最好伺候的、配合得最好的模范病人。他很坦然地对我说，自己已老朽，对他用药已无价值。他郑重建议医院千万不要用贵药，实在是浪费。医院就骗他说，药不贵。一次护士说漏了嘴："季老，给您用的是最好的药。"这一下坏了，倒叫他心里长时间不安，不过他的腿疾却神奇般地好了。

先生在医院享受国家领导人待遇，刚进来时住在聂荣臻元帅曾住过的病房里。我和家人去看他，一切条件都好，但有两条不便。一是病房没有电话（为安静，有意不装）；二是没有一个方便的、可移动的小书桌。先生是因腿疾住院的，不能行走、站立，而他看书、写作的习惯却不能丢。我即开车到医院南面的玉泉营商场，买了一个有四个小轮的可移动小桌，下可盛书，上可写字。先生笑呵呵地说，这就好了，这就好了。我再去时，小桌上总是堆满书，还有笔和放大镜。后来先生又搬到三〇一南院，条件更好一些。许多重要的文章，如悼念巴金、臧克家的文章都是他在小桌板上，如小学生那样伏案写成的。他住院四年，竟又写了一本《病榻杂记》。

我去看季老时大部分是问病，或聊天，从不敢谈学问。在我看来，他的学问高深莫测，他大学时候受教于王国维、陈寅恪这些国学大师，留德十年，回国后与胡适、傅斯年共事，朋友中有朱光潜、冯友兰、吴晗、任继愈、臧克家，还有胡乔木、乔冠华等。"文化大革命"前他创办并主持北大东语系二十年。

他研究佛教，研究佛经翻译，研究古代印度和西域的各种方言，又和英、德、法、俄等国语言进行比较。试想我们现在读古汉语已是多么吃力费解，他却去读人家印度还有西域的古语言，还要理出规律。我们平常听和尚念经，嗡嗡然，不知何意，就是看翻译过来的佛经"揭谛揭谛波罗揭谛"也不知所云，而先生却要去研究、分辨、对比这些经文是梵文的，还是那些已经消失的西域古国文字。又研究法显、玄奘如何到西天取经，这经到汉地以后如何翻译，只一个"佛"就有佛陀、浮陀、勃陀、母陀、步他、浮屠、香勃陀等二十多种译法。

不只是佛经、佛教，他还研究印度古代文学，翻译剧本《沙恭达罗》、史诗《罗摩衍那》。他不像专攻古诗词、古汉语、古代史的学者，可直接在自己的领地上打天下，享受成果和荣誉，他是在依稀可辨的古文字中研究东方古文学的遗存，在浩渺的史料中寻找中印交流与东西方交流的轨迹，及思想、文化的源流。比如他从梵文与其他多国文的"糖"字的考证中，竟如茧中抽丝，写出一本八十万字的《糖史》，真让人不敢相信。这些东西在我们看来像一片茫茫的原始森林，稍一涉足就会迷路而不得返。我对这些实在心存恐惧，所以很长时间没敢问及。但是就像一个孩子觉得糖好吃就忍不住要打听与糖有关的事，以后见面多了，我还是从旁观的角度提了许多可笑的问题。

我说："您研究佛教，信不信佛？"他很干脆地说："不信。"这让我大吃一惊，中国知识分子从苏东坡到梁漱溟，都把佛学当作自己立身处世规则的一部分，先生却是这样地坚决。他说："我是无神论，佛、天主、耶稣、真主都不信。假如研究一个宗教，结果又信这个教，说明他不是真研究，或者没有研究通。"

我还有一个更外行的问题："季老，您研究吐火罗文，研究那些外国古代的学问，总是让人觉得很遥远，对现实有什么用？"他没有正面回答，说："学问，不能拿有用还是无用的标准来衡量，只要精深就行。当年牛顿研究万有引力时知道有什么用？"是的，我从来没有考虑过这个问题，牛顿当时如果只想有用无用，可能早经商发财去了。事实上，大部分科学家在开始研究一个原理时，都没有功利主义地问它有何用，只要是未知，他们就去探寻，不问结果。至于有没有用，那是后人的事。而许多时候，科学家、学者都是再没有看到自己的研究结果。先生在回答这个问题时的那一份平静，深深地印在我的脑子里。

有一次，我带了一本新出的梁漱溟的书去见他。他说："我崇拜梁漱溟。"我就乘势问："您还崇拜谁？"他说："并世之人，还有彭德怀。"这又让我吃一惊。一个学者崇拜的怎么会是一个将军。他说："彭德怀在庐山会议上敢说真话，这一点不简单，很可贵。"我又问："还有可崇拜的人吗？""没有了。"他又想了一会儿："如果有的话，马寅初算一个。"我没有再问，我知道希望说真话一直是他心中隐隐的痛。在骨子里，他是一个忧时忧政的人。巴金去世时，他在病中写了《悼巴金》，特别提到巴老的《真话集》。"文化大革命"结束十年后，他又出版了一本《牛棚杂忆》。

我每去医院，总看见老人端坐在小桌后面的沙发里，挺胸，眼睛看着窗户一侧的明亮处，两道长长的寿眉从眼睛上方垂下来，那样深沉慈祥。前额深刻着的皱纹、嘴角处的棱线，连同身上那件特有的病袍，显出几分威严。我想起先生对自己概括的一个字——"犟"，这一点，他和彭总、马老是相通的。不知怎的，我脑子里又飞快地联想到先生的另一个形象。一次在大会堂开一个关于古籍整理的座谈会，我正好在场。任继愈老先生讲了一个故事，说北京图书馆的善本只限定有一定资格的学者才能借阅，季先生带的研究生写论文需要查阅，但无资格，先生就陪着他到北图，借出书来让学生读，他端坐一旁等着，好一幅寿者课童图。渐渐地，这与我眼前季老端坐病室的身影叠加起来，历史就这样洗磨出一位百岁老人，一个经历了时代变革与发展的中国知识分子。

近几年先生的眼睛也不大好了，后来近似失明，他题字时几乎是靠惯性，笔一停就连不上了。我越来越觉得应该为先生做点事，便开始整理一点与先生的谈话。我又想到先生不只是一个很专业的学者，他的思想、精神和文采应该得到普及和传播，于是去年建议帮他选一本面向青少年的文集，他欣然应允，并自定题目，自题书名，又为其中的一本图集写了书名《风风雨雨一百年》。在定编辑思想时，他一再说："我这一生就是一面镜子。"我就写了一篇短跋，表达我对先生的尊敬。去年这套《季羡林自选集》终于出版，想不到这竟是我为先生做的最后一件事。而谈话整理，总是因各种打扰，惜未做完。

现在我翻着先生的著作，回忆着与他无数次的见面，先生确是一面镜子，一面为时代风雨所打磨的百年明镜。在这面镜子里可以照出百年来国家民族的命运、思想学术的兴替，也可以照见我们自己的人生。

# 一片历史的青花

## ——季羡林先生谈话录

题记：近日整理笔记，发现这个记录稿。20世纪90年代我在新闻出版署工作，季羡林先生作为专家参与一些出版方面的事，这样我们就认识了。老人家可以说是愈老愈红，愈老愈火。国家领导人是年年都要去拜年的，社会上给他各种头衔：学者、专家、作家。但是我总觉得他就是一个农民式的和蔼的老者，还有点倔强。他有许多艰深的专著，也有许多朴实的散文。而对一般人来说，最有价值的是他经历的那个时代和在这个时代背景下他的想法、看法。这里不关学问，也不关文学，只有思想。季先生活了九十八岁。他说，风雨百年，他就是一面时代的镜子。每次去看他都能听到一些有趣的事，原本是想整理一本原汁原味的书，但可惜动手晚了，只留下这些青花瓷式的碎片，亦然是珍贵的，特奉献给读者。对收藏家来说一片元青花就是天价，元朝一朝才九十八年，季先生一人寿比一朝。

2013年5月5日

## 第一次　2007年2月15日下午　301医院

### 科学不能解决所有问题

梁：季老，春节到了，给您拜年。您气色真好。

季：就是腿站不起来了。

梁：怎么还在写东西啊？

季：写和谐方面的。现在注意研究天人和谐，人与外部世界和谐，其实还要注意人自己内心的和谐。听说中央有文件还引了我这个观点。

梁：温家宝总理讲话时引用了您的话。

季：人的内心世界比外部世界更复杂。美国人是科学主义，认为科学能解决一切，其实不是。科学对解决人类的内心世界贡献不大。

梁：最近外面正流行梁漱溟的一本书，是他的晚年谈话录。季老，您见到没有？

季：没有。（助手插话：什么书名，我去给季老买一本。）

梁：书名叫《这个世界会好吗》。他说，这个世界上科学只管科学要解决的问题，宗教只管宗教要解决的问题，谁也代替不了谁。

季：要想让科学解决一切问题，不可能。科学把世界越分越细，这样分不出个结果。

梁：我知道您曾写过一篇文章，说解决世界上的问题还得回到东方哲学上来。凑巧同时李政道也写了这样一篇文章，发在同一期刊物上。

季：是。

## 我崇拜梁漱溟、彭德怀

季：梁漱溟这个人不简单。打开《毛泽东文选》（五卷本）第五卷，第一篇文章，你一看就知道，梁漱溟和毛泽东吵架，毛泽东暴跳如雷，梁漱溟坦然应对。他说要看看主席的雅量。

梁：是在一九五三年讨论总路线的会上，关于对农村政策的一次争论。梁漱溟晚年对这件事也有点后悔，说："他是领袖，我太气盛，不给他留面子。"他还是很佩服毛泽东。那本书里也说到这件事。

季：我崇拜梁漱溟。他这个人心肠软，骨头硬。他敢于顶毛泽东。在并世的人中我只崇拜两个人，还有一个是彭德怀。他在1959年庐山会议上敢说真话，敢顶毛泽东。我和梁漱溟还有一点关系，他是第一任中华文化书院院长，我接他是第二任院长。

梁：您和彭德怀有什么直接关系？

季：没有。他是大元帅，我是一个教师。他是武，我是文。但我佩服他。"文化大革命"期间我们俩命运一样，都挨斗了。有一次北京航空学院的"红卫兵"揪斗彭德怀，我就从北大走到北航去看。

梁：在并世之人中您还崇拜谁？

季：没有了。

梁：往后排，第三个、第五个呢？

季：没有了。毛这个人，现在还没有开始研究，时候不到。

梁：周恩来怎么样？

季："值得研究"四个字。周的人品无可非议，政治上还有待研究。他曾经领导过毛泽东，打仗不如毛。不能理解，后来为什么事事听毛的。他不是为自己。值得研究。

## 学问，不要拿有用无用来衡量

梁：季老，我一直有一个问题想问您，您研究那些很生僻的学问，古代印度，梵文，还有更稀罕的吐火罗文，对现在的世界有什么意义？

季：梵文，在欧洲各国都是一门显学，代表着当时的世界文明。梵文、巴利文、古希腊文这三门语言是比较语言学必修的。所谓比较语言学实际就是印欧语言比较学。梵文是大乘佛教用的文字，主要流行于古代印度；巴利文是小乘佛教用的文字，主要流行于泰国、斯里兰卡和印度南部。

梁：什么是吐火罗文？

季：是古代西域地方的一种文字，分为吐火罗文A焉耆语和吐火罗文B龟兹语。现在看到的是用它写成的佛经，但都是残卷。只有中国新疆才有。

梁：那，您就是对古梵文、巴利文、吐火罗文与古希腊文进行比较研究。

季：不只是这几种文字的比较，还有英、法、德、斯拉夫语等。在比较中看文化的发展与交流。当然吐火罗文的难点首先是考证、辨认。

梁：这种研究对现在有什么用？

季：学问就是学问，不能说有什么用。对大多数人来说外语有什么用，没有用。我当年在德国从耄耋之年的西克教授处学到这种就要失传的文字，也没有想到三十年后又拿起来用。20世纪70年代新疆焉耆县断壁残垣中发掘出这种古文字的残卷，我把它译了出来。

梁：这让我想起，梁启超有一篇文章，他说："做学问不要问为什么，不为什么，就是为兴趣，为学问而学问。"许多诺贝尔奖得主，当被问到为什么搞这项研究时，总是说没有别的原因，就是有兴趣。

季：牛顿当年研究万有引力有什么用？没有用，也没有什么理由，但是以后成为一项伟大的贡献。学问，不能拿有用无用来衡量，只要精深就行。有独到处，有发现就行。如果讲有用，很多学术问题都不用研究，浪费精力。

梁：我想起来了，梁启超的那篇文章叫《学问之趣味》。梁启超这个人真不简单，他半文半白的文字写得好，后来的纯白话文也写得很好。这篇文章很通俗、生动，道理也讲得好，很适合现在的中学生、大学生读。

季：梁启超和胡适都是学术之才，但他们有一个共同点，就是都被政治拖住了，很可惜。

梁：胡适被拖得更久。湖南有一本《书屋》杂志，去年登了一篇文章详细谈胡适在美国当大使，身心都很累。

季：胡当大使对中国抗战有功，他英文好，在美国到处讲演，争取支持。梁启超后来到清华成了四大导师之一。那三位是王国维、赵元任、陈寅恪，还有一位是辅助导师李济，是研究考古的。

## 研究工作、搜集资料要竭泽而渔

梁：对一般读者来说，您后来写的回忆录、散文比前期的学术著作影响更大些。

季：这是因为后来年纪大了，住院了，学问做不成了，就只好写回忆。你不知道，做学术研究要用很多很多参考书，不可想象。病了，住在医院里就办不到了。过去，我定下一个研究题目就到北大图书馆，几个楼的书，从头到尾翻一遍，真是竭泽而渔。那时有精力。做学问要心静。我写《糖史》，八十万字，两年，整天在图书馆，真正是风雨无阻。那时眼睛还行，现在戴花镜还看不清，要用放大镜。

梁：我记得有一个细节，您到台湾访问，一见面，主人就问《糖史》带来没有？您研究古印度、佛教、比较语言学，怎么又研究起糖了？

季：糖这个词英文叫 sugar，法文是 su-cre，俄文是 caxap，德文是 zuckr，都是从梵文里借过来的。

梁：中文糖的发音和梵文有没有关系？

季：没有。德语、英语、法语、俄语的糖都与梵文中糖的发音相似。梵文音译是"舒而呷拉"，中文的糖与它无关。中国在唐以前就会制糖，但是麦芽糖，不能算糖，甘蔗只能制糖浆。印度当时制蔗糖比中国先进，已会制砂糖。唐太宗派人到摩揭陀国学习制糖技术，中国正史中有记载的。围绕着制糖技术的学习交流，就是一部中印文化交流史，涉及很多方面。糖的传播经历了很多周折，后来到明朝，中国的技术又超过了印度，会制白砂糖，这技术又传回到印度。阿拉伯人在其中起了中介的作用。

梁：我数了一下，您在《糖史》里，只整理出来的初唐时中印交通年表就用了十页书。

季：学术就是这样，牵一发而动全身。株连枝蔓，愈精愈深，愈深愈多。

梁：我又想起一个插曲。您一直研究印度，但直到解放后才有机会去那里考察。您在书中很怀念建国初那次印度、缅甸之行。说大家相处甚洽，有的团员还在此行结为情侣，回国后结婚成家，是谁啊？

季：你可能听说过，一位女歌唱家周小燕；男的姓袁，后来是上海电影局局长，是我清华同学，比我大两届，想起了，他叫袁俊。那次是新中国第一次组织文化代表团，规模很大，周总理亲自抓，郑振铎任团长，出行6周时间。出国前我们准备了很详细的资料。

梁：我想起，一次在人民大会堂，好像是一个有关古籍整理的座谈会，那时我还在新闻出版署工作。会上谈到善本利用，任继愈先生说规定很严，只有少数专家、学者才有资格借阅。您带的研究生写论文要用善本，没资格借阅，您就带着他到老北图。您去把书借出来，让他看、抄，您就陪坐在一旁等。这个故事我印象很深。

季：是。研究工作，第一是资料。搜集资料要竭泽而渔，要有耐心。

## 第二次　2007年2月28日下午　301医院

### 爱国主义不能一概而论，要加以分析

梁：今天给您带了最近出的一本散文。

季：你的散文很有特点。

梁：这本书是受团中央、教育部委托给大学生编的，叫《爱国的理由》，都是一些著名人物的爱国文章。选文主要有两个标准，一是爱国精神，二是美文，在历史上要有经典作用。当时起书名时，大家在一起讨论，很费了一番工夫。北大的一位教授说，孩子上大学了，回来老跟他辩论：你们老说爱国，我凭什么爱国？我说就叫爱国的理由，就是要给人讲清理由。

季：关于爱国主义，我曾在国防大学研究生院作过一次报告。我讲，爱国主义是好还是坏？有人说只要爱国就是好的。我说不一定。日本侵略中国，日本鬼子喊爱国主义比谁的声音都高，你说他们的爱国主义是好东西吗？爱国主义不能一概而论。一个国家不侵略他国，讲爱国主义是真的；你去侵略他国，像日本人鼓吹的爱国主义，其实是害国主义，害了自己的国家，自己的民族。

梁：那是狭隘的爱国。

季：只狭隘还不够，是害国主义。真正爱国是反对侵略，对国家前途和人民的命运负责。爱国主义应当加以分析。像日本国内的反战派，表面上不爱国，其实是真正的爱国主义。如果顺应了反侵略的民心，日本也不至于栽了那么大的跟头。

梁：日本战败后，在亚洲各国的侨民大撤退，很多日本侨民自杀了。一大批人又流亡到世界各地。秘鲁曾有一个叫藤森的日本裔总统，就是当时日本侨民的后代。您留德十年，正赶上了德国发动的二次大战。您怎么看德国人的爱国主义？

季：当时我们中国留学生很少接触到德国人。一般而言，德国人是科学头脑一流，政治头脑四流，糊涂。我所知道的，反对希特勒的德国人并不多，也许他们不敢讲。

## 中国对世界的贡献不限于物质，还有精神的

季：你看现在地球村越来越小，交通越来越发达，但问题却越来越多：战火纷飞，刀光剑影，生态失调。中国人提倡和谐，如果每个国家都能接受的话，全世界就是一个大爱国主义，不侵略别人，当然也不容他人侵略，和谐相处，这个世界还有好日子过。中华民族是一个伟大的民族，过去历史上有很多发明创造，比如造纸、印刷术。如果没有中国四大发明对世界的贡献，人类社会的进步起码还要晚几百年。

梁：我们对世界的贡献还有哪些？

季：中国对世界的贡献不限于物质，还有精神的。和谐，这是伟大的思想。我曾借用古人的一句话作为座右铭："为天地立心，为生民立命，为往圣继绝学，为万世开太平。"现在的往圣就是马克思，万世开太平，现在的和谐就是开太平。这种贡献，时间越长，意义就越看得清楚。现在还不行，不到时候。中国人也并不全了解、相信和谐的意义。整个人类有待于发展，向好的方向发展。

梁：您在谈到中西文化交流时曾说过，总有一天会实现世界大同。

季：要很长时间，不是一百年二百年，这是我的想法。有人说共产主义不会实现，为什么呢？共产主义就是共有，一件新的发明只能少数人有，怎能共有呢？这是歪理。真正到了共产主义，物质、精神都是大家的，不是某一个人的。

### 大同是人类的前途，不能因为现在人类有不良习惯，就失去信心

梁：您怎么看世界大同？

季：大同是人类的前途。现在有两种看法。一是对人类前途抱希望，二是对人类前途不抱希望。我属于抱希望的。不能因为现在人类有不良习惯，就失去信心。要慢慢改，不是一年两年，不要急于求成。我们提出和谐，是给世界人民上大课。但中国人未必都理解和谐的意义。国外也不都理解，特别是美国。世界地缘政治在变化中，近几百年来，世界的政治、文化、经济中心并不总在一个地方。比如十八世纪，在欧洲大陆；十九世纪在英国；到了二十世纪又在美国。在二十一世纪，世界的政治中心总不能老在美国吧？风水轮流转，美国人不知道这个道理，他们以为自己永远是世界的中心。这怎么可能呢？

### 历史的规律不是我们创造的，是历史告诉我们的

梁：在历史上作为世界中心的某一个国家，一般能持续多长

的时间？

季：大概也就一个世纪。十九世纪的英国号称"日不落帝国"，那威风极了，结果也垮了。历史的规律不是我们创造的，是历史告诉我们的。

梁：历史上中国曾是世界的中心吗？

季：有一幅画，叫《清明上河图》。

梁：是宋代张择端的。

季：画的是开封。商铺林立，非常繁华。那时世界上还没有比它大的城市，开封应该是当时世界的中心。

梁：唐代长安算是当时世界的中心吧？

季：应当是。它不仅限于中国，是全世界的大都会。不是我们自吹，当时西方的好多小国，还有罗马都称唐太宗为天可汗，就是统治宇宙的可汗。古丝绸之路主要是从中国长安到罗马，这是一条商路，是做生意的，不能小看商人。

梁：您在介绍佛祖释迦牟尼的文章里专门有一节"联络商人"。

季：我还写过一本书——《商人与佛教》，为什么写这本书呢？我看过佛经的"律"，这在过去小和尚都不能看。我看了，觉得非常可笑、非常奇怪。怎么可笑呢？在"律"中对商人特别赞美。为什么呢？当时古代人很少出门，不像我们现在"旅什么游"（笑）。当时出远门的只有两种人，一是商人，"商人重利轻别离"；二是宗教信徒，他们要云游取经布道。天主教徒、佛教徒都一样。一般人是老婆孩子热炕头，不出门。

梁：这两种人中玄奘是最大的旅行者了。

季：玄奘是中国的脊梁，这是鲁迅说的。

## 宗教和宗教之间没有可比性

梁：传教士对传播文化起过作用。

季：不能说哪个宗教好，哪个宗教坏，宗教和宗教之间没有可比性，没法儿比。你信的，就是好的；不信的，就是坏的。邪教是另一回事。有一次我给国家宗教局的领导讲，宗教不会消灭。

梁：记得您跟冯定讨论在共产主义社会是否有宗教。

季：我们两人讨论的结果一样，阶级消灭了，宗教还是消灭不了。为什么呢？人的主客观总不能完全一致。人类不可能进步到那个程度，人愿意干什么就干什么，心想事成。

梁：您和冯定的对话很有名，赵朴老在世时曾举过这个例子。

季：我们现在对宗教的态度是正确的。宗教是个人问题。一般说，宗教分为两类：一是光明正大的宗教，比如佛教、道教、基督教、天主教、伊斯兰教等；二是歪门邪道的宗教，像日本的光明圣殿派，提倡集体自杀，这就是邪教。

## 我研究佛教，但我不信佛

梁：季老，我问您一个幼稚的问题，您研究了一辈子佛教，您到底信不信佛呢？

季：我不信。什么宗教我都不信。但只要光明正大，我就尊敬它。佛教的道理说服不了我。佛教追求涅槃，有一个根本的教义就是轮回、转生,这很讨厌,好生生的来回转干吗?它讲修行,说可以跳出轮回。何必费这么大劲,你不信它,不就可以跳出轮回了吗?(笑)

梁:涅槃是否可以不转生了?

季:涅槃只是停止的意思,并没有不转生的其他含义。

## 中国人有很大的好处,就是没有宗教狂

季:现在信佛的人,大都想下辈子比今生更快乐、更好、更有钱财。如果猪修行的话,下辈子就会托生为人。中国人有很大的好处,就是没有宗教狂,佛教、道教、基督教、伊斯兰教什么都信,最后是崇拜祖先,这是人民的宗教。

梁:恩格斯讲,宗教是宗教创造者根据群众的宗教需要创造的。老百姓的宗教与创造宗教者的宗教、当政者的宗教有没有区别?

季:老百姓有宗教需要。我也不是宗教创始人,我猜想越是宗教创始人就越不信教。他比别人更知道,这是骗人的。

梁:这么说马克思讲,宗教是麻痹人民的鸦片还是对的?

季:宗教也不是鸦片烟,你自己觉得需要,接受了它,心里安静了,就是得到了这个好处。穷人信宗教,是希望下辈子富一些。猪怎么想,我就不知道了。(笑)

梁:高级知识分子中有很多研究佛教、信佛,比如梁漱溟,他信佛,吃素,甚至年轻时就想出家。还有南怀瑾,他自己也闭关、打坐。最奇的是李叔同,干脆出家了。您怎么看?

季:李叔同文化造诣很深,他认为信教能得到内心的安静,

那就信吧，又不影响别人。我小时候曾见过巫婆，现在没有了。一个平平常常的老太太，进来后一会儿打了个哈欠，说话声音变了，很大的声，信徒还以为是神灵附体。我在一旁觉得可笑，她是个好演员，哪有什么神呢？

### 信佛能让一些人心安理得，这就够了

梁：李叔同在文学、戏剧、绘画、音乐等方面都造诣很深。一个人为了求得安静，办法很多，何必非要出家不可呢？

季：他愿意选这个方法。他很有才华。信佛能让他心安理得，这就够了。就像吃东西，有人喜欢苦的，有人喜欢辣的，有人喜欢酸的。每个人口味不一样。佛教是他喜欢的，他就去信。佛教究竟有什么迷人之处，我研究了一辈子也不知道，反正涅槃我是不信的。（笑）

梁：他把所有的功名抛掉遁入空门，学生丰子恺劝，他也不听。

季：他一齐丢掉，一心归佛，以求解脱，未尝不是个办法。有人在社会上忙忙碌碌，即使做了大官也不舒服。每个人有每个人的选择。

### 中国有个传统，骨头硬，叫宁死不屈

梁：今天还给您带来梁漱溟的一本书。就是上次说到的梁漱溟晚年谈话录。

季：他是很值得钦佩的。

梁：这是他晚年也就是九十几岁时，与一个美国学者的谈话。这个美国人曾写过梁漱溟的传记，但一直没有见过他，后来终于有机会到北京了，他们一起交谈。二十年后，他的两个儿子将录音材料整理出书。这里还有一个资料，把梁漱溟的谈话分了类，很清晰，有对马克思主义的看法、对新中国的看法、对毛泽东的看法。

季：梁漱溟谈的？

梁：对。他说，毛泽东是最伟大的中国人物，还谈到1953年他们吵架的事情。身体允许的情况下，您可以看看。您跟梁漱溟接触过吧？

季：接触过。中国文化书院，他是第一任院长，他退休后，我接了他的班。我们在一起开过几次会，他比我长一辈。

梁：您跟他接触并不多，为什么崇拜他？

季：他骨头硬，但骨头硬不能一概而论，他对人民心肠软。他和主席争吵时，伟大领袖怒发冲冠，气得发抖，而梁漱溟只是要试一下主席的雅量，主席还送他走。《三国演义》祢衡骂曹，结果曹操不敢杀他，但最后还是借刀杀人，让黄祖杀了他。中国有个传统，骨头硬，叫宁死不屈。彭德怀也是这样。

# 第三次　2007年3月21日上午　301医院

什么国学大师，我连小师都不够。国学只知道一点

梁：季老您好。前几天我去了趟贵州，那里风景很好，还给您带来些富硒茶，那是抗癌的，对老年人也很好。

季：那里就是"天无三日晴，地无三尺平，人无三分银"吧？

梁：您的记忆力真好。我和贵州有些特殊关系。我的文章，被他们的一家杂志社连载了七八年。

季：情有独钟。

梁：还有一个原因。贵州有一个黄果树，旁边六公里处有天星桥，几年前给他们写了篇文章，后来他们把我的文章印了十万张当宣传品，前年又刻在石头上。

季：那里的黄果树瀑布不得了。

梁：今天给您带了湖南的一本杂志，上面登了关于您的一组文章，还有我的一篇《周恩来让座》，还画了您的头像，您能看清吗？

季：马马虎虎。

梁：您的那篇《三辞国学大师桂冠》的文章。

季：社会上都讲过了头，辞掉了。什么话都别讲过头。讲什么国学大师，我连小师都不够，算什么大师？国学只知道一点。（笑）

## 国学者，一国之学问也

梁：国学的含义是什么？

季：国学者，一国之学问也。中国的国学有两种概念，一讲国学就是以中国人过去的人文学科为主，自然科学为辅。国学大师怎么来的呢？有一次北大开会，《人民日报》的一个记者是北大校友，他当时用了"国学大师"这个词，后来都讲开了。我说哪有什么国学大师？

梁：还记得是哪个记者？

季：姓毕。

梁：噢，是我们文艺部的记者，写散文的，还给您写过传记。现在我们理解国学应包括哪些内容？

季：应该有狭义、广义之分。狭义指人文社会科学，广义包括自然科学在内。其实中国古代的自然科学水平很高，像墨子。一般讲的国学是狭义的人文社会科学，经史子集、四书五经。有的人说，提倡国学就是反对马克思主义，这是胡说八道。讲国学怎么就是反对马克思主义呢？我们是用马克思主义来理解我们的国学。

## 什么是马克思主义？实事求是，不夸大

梁：这怎么理解呢？

季：什么是马克思主义？实事求是，不夸大。不能把马克思主义曲解成阶级斗争。其实马克思主义是反对独裁的，马克思主义并不提倡独裁。《共产党宣言》里也没有这个。中国的马克思主义道路不是从西方（德国）来的，是十月革命的一声炮响，经过苏俄的中介才传到中国的，受苏联的影响很大。我曾经问过国家编译局的同志，如果马恩全集中碰到原文有问题怎么办？他说有问题，找俄文翻译。

梁：这不是本末倒置吗？

季：如果研究马恩，应根据德文原文。

梁：（您）留德十年间看过马克思原著吗？

季：没有。主要学习和研究德文、巴利文和吐火罗文。

## 我胆子小，怕杀头，但一定会支持你的工作

梁：当时在清华，您的同学胡乔木已经宣传马克思主义了？

季：胡当时在历史系，是地下党。一天夜里他找到我，要我参加组织。我说：我胆子小，怕杀头，但一定会支持你的工作（笑）。后来他让我到工人子弟学校教书，我说一定从命。当时宿舍的脸盆里常常有宣传品，大家心知肚明，知道是从哪里来的，就是胡乔木拿来的，但谁也不说。后来让国民党特务发现了，胡就去杭州了。

## 革命者得讲究策略，胡也频不讲究策略

梁：您教书的学校是不是类似蔡元培搞的平民夜校？

季：不是那样。那是革命活动的一部分，通过这种教育来团结工人、启发工人的觉悟。我教他们认字，当时我的山东口音很重，说话不标准，在那里大约教了两年，后来被国民党发现了，停了。我还有一个老师，是在山东读中学时的老师胡也频，鲁迅在《为了忘却的记念》里提到的。他是我高中的国文教员，也是一个革命者。我想，革命者得讲究策略，但胡就不讲究。他上课时就大讲现代文艺的使命是革命，要推翻旧社会。这种赤裸裸的宣传，蒋介石当然不允许，后来他被杀害了。青年革命者锐气强，但也要讲策略。

## 后来出现了两个乔木——乔冠华和胡乔木

梁：宣传马克思主义方面对您影响较大的人是谁？

季：胡也频在的时候，老宣传现代文艺，后来又组织了现代文艺学会，我是积极分子，还写了文章谈现代文艺的使命。这是我在山东上中学的时候。

梁：胡乔木呢？

季：关于革命，胡乔木给我写了封信。他说："你还记得当年一个叫胡鼎新的同学吗？"胡鼎新就是当年他上大学时的名字。后来出现了两个乔木——乔冠华和胡乔木，一个南乔木，一个北乔木。记得大约是解放前，乔冠华说："胡乔木比我官大，这个名字就让给他，我改回乔冠华吧。"

梁：乔冠华曾和您一起留过学吧？

季：对。我们是清华同学，他在哲学系，比我高两级。在学校时，他常夹着一本德文版的《黑格尔全集》，旁若无人。那时我们并不熟。后来我们一起坐西伯利亚火车到了柏林，那时天天一起，几乎形影不离，很谈得来。我们都是书呆子，喜欢逛旧书摊。他很有才气，有些古典文学修养。1935年我到了哥廷根，一待就是十年，他到了图宾根。

## 哥廷根有一个汉学研究所，对我的影响非常大

梁：为什么选择哥廷根而不是柏林呢？

季：哥廷根有一个汉学研究所，对我以后的影响非常大。乔

冠华是一个社会活动家,在哥廷根待了两年后就到柏林了。当时黄绍竑也在哥廷根,乔冠华参加革命与他有直接关系。

梁:就是那个桂系的军阀黄绍竑?

季:是的。我不想待在柏林,那里的中国留学生很多,国民党大官很多,纨绔子弟也很多。我不是搞政治的料子,所以就离开柏林去了哥廷根。在那里的留学生,其中有清华大学原副校长、中国科学院院士张维。一九四二年我去了柏林,那时是想离开德国,可是没走成。那一年(1938年)汪精卫投靠了日本人。他一投敌,希特勒就承认了汪伪政府,国民党的使馆从柏林撤走,日本走狗汪精卫政府的使馆取而代之。我和张维觉得不能和汉奸合作,就到德国警察局申请无国籍,无国籍的人处境非常危险,因为没有人保护你。但没人保护也不能让汉奸保护,一个有良心的中国人也只能这样做。张维的夫人是一个飞机设计师的学生。"二战"结束后,我们一起从瑞士回国。当时交通断了,我们就找所谓军政府,见到了英军上尉沃特金斯,他答应帮忙。一个美国少校,想搭我们的车到瑞士玩一玩,我们坐着一个大吉普车,我、张维一家、刘先志夫妇一起来到了瑞士。因为没有签证,进不去,我们就打电话给中国驻瑞士使馆,把我们接过去了。张维是学工程的,他的专业在瑞士很稀缺,所以就待了一阵儿,后来才回国。

西克老师说吐火罗语是他一辈子的绝活儿,
非要教给我不可,我只好学了

梁:您在《留德十年》里曾提到西克老师。

季：那位老先生像祖父。他是我平生遇到的对我最爱护、感情最深、期望最大的老师。一开始，我并不想学吐火罗语。当时学的语言不少了，脑子有点盛不下了。

梁：您学了几门外语？

季：已经学了六七种。在哥廷根学希腊文、梵文、巴利文。当时西克老师说吐火罗语是他一辈子的绝活儿，非要教给我不可，我只好学了。我曾把他的照片放在桌子上，面对自己。一看到他的照片，我的心里就有了很大勇气，觉得应该拼命研究下去，不然对不住老师。

梁：后来鉴定新疆考古发现的《弥勒会见记》残卷用上了？

季：那是一个剧本。

梁：也算是佛家的经书？

季：既是一种文艺作品，又算是经书，是用戏剧来宣扬佛教。当时在新疆发现了这个《弥勒会见记》剧本残卷。

## 吐火罗文是中国的古代语言，属于印欧语系

梁：发现了这个残卷有什么意义呢？

季：吐火罗文，从地理学讲只有中国有，是中国的古代语言，属于印欧语系。后来新疆出土了几十页吐火罗文的《弥勒会见记》剧本残卷。我读通了，寄回新疆博物馆。如果我们中国发现的残卷，自己都读不通，再求别人，脸面不好过。

梁：有什么文艺价值呢？

季：研究中国文学史就知道，中国的戏剧开始得比较晚。王国维曾写过《宋元戏曲史》一书。中国的戏剧最早追溯到宋、

元。宋朝是宋词，元代是元曲。我认为，中国戏剧源自西方，就来自新疆。比如吐火罗文的《弥勒会见记》剧本就是在新疆发现的，中国戏剧从新疆到中原，中间接通的是发现的剧本残卷，梵文也是剧本。

### 了解中国戏剧史，有王国维的《宋元戏曲史》

梁：除此还有吗？

季：还有，有梵文也有吐火罗文，都是剧本。

梁：年代能推断出来吗？

季：上限不好说。（从）纸张可以看出大致年代，但（通过）文字很难准确判断年代。从纸张上看，到不了唐。我们中国出土的文献——《弥勒会见记》剧本，我读通了。我们新疆博物馆出土的文献多极了，最早没有吐火罗文这方面的专家，所以有些本子是头脚倒着摆放的。

梁：为什么不印刷出来呢？

季：这是个残卷，很不完整。平心而论，从艺术价值上说，我们的这个剧本比易卜生的差远了。它的语言价值极高，而艺术价值极低。古希腊戏剧有一流的剧本。

梁：您对中国戏剧有很深的了解，为什么不写一本中国戏剧史的书？

季：了解中国戏剧史，有王国维的《宋元戏曲史》，我只能补充吐火罗文这一部分。

梁：在清华时，他教过您吗？

季：没有。他一九二七年就投湖了，我是一九三一年到的清华。王国维是大家。

### 世界各民族无论大小强弱，都对世界文化有所贡献

梁：您为什么会研究《糖史》呢？

季：我主要研究文化交流。从语言对比上研究。民族文化交流除了学术意义，还有政治意义。世界各民族是互相学习，共同前进的。有一句话，可能有些过头。我讲，世界各民族无论大小强弱，都对世界文化有所贡献。但小民族有多少贡献，我也一时说不清，无论大小，都有所贡献，不要挫伤民族的自尊感。

### 自己的学问，最看重的就是巴利文、吐火罗文

梁：您的学问既精深又渊博。

季：我只是个杂家，兴趣太多。

梁：您认为您的学问最重要的是哪一部分？您怎样看自己的学问？

季：最看重的就是巴利文、吐火罗文。北京语言大学校长、外研社要出词典全集，供外贸、外交行业用。这是一个冷门，他们当时说准备赔上一千万。他们让我看。我就专挑了一个词——"倚老卖老"，看他们翻译得怎样。这是周总理接待外宾时提的一个问题，当时翻译都翻不出来，周也翻译不出来。我看了他们的词典词条后，觉得翻译得很好。

梁：您还记得他们怎样翻译的吗？

季：记得。（用钢笔在纸上写了起来：To take advantage of his

old age.）

## 邓拓是一个才子，但不太收敛

梁：季老，我是搞新闻的，对邓拓印象很深。最近公布了他自杀前的两封遗书。您和三家村的三个人都认识吗？

季：认识。邓拓是个才子。他曾讲，无论什么人，给他出什么问题，他都能答复。他靠的是《古今图书集成》。这部书部头很多，材料很多，他很会查。出什么题目，他都会做文章。《古今图书集成》比《辞海》资料要丰富。我和他没有什么直接来往，我认识他，他不一定认识我，身份不同，一个是市委书记，一个是一介书生，差距太大。吴晗是清华的，比我早。巴格达建城一千五百年纪念会，我们国家派了一个代表团，吴晗是团长，团员中有北京师范大学的白寿彝和我。我和廖沫沙也见过面，他们的文章我都读过。

梁：邓拓写过《中国救荒史》，很难得，开这方面研究的先河。

季：他是一个才子，但不太收敛。

梁：这一点和胡也频有点相似吗？

季：胡也频才分不如邓拓，他是一个一般的作家。

## 我蹲了八个月的牛棚

梁：邓拓曾在《人民日报》当过一任总编辑。在您的《牛棚杂忆》里，曾多次提到两位老人：婶母和妻子。

季:"文化大革命"中的这一段说来话长,主要因为一个姓张的人。当年我在德国留学时,遇到了这个姓张的,过去并不认识。他既不念书又不上学,整天无所事事,但从不缺钱花。后来我怀疑他是国民党的蓝衣社,钱大大地有,他曾送我一张蒋介石与宋美龄的照片。我这个人有个特点,就是什么东西都不丢,结果这张照片"文化大革命"中被抄家抄出来了,他们就说我是蒋介石的走狗,这张照片惹了大祸,我后来蹲牛棚都跟它有关。其实,按理说,我是双清干部,历史清楚、历史清白。但是蒋宋的照片怎么讲呢?我也不清楚那个姓张的背景,况且当时说这些根本也没有用,那不是讲理的时候。我蹲了八个月的牛棚。

梁:八个月产生了一本《牛棚杂忆》。这是关于"文化大革命"的一个重要资料。

季:我也不后悔。关于"文化大革命"的还有一本书,是老作家马识途的,他也蹲过牛棚,一开始人家不给他出。我的那本书是中央党校出版社出的,牌子硬,出来后,他的书也出版了。

梁:您跟杨振宁、李政道认识吗?

季:杨振宁的爸爸是清华大学数学系教授。我在清华读书时,他还是个中学生,不像现在这么有名,不认识他。后来见了面谈到了他的父亲是杨武之。

梁:后来您和他们曾同时住过一家医院?

季:他们都住过院,国家特别优待。

梁:您的关于天人合一的文章和杨振宁的同时发在一个刊物上。

季:是有这回事,具体我记不清了。

### 一个学生要看《赵城藏》，他借不出来，我就借出来陪他看

梁：有一年在人民大会堂开会，任继愈先生曾讲了一个故事。在北图文景阁善本借阅处，您替学生借书，书借出来了，您还在一旁陪着学生阅读抄录。

季：当时一个叫王邦维的学生要看《赵城藏》，但善本书是不能随便借阅的，他借不出来，我就借出来，陪他看。

梁：陪他看了多长时间？

季：相当长，大概一个上午。看的时候要戴上手套，看善本书不准用钢笔，只能用铅笔抄录。这是保护古籍，是对的。

### Wala 是波兰人，是在火车上碰到的

梁：在您的散文里，有一篇《Wala》，写的是一个女孩子。

季：Wala 是波兰人，是在火车上碰到的，圆圆的脸，圆圆的眼睛，很天真。当时坐火车时间很漫长。在苏联境内时，他们的外文不行，难以沟通交流。火车一过苏联，进入波兰境内后，情况就大不一样。波兰人英文、德文都会说。Wala 就是这样一个女孩子。

梁：还有一个女孩子，叫伊姆加德，在您留学德国的时候曾帮您打论文，对您很有好感。

季：（不好意思地相视而笑）那个时候……

梁：王炳南就找了个德国姑娘。

季：他们后来又分开了。王炳南比我大。

## 第四次　2007年4月30日　301医院

### 西方语言里没有"仕"和"孝"这两个词

梁：季老好。我给您带来一本杂志，上面有您的文章。

季：你上次送来的梁漱溟的书我看了，这个人有骨气，这是中国传统的"仕"的精神。西方语言里没有"仕"这个词。

梁：就是知识分子的硬骨头精神。

季：现在这种精神少了。

梁：季老，我记得您说过西方语言里也没有"孝"这个词。前几年我来看您，说到小学生品德教育，您随手就写了"孝顺父母"。这真是东西方文化的差异。

季：西方人敬上帝，中国人敬祖宗。

梁：您当时写的是四句话："热爱祖国，孝顺父母，尊重师长，和睦伙伴。"我拿回去发在二〇〇四年四月六日的《人民日报》上。

季：现在眼睛不行了。写字也看不清了。

梁：现在社会上您的书很多。最近几个年轻的出版工作者希望为您编一套《自选集》，普及一点，通俗一点。

季：可以考虑。

梁：书名叫什么好？

季：我这一生风风雨雨，快一百岁了，就叫《风风雨雨一百年》吧。

## 第五次　2007年11月22日（略）
## 第六次　2008年12月17日

### 中国农民第一是要吃饱肚子

梁：季老，很长时间没有来看您了。

季：不能握手了，医生不让，只能作揖表示了。

梁：今天我带出版公司的人来，给您送书，送稿费。您的《自选集》共12本，另一本画传。还有我主编的一套《名家佛性散文》，是您题的书名，也给您带来了。

季：眼睛不行了，只是个形式了，不能看东西了，只能听他们念一点。（翻书）

梁：（翻到《自选集》最后一页）这里有我为全书写的一篇短《跋》，可以让他们给您读一下。

季：你的政治散文还在写吗？

梁：在写。今年是彭德怀110周年诞辰，我前后花了七年时间写了一篇《二死其身的彭德怀》，发在《新华文摘》上。

季：武的，我崇拜彭德怀；文的，我崇拜梁漱溟。他们都敢顶毛泽东。

梁：今年10月我去了一趟山东邹平，参加首届范仲淹节，邹平是范的故乡。无意中我才知道梁漱溟先生的墓在邹平，修得很好，在山上，还专为它修了一条路。县中学里有一个简单的纪念馆。

季：当年梁漱溟在山东邹平做乡村建设实验，晏阳初在河北保定搞实验。

梁：梁在那里搞了七年，简直就是一个新型的社会，直到1937年，日本人一来全垮了。看来没有政权，谈不上改革。邹平还存有不少资料。

季：梁漱溟、晏阳初那一套乡村建设不行。中国农民第一是要吃饱肚子。不发展生产、办教育、识字，解决不了问题。中国农村，一两千年都是吃饭问题，有饭吃社会就稳。到共产党才解决这个问题。

梁：现在我们搞新农村建设，中心还是发展生产。全国还有一千四百万农村人口没有脱贫。

季：这是个难题，是个大题目。

## 周恩来为翻译问题费尽了心

梁：你们那一批的老先生您现在还和谁有来往？

季：老了，音讯全无。我现在以医院为家了。当年一起工作的还有雷洁琼、周有光。

梁：那是什么时候？

季：一九五四年成立文字改革委员会，大家一起工作。委员有周有光；有老舍，满族，京腔最地道；还有侯宝林，语言丰富生动。当时的想法是改革汉字，拉丁化，取消方块字。毛主席也有这个意思。现在还在世的只有周有光了。

梁：拉丁化是不是世界趋势？

季：大部分都是拉丁化。一九五四年周恩来参加日内瓦会议。我们的文字翻译难，见报总比人家慢。一九五六年党的"八大",邀请世界上很多兄弟党参加。我在大会翻译组工作。同声传译遇到大问题。中国人发言时,外语翻译跟不上。好多种语言同时翻,不好协调。周恩来想了个办法,给发言席上装一盏红灯。翻译跟不上就按开关,亮一下红灯,提醒发言者慢一点。不想发言人理解错了,见了红灯更紧张,讲得更快。所以当时有个想法改革中国字。但这个办法后来证明行不通。越南文字就是拉丁化了,弄得更复杂,更不方便。

## 中国文字是上帝对我们的恩赐

梁：汉语最简练。

季：对。当年搞翻译,一句汉语,外文要长出好几倍。

梁：最长的是哪国文字?

季：英语、俄语都长,但最长的是缅甸文。比如时常用的"多、快、好、省"四个字,翻成外文要费很大劲。当时只觉得拼音文字书写印刷快一些。现在科技进步,发现汉语更方便。

梁：现在电脑输入,单位时间,汉语的信息量更大。

季：语言是表达思想的,怎么方便就怎么来。古人是文言和口语分开,辜鸿铭是个怪老头,用文言说话,本来是"雇一洋车",他说"为我市一车"。说男人可以娶姨太太,一个壶四个杯。

梁：你们有接触?

季：他早得多。我还不够资格。

梁：幸亏汉字没有被改革掉,否则要丢掉多少宝贵遗产。

季：精练本来是汉语的优势,表达同样的内容,他们用十分钟，我们用五分钟。但是现在有些官员，空话、套话连篇，又哼又哈，讲话和文章越来越长。各国语言都有格言、成语，但中国最多。

梁：文风连着党风，连着世风。

季：连外国人都说，中国文字是上帝对我们的恩赐。我们要好好地保护它，发扬它。

梁：季老，这句话很好，请您给我写下来。

季：眼睛不行了，只能摸着写，靠惯性写，一停就接不上了。（提笔写字）

# 与朴老缘结钓鱼台

我与佛有缘吗?过去我从来没有想过这个问题。一九九三年初冬的一天,研究佛教的王志远先生对我说:"十一月九日在钓鱼台有一个会,讨论佛教文化,你一定要去。"本来我平时与志远兄的来往并非谈佛,大部分是谈文学或哲学,这次倒要去做"佛事",我就说:"不去,近来太忙。"他说:"赵朴老也要去,你们可以见一面。"我心怦然一动,说:"去。"

志远兄走后,我不觉反思刚才的举动,难道这就是"缘"?而我与朴老真的命中也该有一面之缘?我想起弘一法师以著名艺术家、文化人的身份突然出家去耐孤寺青灯的寂寞,只是因为有那么一次"机缘"。据说一天傍晚,夏丏尊与李叔同在西湖边闲坐,恰逢灵隐寺一老僧佛事做毕归来,僧袍飘举,仙风道骨,夏公说声"好风度",李公心动说:"我要归隐出家。"不想此一念后来竟出家成真。据说夏丏尊曾为他这一句话,导致中国文坛隐去一颗巨星而后悔。那老僧的出现和夏公脱口说出的话,大约不可说不是缘(后来,我读到弘一法师的一篇讲演,又知道他的出家不仅仅是有缘,还有根)。而这缘竟在文学和佛学间架了一座桥。敢说志远兄今天这一番话不是渡人的舟桥?尽管我绝不会因此出家,但一瞬间我发现了,原来自己与佛还是有个缘在。

九日上午,我如约驱车赶到钓鱼台。这个多少年来作为国宾馆,曾一度为江青集团所霸占的地方,现在也揭去面纱向社会开放。有点身份的活动，都争着在这里举办。初冬的残雪尚未消尽，园内古典式的堂榭与曲水拱桥掩映于红枫绿松之间，静穆中隐含着一种涌动。

在休息室我见到了朴老，握手之后，他静坐在沙发上，接受着不断走上前来的人们的问候。老人听力已不大灵，戴着助听器，不多说话，只握握手或者双手轻轻合十答礼。我在一旁仔细打量，老人个头不高，略瘦，清癯的脸庞，头发整齐地梳向后去，着西服，一种学者式的沉静和长者般的慈祥在他身上做着最和谐的统一。看着这位佛教领袖，我怎么也不能把他和五台山上的和尚、布达拉宫里的喇嘛联系起来。

我最先知道朴老，是他的词曲，那时我还在上中学，经常在报上见到他的作品。最有影响、轰动一时的是那首《哭三尼》，诗人鲜明的政治立场、强烈的爱憎、娴熟的艺术让人钦佩。可以说我们这一代人，只要稍有点文化的，没有人不记得这首曲，而我原先只知唐诗宋词，就是从此之后才去找着看了一些元曲。佛不离政治，佛不离艺术，佛不离哲学，大约越是大德高僧越是能借佛径而曲达政治、艺术、哲学的高峰。你看历史上的玄奘、一行，以及近代的弘一，还有写出《文心雕龙》的刘勰，写出《诗品》的司空图，甚至苏东坡、白居易，不都是走佛径而达到文学、科学与艺术的高峰吗？只知晨钟暮鼓者是算不得真佛的。

后来我看书多了，更知道朴老在上海抗日救亡时的义举善举，知道了他与共产党合作完成的许多大事，知道了他为宗教事业所做的贡献，更多的还是接触他的书法艺术，还知道他是西泠印社的第五任社长。在大街上走，或随便翻书、报、刊，都能见到朴老题的牌匾或名字。我每天上班从北太平庄过，就总要抬头看几眼他题的"北京出版社"几个字。朴老的故乡安徽省要创办一份报纸，总编喜滋滋地给我看他请朴老题的"江淮时报"几个字。人们去见他，求他写字，难道只是看重他是一个佛门弟子？

会议开始了，我被安排坐在朴老的右边。正好会议给每人面前发了一套《佛教文化》杂志。其中有一本期刊有我去年去西藏时拍的一组十三张照片，并文。图文分别围绕佛的召唤、佛的力量、佛的仆人、佛的延伸、佛是什么、佛是文化等题来阐述。我翻开杂志请他一幅幅地看，边翻边讲。他听说我去了西藏，先是一惊，而后十分高兴。他仔细地看，看到兴浓处，就慈祥地笑着点点头。最后一幅是我盘腿坐在大昭寺的佛殿前，背景是万盏酥油灯，题为"佛即是我"，并引一联解释："因即果，果即因，欲求果，先求因，即因即果；佛即心，心即佛，欲求佛，先求心，即心即佛。"这回朴老终于些微地打破了他的平静，他慈祥地看着图上的人影，大笑着用手指一下我说："就是你！"并紧紧握住我的手。因为朴老听力不好，所以我们谈话就凑得更近，大概是这个动作显得很亲密，又看见我们是在翻一本佛教文化杂志，记者们便上来抢拍，于是便定格下这个珍贵的镜头。

会议结束了，我走出大厅，走在绿中带黄、绵软如毡的草地上。我想今天与朴老相会于钓鱼台，是有缘。要不怎么我先说不来，后来又来了呢？怎么正好桌子上又摆了几本供我们谈话的杂志？但这缘又不只是眼前的机缘，在前几十年我便与朴老心缘相连了；这缘也不只是佛缘，倒是在艺术、诗词等方面早与朴老文缘相连了。

缘是什么？缘原来是张网，德行越高学问越深的人，这张网就越张越大，它有无数个网眼，总会让你撞上的，所以好人、名人、伟人总是缘接四海。缘原来是一棵树，德行越高学问越深的人，这树的浓荫就越密越广，人们总愿得到他的荫护，愿追随他。佛缘无边，其实是佛学里所含的哲学、文学、艺术浩如烟海，于是佛法自然就是无边无际的了。难怪我们这么多人都与佛有缘。富在深山有远客，贫居闹市无人问，资本是缘，但这资本可以是财富，也可以是学识、人品、力量、智慧。在物质上，更重要的是在精神上富有的人，才有缘相识于人，或被人相识。一个在精神上平淡的人与外部世界是很少有缘的。缘是机会，更是这种机会的准备。

车子将出钓鱼台大门时，我突然想得一偈，便轻轻念出：

身在钓鱼台，心悟明镜台。

镜中有日月，随缘照四海。

# 跨越百年的美丽

1998年是居里夫人发现放射性元素镭一百周年。

一百年前的1898年12月26日,法国科学院人声鼎沸,一位年轻漂亮、神色庄重又略显疲倦的妇人走上讲台,全场立即肃然无声。她叫玛丽·居里,她今天要和她的丈夫皮埃尔·居里一起在这里宣布一项惊人的发现,他们发现了天然放射性元素镭。本来这场报告她想让丈夫来做,但皮埃尔·居里坚持让她来讲,因为在此之前还没有一个女子登上过法国科学院的讲台。玛丽·居里穿着一袭黑色长裙,端庄的脸庞上显出坚定又略带淡泊的神情,而那双微微内陷的大眼睛,则让你觉得能看透一切,看透未来。她的报告让全场震惊,物理学进入了一个新时代,而她那美丽庄重的形象也就从此定格在历史上,定格在每个人的心里。

关于放射性的发现,居里夫人并不是第一人,但她是关键的一人。在她之前,1895年11月,德国科学家伦琴发现了X光,这是人工放射性。1896年,法国科学家贝克勒尔发现铀盐可以使胶片感光,这是天然放射性。这都是偶然的发现,居里夫人却立即提出了一个新问题,其他物质有没有放射性?物质世界里是不是还有另一块全新的领域?别人在海滩上捡到一块贝壳,她却要研究一下这贝壳是怎样生,怎样长,怎样冲到海滩上来的。别人摸瓜她寻藤,别人摘叶她问根。是她提出了"放射性"这个词。两年后,她发现了钋,接着发现了镭,冰山露出了一角。

为了提炼纯净的镭,居里夫妇搞到一吨可能含镭的工业废渣。他们在院子里支起了一口锅,一锅一锅地进行冶炼,然后再送到化验室溶解、沉淀、分析。而所谓的化验室,是一个废弃的、曾停放解剖用尸体的破棚子。玛丽终日在烟熏火燎中搅拌着锅里的矿渣,她的衣裙上、双手上,留下了酸碱的点点烧痕。一天,疲劳至极的玛丽揉着酸痛的后腰,隔着满桌的试管、量杯问皮埃尔:"你说这镭会是什么样子?"皮埃尔说:"我只是希望它有美丽的颜色。"经过三年又九个月,他们终于从成吨的矿渣中提炼出了零点一克镭,它真的有极美丽的颜色,在幽暗的破木棚里发出略带蓝色的荧光;它还会自动放热,一小时放出的热能融化等重的冰块。

旧木棚里这点美丽的淡蓝色荧光,融入了一个女子美丽的生命和不屈的信念。玛丽的性格里天生有一种可贵的东西,她坚定、刚毅,有远大、执着的追求。

她中学毕业后在城里和乡下当了七年家庭教师,积攒了一点学费便到巴黎来读书。为了求得安静,玛丽一人租了间小阁楼,一天只吃一顿饭,日夜苦读。晚上冷得睡不着,就拉把椅子压在身上,以取得一点感觉上的温暖。这种心无旁骛、悬梁刺股、卧薪尝胆的进取精神,是一般人很难具备的!本来玛丽·居里完全可以尽情享受青春时光,活个轻松,活个痛快。但是她没有,她知道自己更深一层的价值和更远一些的目标。

镭的发现引发了一场革命——科学革命。它直接导致了后来卢瑟福对原子结构的探秘,导致了原子弹的爆炸,导致了原子时代的到来。更重要的是这项发现的哲学意义,哲学家说事物无时无刻不在变,西方哲人说,人不能两次踏进同一条河流。公元1082年，东方哲人苏东坡赤壁望月长叹道："盖将自其变者而观之，则天地曾不能以一瞬；自其不变者而观之，则物与我皆无尽也。"现在，居里夫人证明镭便是这样"不能以一瞬"而存在的物质，它会自己不停地发光、放热、放出射线，能灼伤人的皮肤，能穿透黑纸使胶片感光，能使空气导电，它刹那间是自己又不是自己，哲理就渗透在每个原子的毛孔里。玛丽·居里几乎在完成这项伟大自然发现的同时，也完成了对人生意义的发现。

她自己也在不停地变化着，在工作卓有成效的同时，镭射线也在无声地侵蚀着她的肌体。她美丽健康的容貌在悄悄地隐退，她逐渐变得眼花耳鸣、苍白乏力。而皮埃尔不幸早逝，社会对女性的歧视，更加重了她生活和思想上的沉重负担。但她什么也不管，只是默默地工作。她从一个漂亮的小姑娘，一个端庄坚毅的女学者，变成科学教科书里的新名词"放射线"，变成物理学的一个新计量单位"居里"，变成一条条科学定理，变成了科学史上一块永远的里程碑。"自其不变者而观之"，她得到了永恒。"长恨春归无觅处，不知转入此中来"，就像化学的置换反应一样，她的青春美丽换位到了科学教科书里，换位到了人类文化的史册里。

居里夫人的美名从她发现镭那一刻起就开始流传于世，迄今已经百年，这是她用全部的青春、信念和生命换来的荣誉。她一生共获得了十项奖金、十六种奖章、一百零七个名誉头衔，特别是两次获诺贝尔奖。她本来可以躺在任何一项大奖或任何一个荣誉上尽情地享受，但是她视名利如粪土，她将奖金赠给科研事业和战争中的法国，而将那奖章给六岁的小女儿去当玩具。她一如既往，埋头工作到六十七岁离开人世，离开了她心爱的实验室。直到她死后四十年，她用过的笔记本里，还有射线在不停地释放。

爱因斯坦说："在所有的世界著名人物当中，玛丽·居里是唯一没有被盛名宠坏的人。"她实事求是，超凡脱俗，知道自己的目标，更知道自己的价值。一般人要做到这两个自知，排除干扰并终生如一，是很难很难的，但居里夫人做到了。她让我们明白，人有多重价值，是需要多层开发的。有的人止于形，以售其貌；有的人止于勇，而逞其力；有的人止于心，而有其技；有的人达于理，而用其智。大音希声，大道无形，大智之人，不耽于形，不逐于力，不恃于技。他们淡淡地生活，静静地思考，执着地进取，直进到智慧高地，自由地驾驭规律，而永葆一种理性的美丽。

居里夫人就是这样一位挺立在智慧高地的伟人。

# 心中的桃花源

每一个多少读过点书的人,都知道陶渊明的《桃花源记》。一篇只有三百六十字的散文能流传一千五百年,家喻户晓,传唱不衰,其中必有它的道理。这篇文字连同作者最流行的诗作,大约是我在孩提时代,为习文识字,被父亲捉来读的,当时的印象也就是文字优美、故事奇特而已。直到年过花甲之后,才渐有所悟,一篇好文章原来是要用整整一生去阅读的。反过来,一篇文章也只有经过读者的检验,岁月的打磨,才能称得上是经典。凡是经典的散文总是说出了一种道理,蕴含着一种美感,让你一开卷就沉浸在它的怀抱里。《桃花源记》就是这样的文字。

《桃花源记》想说什么?

一般人都将《桃花源记》看作是一篇美文小品。它确实美,朴实无华,清秀似水,而又神韵无穷。但正是这美害了它,让人望美驻足,而忽略了它更深一层的含义。就如一个美女英雄或美女学者,人们总是惊叹她的容貌,而少谈她的业绩。《桃花源记》也是吃了这个亏,顶了"美文"的名,始终在文人圈子和文章堆里打转转,殊不知它的第一含义在政治。

陶渊明所处的晋代自秦统一天下已六百年,在陶之前不是没有过政治家。你看，贾谊是政治家，他的《过秦论》剖析暴秦之灭亡何等精辟，但汉文帝召见他时"不问苍生问鬼神"；诸葛亮是政治家，是智者的化身，但他用尽脑汁，也不过是为了帮刘备恢复汉家天下；曹操是政治家，雄才大略，横槊赋诗何其风光，但刚为曹家挣到一点江山底子，转瞬间就让司马氏篡权换成晋朝旗号。

陶渊明也不是没有参与过政治，读书人谁不想建功立业？况且他的曾祖陶侃（就是成语"陶侃惜分阴"的那个陶侃）就曾是一个为晋王朝立有大功的政治家、军事家。陶渊明曾多次出入权贵的幕府，但是他所处的政治环境实在是太黑暗了。东晋王朝气数将尽，争权夺利，贪污腐败，军阀混战，民不聊生。以东晋的重臣刘裕为例，未发迹时是一个无赖，好赌，借大族刁氏钱不还，刁氏将其绑在树上用皮鞭抽。有一叫王谧的富人可怜他，便代为还钱。刘发迹，就扶王为相，而将刁家数百人满门抄斩，后来干脆篡位灭晋建宋（南朝宋）。陶渊明曾四隐四出，因家里实在太穷，无力养活六个孩子，公元405年时他已四十余岁，不得已便又第五次出山当了彭泽县令，这更让他近距离看透了政治。东晋从公元377年（太元二年）起实行"口税法"，即按人口收税，每人年缴米三石。但有权有势的大户人家纷纷隐瞒人口，国家收不到税，就抬高收税标准，每人五石，恶性循环的结果是小民的负担更重，纷纷逃亡藏匿，国库更穷。

陶一上任，就在自己从政的小舞台上大刀阔斧地搞改革，他从清查户籍入手，先拿本县一户何姓大地主开刀。何家有成年男丁两百人，却每年只缴二十人的税，何家有人在郡里当官，历任县令都不敢动他一根毫毛。

陶是个知识分子，骨子里是心忧国家，要踏破不平救黎民、治天下，年轻时他就曾一人仗剑游四方。你看他的诗"刑天舞干戚，猛志固常在""君子死知己，提剑出燕京"，绝不只是一个东篱采菊人。所以鲁迅说陶渊明除了"静穆"之外，还有"金刚怒目"的一面。一时彭泽县里削富济贫、充实国库的政改试验搞得轰轰烈烈。正是：

莫谓我隐伴菊眠，半醉半醒酒半酣。
翻身一怒虎啸川，秀才出手乾坤转！

但是上层整整一个利益集团已经形成，哪能容得他这个书生"刑天舞干戚"来撼动呢？邪恶对付光明自然有一套潜规则。这年干部考察时何家买通"督邮"（监察和考核官员政绩的官）来找麻烦，部下告诉陶，按惯例这时都要行贿，给点好处。陶渊明大怒："吾不能为五斗米折腰！"连夜罢官而去。回家之后他便写了那篇著名的《归去来兮辞》："归去来兮，田园将芜胡不归？既自以心为形役，奚惆怅而独悲。……世与我而相违，复驾言兮焉求？"

这次出去为官对他刺激太大了，他对官府、对这个制度已经绝望。他向往尧舜时那种人与人之间平等、和谐的生活，向往《山海经》里的神仙世界，向往古代隐士的超尘绝世。从此，他就这样一直在乡下读书、思考、种地，终于在他弃彭泽令回家十六年之后的五十七岁时，写成了这篇三百六十字的《桃花源记》。作者纵有万般忧伤压于心底，却化作千树桃花昭示未来，虽是政治文字却不焦不躁、不偏不激，于淡淡的写景叙事中，铺排出热烈的治国理想,这种用文学翻译政治的功夫真令人叫绝。但这时离他去世只剩下六年了,这篇政治美文可以说是他一生观察思考的结晶,是他思想和艺术的顶峰。历史竟会有这样的相似,陶渊明五仕五隐,范仲淹四起四落。范仲淹那篇著名的政治美文《岳阳楼记》,是在他五十八岁那年写成的,离去世也还只剩六年。

这两篇政治美文都是作者在生命的末期总其一生之跌宕,积其一生之情思,发出的灿烂之光。不过范文是正统的儒家治国之道,提出了一个政治家的个人行为准则;陶文却本老子的无为而治,绘出了一幅最佳幸福社会的蓝图。

陶渊明是用文学来翻译政治的,在《桃花源记》中他塑造了这样一个理想的社会:"土地平旷,屋舍俨然,有良田、美池、桑竹之属。阡陌交通,鸡犬相闻。其中往来种作,男女衣着,悉如外人。黄发垂髫,并怡然自乐。"这是一个自由自在的社会,一种轻轻松松的生活,人人干着自己喜欢的工作。在这里没有阶级,没有欺诈,没有剥削,没有烦恼,没有污染。人与人和谐,人与自然和谐。这是什么?这简直就是共产主义。

陶渊明是在晋太元年间(376—396年)说这个话的,离《共产党宣言》(1848年)还差一千四百多年呢。只是有那么一点点影子,我们就算它是"桃源主义"吧,但他确实开了一条政治幻想的先河。当政治家们为怎样治国争论不休时,作为文学家的陶渊明却轻轻叹了一声:"不如不治。"然后提笔濡墨,描绘了一幅桃花源图。这正如五祖门下的几个佛家大弟子,为怎样消除人生烦恼争论不休时,当时还是个打杂小和尚的六祖却在一旁叹道:"菩提本无树,明镜亦非台。本来无一物,何处染尘埃。"人性本自由，劳动最可爱，本来无阶级，平等最应该。不是政治家的陶渊明走的就是这种釜底抽薪的路子。

陶之后大约一千二百年，欧洲出现了空想社会主义。而且巧得很，也是用文学作品来表达未来社会的蓝图，但不是散文，是两本小说，在社会发展史和世界文化史上影响极大，这就是1516年英国人莫尔出版的《乌托邦》和1623年意大利人康帕内拉出版的《太阳城》。所以《桃花源记》也可以归入政治文献，而不是只存在于文学史中。

其实《桃花源记》又何尝不可以当成小说来读呢，甚至那两本书的构思手法与《桃花源记》也惊人地相似。陶渊明是假设打鱼人误入桃花源，而在《乌托邦》里是写一个探险家在南美，误登上一座孤悬于海中的小岛。岛上绿草如茵，四周风平浪静，街上灯火辉煌，家家门前有花园。每个街区都有公共食堂，供人免费取食，个人所用的物品都可到公共仓库任意领取，并无人借机多占。探险家在这里生活了五年，回来后将此事传于世人，就如武陵人讲桃花源中事。《乌托邦》成书后顷刻间风靡欧洲，被译成多国文字，传遍世界，中国近代翻译家严复也把它介绍到了中国。

1623年意大利人康帕内拉出版了《太阳城》，很巧，还是陶渊明的手法。一个水手在印度洋遇险上岸，穿过森林进到一座城堡，内外七层，街道平整，宫殿华丽，居民身体健康，风度高雅，衣食无忧。在这个城市里没有私产，实行供给制，服装统一制作，按四季更换。每日晨起，一声长号，击鼓升旗，大家都到田里劳动。没有工农之分，没有商品交换，没有货币，孩子两岁后即离开父母交由公家培养。总之一切都是公有，需求由政府实施公共分配。甚至婚姻也是政府考虑到后代的优生而搭配，靓男配美女，胖男配瘦女。又是那个水手归来"海客谈瀛洲"，如同武陵人讲桃花源。这本书同样风靡全球，是空想社会主义的又一座里程碑。以幻想理想社会类的文学作品而论，有三大里程碑：《桃花源记》《乌托邦》《太阳城》。

"桃园三结义"，陶渊明是老大。

为了追求真实的桃花源，除出书外，还有人身体力行地去试验。1825年，英国人欧文用数十万美元在美国买了一块地，办起一个"新和谐公社"。这个公社规划得十分理想，有农田、工厂、住宅、学校、医院。公社成员一律平等，也是吹号起床，集体劳动，吃公共食堂。没有交换，没有货币，算是一个西洋版的"桃花源"。可惜这个公社来得实在太早，与时下的生产力水平、道德标准相差太远。墙内清贫而浪漫的生活，抵挡不住墙外资本主义金钱、名利的诱惑，维持了两年，试验宣告失败。

但是人们心中那盏理想的明灯总是在轻轻闪烁，在西方这种试验一直顽强地延续着。当年还是英国王子的查尔斯在一个叫庞德伯里的小城，也搞了一个"小国寡民"的建设，几百户人家，全部环保建材，绿荫小街，各家一色的院落，无汽车之喧嚣，无贫富之悬殊。美国弗吉尼亚州双橡树合作社区试验，从1967年坚持到现在已有五十多年。四百五十英亩土地，百十个人口，财产公有，自愿结合，这是北美共产社区中维持时间最长的一个。

桃花源在中国人的心里更是根深蒂固，那个美丽的梦也总是挥之不去。洪秀全就曾搞过太平天国版的空想共产主义，分男营、女营，不要家庭生活（当然这并不妨碍他妻妾成群），而在1930年立法院也讨论过要不要家庭。

1958 年在这个全球人口最多的国度，又开始了一场人民公社大试验，吃饭不要钱，一如《乌托邦》和"新和谐公社"里的情景，但又像欧文一样失败了。可是试验并没有停止。1986 年人民公社体制在全国正式取消后，个别生产力（财富）和精神文明（觉悟）发达的集体仍在坚持着"共产"模式。如河南的南街村，到今天仍是吃饭不要钱，各家用多少米面，到库房里随便领取。那天参观时我奇怪地问："有人多领怎么办？""领多了，吃不了，也没用。""如果他送给外村的亲戚呢？""相信他的觉悟。"财富加觉悟，这真是一个现代版的桃花源，微型的"空想共产主义"。

空想虽然空洞一些，但思想解放就是力量。无论是一个人还是一个社会，如果没有幻想，就会静止，就会死亡。自陶渊明之后，这种对未来社会的想象从来没有停止过，到马克思那里终于产生了科学社会主义。《共产党宣言》预言未来的理想社会是"自由人联合体"。没有阶级，没有剥削，没有贫富差别，没有尔虞我诈，大家自由地联合在一起。恩格斯给出的蓝图是："这种制度将给所有的人提供健康而有益的工作，给所有的人提供充裕的物质生活和闲暇的时间，给所有的人提供真正的充分的自由。"你看这不就是桃花源中人吗？

就主体来说陶渊明是诗人而不是政治家、思想家，他只是以憧憬的心情写了一篇短文。武陵人误入桃花源，陶渊明误入政治思想界，他万万没有想到他的幻想竟引来了这么多的试验版本。相比于政治和哲学，文学更富有想象力，陶渊明的桃花源足够后人一代一代地去寻找、评说。

## 桃花源在哪里？

中国文学史上有许多的游记名篇，造就了许多的山水品牌，成了今天旅游的新卖点。但让人吃惊的是，一个虚构的桃花源却盖过了所有的真山水，弄得国内只要稍微有一点姿色的风景，就去打桃花源的牌子，硬贴软靠，甚至争风吃醋，莫辨真伪。北至山西、河北、河南，南到广西、台湾，处处自诩桃花源，人人争当武陵人。我亲身游历过的"桃花源"就不下几十处，遍布大半个中国，是花还是非花，也无人去较真，但正是这似与不似之间，叫哪一处真山水也比不上幻影中的桃花源，而那些著名游记又无论如何都不能与《桃花源记》相提并论。就连最有名的《小石潭记》，现在也只不过是柳州的一个废土坑而已，也未见有哪个地方去与之争版权、争冠名，桃花源成了风景的偶像。何方化作身千亿，一处山水一桃源，陶渊明用什么魔法将这桃花源的基因遍撒中华大地，遗传千年，繁衍不息？

凡偶像都代表一种精神，而精神的东西既无形，又可幻化为万形。陶渊明笔下的桃花源是一处风景，但绝不是单纯的风景，它是被审美的汁液所浸泡，又为理想的光环所笼罩着的山水。美好的事物谁不向往？正如地球上无论东西方都有空想社会主义的模式，在中国无论东西南北，都能按图索骥找到"桃花源"。桃花源不是小石潭，不是滕王阁，不是月下赤壁，也不是雨中的西湖。它是神秘山口中放出的一束佛光，是这佛光幻化的海市蜃楼，这里桃林夹岸，中无杂树，芳草鲜美，落英缤纷。《桃花源记》是一个多棱镜，能折射出每一个人心中的桃花源，而每一个桃花源里都有陶渊明的影子，一处桃源一陶翁。

我见到的第一个桃花源是在福建武夷山区。从福州出发北上，过永安县，车停路边，有指路牌：桃花源。我说这柏油马路一条，石山一座，怎么是桃花源？主人说不急，先请下车。行几百米，果见一河，溯流而上，渐行渐深，林木葱茏，繁花似锦，两山夹岸，绿风荡漾，胸爽如洗。而半山腰庙宇民房，红墙绿瓦，飘于树梢之上，疑是仙境。折而右行，半壁之上突现一岩缝，竟容一人，曰"一线天"。我从缝中望去，山那边蓝天白云，往来如鹤。因为要赶路，我们不能如武陵人"便舍船，从口入"了，但我相信穿过一线天，那边定有一个桃花源。

再沿路北上就是著名的武夷山。山之有名因二：一是通体暗红，山崖如血，属典型的丹霞地貌；二是环山有溪水绕过，做九折之状，即著名的"武夷九曲"。想不到在这景区深处却还另藏着一个小"桃花源"。

当游人气喘吁吁地翻过名为"天游"的石山顶，自天而降；或溯流而上，游完九曲，弃筏登岸时，身已累极，心乏神疲，忽眼前一亮，见一竹篱小墙。穿过篱笆小门，地敞为坪，青草如茵，草坪尽处一泓碧水如镜，整座红色的山崖倒映其中，绿树四合，凉风拂衣，汗热顿消。正是陶诗"蔼蔼堂前林，中夏贮清阴。凯风因时来，回飙开我襟"的意境。这时席地而坐，仰望"天游"之顶，见人小如蚁，缘壁而行；俯视池水之中，蓝天白云，悠然自得。草坪上散摆着些茶桌，武夷山的"大红袍"茶海内知名。你在这里尽可细品杯中乾坤，把玩手中岁月。那天我正低头品茗，忽听有人呼唤，隔数桌之外走过一人，原来是十多年未见的一位南海边的朋友，不期在此相遇。我们相抱而呼，以茶代酒，痛饮一番。我既感叹世界之小，又觉这桃花源之妙，它真是一个可暗通今昔的时光隧道。

光阴者，百代之过客，这武夷山里不知过往了多少名人，朱熹就是从这里走出去开创了他的哲学流派，我怀疑他"半亩方塘一鉴开，天光云影共徘徊。问渠那得清如许，为有源头活水来"的名句，就是取自这个意境。明代大将军戚继光在南方抗倭之后，又被调到北方修长城，曾路过此地，在这里照影洗尘，竟激动得不想离去。他赋诗道："一剑横空星斗寒，甫随平虏复征蛮。他年觅得封侯印，愿学幽人住此山。"而陆游、辛弃疾在不得志之时，甚至还在这里任过守山的官职。朱、戚、陆、辛都是中国历史上屈指可数的人物。他们在绚烂过后更想要一个平淡，要做陶渊明，做一个桃花源中人。辛词写道："今宵依旧醉中行。试寻残菊处，中路侯渊明。"

我看到的第二处桃花源，是湖南桃源县的桃源洞。一般认为这处景观最接近正宗的桃花源，况且国内毕竟也就只有这一个以桃源命名的县。这里除山水幽静外，更多了一分文化的积淀，史上多有文人来此凭吊，孟浩然、李白、韩愈、苏轼等人都留有诗作。由此可见桃花源早已不是一个风景概念，而是一种文化现象了。

我印象最深的是这里刻于石碑上的一首回文诗：

牛郎织女会佳期，月底弹琴又赋诗。
寺静惟闻钟鼓响（响），音停始觉斗星移。
多少黄冠归道观，见机而作尽忘饥。
几时得到桃源洞，同彼仙人下象棋。

一般的回文诗是下句首字套用上句的末一个字，这在修辞学上叫"顶真"格。而这首诗是从上字中拆出半个字来起写下句，这样的"顶真"就更难。接着还有一个更难的动作，刻碑时第一字不从右上起，而是中心开花，向外旋转，到最后一字收尾，正好成方。

这样的挖空心思说明后人对桃花源题材是多么喜爱。而小石潭、赤壁，就是现代朱自清笔下的荷花塘也没有这样的殊荣呀！陶渊明所创造的"桃花源"实在是一个忘却时空、成仙成道的境界，比《乌托邦》《太阳城》多了几分审美，比《小石潭记》《赤壁赋》又多了几分理想。

那天我不觉技痒，也仿其格填了一首回文诗（比原式更苛求一点，连首尾都半字相咬）：

因曾数读《桃花源》，原知诗人梦秦汉。
又来桃源寻旧梦，夕阳压山柳如烟。

我看到的第三处桃花源是在湖北恩施，这里是湘、鄂、黔交界的武陵山区，陶渊明是今江西九江人，其活动区域不会到过这一带。但阴差阳错，这山却名"武陵"，而《桃花源记》正好说的是武陵人的事。当地人以此附比桃花源也算言之有据，比别处更多一点骄傲。况且，这里地处偏远，至今还保有极浓的世外桃源的味道。

武陵山区多洞，这洞大得让你不敢去想，一个洞就能开进一架直升机，而洞深几许到现在也没有探出个所以然，这比陶渊明说的"桃林夹岸，山有小口，豁然开朗"更要神秘。那天我们就在山洞里的一个千人大剧场看了一台现代武陵人的歌舞演出，真是恍若隔世，不知身在何处。

最动人的是情歌演唱。男女歌手分别站在舞台两侧的两个山头上（请注意，洞里还有山）引吭高歌：

（女）郎在高坡放早牛，
妹在院中梳早头。
郎在高坡招招手，
妹在院中点点头。
（男）太阳一出红似火，
晒得小妹无处躲。
郎我心中实难过，
送顶草帽你戴着。

你看男子心疼他心爱的女子，恨不能立即送去一顶遮阳的草帽。楚人是善于歌颂爱情或者借爱情说事的，从屈原始，古今亦然。陶渊明的楚文化背景很深，这让我立即想起他的《闲情赋》，有一段是这样翻译的：

我愿做她的衣领，以闻到她颈上的芳香。
可惜就寝时，衣服总要被弃置一旁；
我愿做她的衣带，终日系于她的腰间，
可惜换装时，衣带被解下，又有暂别的忧伤；
我愿做一滴发乳，涂在她的黑发上，
可她总要洗发，我又会受到冲洗的熬煎；

我愿做一把竹扇，让她握于手上，凉风送爽，
可秋天来临，还是难免有离去的凄凉；
我愿做一株桐木，制成一把她膝上鸣琴，
可她也有悲伤的时候，会推开我不再奏弹。

（愿在衣而为领，承华首之余芳；悲罗襟之宵离，怨秋夜之未央……）

还有哭嫁歌。婚嫁本是喜事，但女儿出嫁要哭，大哭，不舍爹娘，不舍闺友，大骂媒婆。哭，且能成歌，有腔有调，有情有韵。艺术这种东西真是无孔不入，喜怒哀乐都有美，悲欢离合都是歌。但是这歌和大城市里舞台上那些尖嗓子、哑喉咙、扭屁股、声光电的歌不一样，这是桃花源中的歌，是在武陵山中的时光隧道中听到的魏晋声、秦汉韵啊。

那天演的又有丧葬歌。人之大悲莫过于死，但这么悲伤的事却用唱歌来表达。当地风俗"谁家昨日添新鬼，一夜歌声到天明"。你看那个主唱的男子，击鼓为拍，踏歌而舞，众人起身而和，袖之飘兮，足之蹈兮，十分洒脱。生死由命，回归自然，一种多么伟大的达观，仿佛到了一个生死无界、喜乐无忧的神仙境界。这远胜于现代都市里作秀式的告别仪式、追悼大会。

在歌声中我听到了一千五百年前陶渊明那首《拟挽歌辞》："荒草何茫茫，白杨亦萧萧。严霜九月中，送我出远郊。""千秋万岁后，谁知荣与辱？但恨在世时，饮酒不得足。"武陵人这洒脱的"丧歌"，那源头竟是陶公的《挽歌》啊，你不得不承认这山洞里的桃源世界，确实还在继续着陶渊明所创造的那个生命境界和审美意境。

一连几天我就在这深山里转,感受这歌声、这舞蹈,还有米酒。这里喝酒也是桃花源式,是在别处从没有见过的。喝时要唱,要喊,要舞,喝到高兴处还要摔酒碗。双手过头,一饮而尽,然后"啪"的一声,满地瓷片,当然是那种很便宜的陶瓷碗。这正是陶渊明《杂诗》与《饮酒》诗的意境:"得欢当作乐,斗酒聚比邻。""忽与一觞酒,日夕欢相持。""若复不快饮,空负头上巾。"历史越千年,风物亦然。

一日,喝罢酒,我们去游一个叫"四洞峡"的地方,那又是一处桃花源了。离开公路,夹岸数步,人就落入一个大峡谷中。头上奇树蔽日,脚下湍流漱石。平时在城里花盆中才能见到的杜鹃花,在这里长成了合抱之粗的大树,花大如盘,洁白如雪。一种金色的不老兰,攀于岩上,遍洒峡中,灿若繁星。古藤缠树,树树翠帘倒挂;香茅牵衣,依依不叫人行。

许多草木都见所未见,闻所未闻。一种铁匠树,木极硬,木工工具对付不了它,要用铁匠工具才能加工,因有此名。其木放入炉中,如炭一样一晚不灭。一种似草似灌木的植物,秆子肥肥胖胖,就名"胖婆娘的腿",真是目不暇接。走着,走着,这一路风景突然没入一个悠长的石洞,瞬间一片幽暗,不见天日,唯闻流水潺潺,暗香浮动。我们扶杖踏石,缘壁而行,大气也不敢出一口,仿佛真的要走回到秦汉去,也不知这样如履薄冰行了几时,忽又见天日重回到了人间。这样忽明忽暗,穿峡过洞,如是者四次,是为"四洞峡"。到最后一个石洞的出口处,有巨石如人头,传说是远古时一将军在此守洞,慢慢石化而成。

石壁上长有一株手腕粗的黄杨木,传言已生有八百年。据说这种树平时正常生长,而每逢有闰月就又往回缩,它竟能自由地挪动时空。现代物理学已有一种"虫洞"假说，借助虫洞人们可轻易穿越时空退回过去，而桃花源中的植物竟然早已有了这种本事。我回望洞口，看着这石将军、这黄杨树，浮想联翩。当年陶渊明由晋而返秦，我们现在莫不是返回到了东晋？

出峡之时已近黄昏，主人请我们参观他们的万亩桃林。这里的乡民以种桃为生，已不知起于何年。近年来为了进一步富民，政府又请专家指导，搞了一项万亩桃园工程，好大的规模，放眼望去漫山遍野全是桃树。正是开花季节，晚照中红浪滚滚，一直铺向天边，只间或露出些道路、谷场，或农家的青瓦粉墙。我们随意选了一处半山腰的"农家乐"，在院子里摆桌吃饭。席间仍是要喝米酒、唱古老的歌、摔酒碗，主人对我们这些山外来人更是十分亲热。有如《桃花源记》所言："见渔人，乃大惊，问所从来。具答之。便要还家，设酒杀鸡作食。"又如陶诗："落地为兄弟，何必骨肉亲！得欢当作乐，斗酒聚比邻。"他们不会去作什么回文诗，但他们知道这里就是桃花源，是他们的家，祖祖辈辈都这样自自然然地生活着。

桃花源不只是风景，更是一种生活符号，一种文化标记。

### 心中的桃花源

陶渊明为晋代柴桑人，柴桑即现在的江西省九江市柴桑区一带。九江我是去过的，这次为写这篇文章，又重去两地寻找感觉，结果这感觉真的让我大吃一惊。在陶渊明纪念馆，我看到了许多历代各地甚至还有国外研究他的资料，以及出版的各种书刊。像东北鞍山这样远的地方都有陶学的研究团体，而今年的全国陶学年会是在内蒙古召开的。日本亦有专门的陶学社团。一本专刊上这样说："渊明文学在日本的流传，不论时光如何流逝，人们对他恬淡高洁的人格的憧憬，对其诗文的热爱从未中断。"

而更未想到的是，陶渊明的墓是在一座部队的营房里，官兵们用平时节约下来的经费将其修葺保护得十分完美。我们登上营房后的小山，香樟、桂花、茶树等江南名木掩映着一座青石古墓，墓的四角，四株合抱粗的油松皮红叶绿，直冲云天，只看这树就知这墓的年头在数百年之上。陶卒于乱世，其墓本无可考，元代时大水在这附近冲出一块记载陶事的石碑，官民喜而存之，因碑起墓，代代飨祭。现在这个墓是部队在2003年重修，并立碑记其事。一个诗人，一个逝去了一千五百多年的古人，怎么会引起这么广泛、久远的共鸣呢？

陶渊明的《桃花源记》确是以艺术的魅力，激起了我们千百年来对理想社会和美好山水的不断追求。但更有意义的是，他设计出了一个人心理的最佳状态，这就是以不变应万变，永远平和自然，永葆一颗平常心。他以亲身的实践证明了这一点，接着又用自己的作品定格、升华、传达了这种感觉。他在我们每个人的心里都埋下了一粒桃花源的种子，无论如何斗转星移，岁月更换，后人只要一读陶诗、陶文，就心生桃花，暖意融融，悠然自悟，妙不可言。当代德国著名哲学家海德格尔认为，哲学家应该具有诗人的思维，他说哲学最好的表达方式是诗歌。陶渊明已经做到了这一点，他始终是用诗歌来表现人生。

人生在世有三样东西绕不过去。一是谁能没有挫折坎坷；二是任你有多少辉煌也要消失，没有不散的筵席；三是人总要死去，总要离开这个世界。与这三样东西相对应的心境是灰心、失落与恐惧。对于怎样面对这个难题，克服人精神上的消极面，让每一天都过得快活一些，历来不知有多少思想家、宗教徒都在做着不尽的探索。过去关于奋斗、修养的书不知几多，现在"励志类"的书又满街满巷。而所谓"修养"，已经滑进了"厚黑"的死胡同，而你就是励志、奋斗、成就之后还是绕不开这三点。

你看现实生活中，有的人生活并没有到谷底，甚至还有几分殷实小康，但还在没完没了地嫉妒、哭穷、诉苦；有的人已身居高位，还在贪婪、虚荣、邀功；有的人已退出官场，还在回头、恋权、恋名，苦心安排身后事。陶渊明官也做过，民也当过；富也富过，穷也穷过；也曾顺利，也曾坎坷，但这些毛病他一点也没有。他学儒、学道、学佛，又非儒、非道、非佛，而求静、求真、求我，从思想到实践，较好地回答了人生修养这个难题。

陶渊明生活在一个不幸的时代，军阀混战，政权更迭，民不聊生。他虽也做过几次官，但不愿为五斗米折腰，归隐回乡，日子过得紧紧巴巴。为避战乱他曾两次逃难，仇家一把火又将他可怜的家产烧了个精光。但在他的诗文中，却找不到杜甫"亲朋无一字，老病有孤舟"式的哀叹，反倒常是一种"采菊东篱下，悠然见南山"的恬静。这是一种境界，一种回归，回归自然，回归自我，不为权、财、名所累，永葆一颗平常心的境界。

他为官时不为五斗米折腰，不丢人格；穷困时安贫知足，不发牢骚，不和自己过不去，也就是《桃花源记》里说的"黄发垂髫，并怡然自乐"。我们没有理由责备陶渊明为什么不像白居易那样去写《卖炭翁》，不像陆游那样去写"铁马秋风大散关"，不像辛弃疾那样"把栏杆拍遍"。陶所处的时代没有辛弃疾、岳飞那样尖锐的民族矛盾，他也未能像魏徵、范仲淹那样身处于高层政治的旋涡之中。存在决定意识，各人有各人的历史定位。陶渊明的背景就是一个"乱"字，世乱如倾，政乱如粥，心乱如麻。他的贡献是于乱世、乱政、乱象之中，在人的心灵深处开发出了一块恬静的心田，"结庐在人境，而无车马喧。问君何能尔？心远地自偏。采菊东篱下，悠然见南山"。

陶渊明一生大多身处逆境，但他却永远开朗。不是说这逆境不存在，而是他能精神变物质，逆来顺推，化烦躁为平和。他以太极手段，四两拨千斤，将愁苦从心头轻轻化去，让苦难不再发酵放大，或干脆就转而发酵为一坛美酒。马克思说："受难使人思考，思考使人受难。"世上总有不平事，尤其是爱思考的知识分子，世有多大，心有多忧，忧便有苦，苦则要学会排解。陶渊明对辞官后的农耕生活要求并不高，"岂期过满腹，但愿饱粳粮。御冬足大布，粗绨以应阳"，粗布淡饭而已。但他却从这种清苦中，找到了精神上的寄托和审美的享受，"耕种有时息，行者无问津。日入相与归，壶浆劳近邻。长吟掩柴门，聊为陇亩民"。

陶渊明也不是没有做过官，但他不把做官当饭吃，他一生五仕五隐，那官场的生活只不过是他的人生试验。他对朝廷也曾是忠心的，甚至还有对晋王朝的眷恋，自晋亡后，他写诗就从不署新朝的年号。但是他把人格看得比政治要重。不为五斗米折腰，不看人的脸色。政治生活一旦妨碍了他的人性自由，就宁可回家。他高唱着："归去来兮，田园将芜胡不归？既自以心为形役，奚惆怅而独悲？悟已往之不谏，知来者之可追。实迷途其未远，觉今是而昨非。舟遥遥以轻飏，风飘飘而吹衣。"何等痛快。朱熹评陶渊明说："晋宋人物，虽曰尚清高，然个个要官职，这边一面清谈，那边一面招权纳货。陶渊明真个能不要，所以高于晋宋人物。"他岂止高于晋宋人物，也远高于现代的许多跑官要官、贪财受贿、争权夺利、图名好虚之人。

陶渊明对死亡的思考更是彻底，并有一种另类的美感。他说："有生必有死，早终非命促。""千秋万岁后，谁知荣与辱？""死去何所道，托体同山阿。""自古皆有没，何人得灵长？不死复不老，万岁如平常。"人总有一死，何必叹什么命长命短，操心什么死后的荣誉。如果一个人总是不死，那生和死又有什么区别？这种彻底的唯物主义真让我们吃惊。正因为有这种生死观，他从不要什么虚荣，没有一点浮躁，更不会如今人那样非要生前争什么镜头、版面，死后留什么传记、文选。

龚自珍说："陶潜酷似卧龙豪，万古浔阳松菊高。莫信诗人竟平淡，二分《梁甫》一分《骚》。"梁启超说："这位先生身份太高了，原来用不着我恭维。"说是不用"恭维"，但历来研究、赞美他的人实在太多。他的思想确实影响了一代又一代人，他的这种达观精神几乎成了后人处世的楷模。如果你抚摸着陶之后的历史画卷，就会听到无数伟人、名人与他的共鸣，而这些人都是中国历史上的群山高峰啊。于是我们就会发现，一股从遥远的桃花源深处发出的雷鸣，在历史的大峡谷中，滚滚回荡，隐隐不绝。

李白算是中国诗歌的高峰了，被尊为诗仙，但他对陶是何等地敬仰："梦见五柳枝，已堪挂马鞭。何日到彭泽，长歌陶令前。"他梦见陶公门前的五柳树了，要到彭泽去与他狂歌。白居易曾被贬为江州司马，离陶的家乡不远，他在任上时陶诗不离手："亭上独吟罢，眼前无事时。数峰太白雪，一卷陶潜诗。"苏东坡曾被发配到偏远的海南，他是把陶渊明当老师才渡过困境的："吾于诗人无所甚好，独好渊明之诗；渊明作诗不多，然其诗质而实绮，癯而实腴，自曹、刘、鲍、谢、李、杜诸人，皆莫及也。"他把陶放在曹植、李白、杜甫之上，而且居然把陶诗逐一和了一遍，这恐怕主要是精神上的相通。

庄子说"内圣而外王"，事业是皮毛，心灵的自由才是人的终极追求。魏晋人追求的大概就是这个风度，所谓："居官无官官之事，处事无事事之心。"亦即陶渊明说的不要让心情为外形所役使（既自以心为形役）。翻阅史书，我们发现凡真正建功立业、轰轰烈烈的大人物，其内心深处都有一个静谧的桃花源，能隐能出，能动能静，收放自如。

诸葛亮六出祁山，七擒孟获，火烧赤壁，舌战群儒，一生何等忙碌，但留下的格言是"淡泊明志，宁静致远"。范仲淹"先天下之忧而忧，后天下之乐而乐"，其政治抱负多么强烈，但他的心理支柱是"不以物喜，不以己悲"。辛弃疾晚年写词："岁岁有黄菊，千载一东篱……都把轩窗写遍，更使儿童诵得。"

陶渊明不是政治家，却勾勒出一个理想社会，让人们不断地去追求；他不是专门的游记作家，却描绘了一幅最美的山水图，让人不断地去寻找；他不是专门的哲学家，却给出了人生智慧，设计了一种最好的心态，让人们去解脱。如果真要说专业的话，陶渊明是一个诗人，他开创了田园诗派，用美来净化人们的心灵。中外文学史上从来没有哪一位诗人，能像他这样创造了一个社会模式、一种山水布景、一种人生哲学，深深地植根在后人的心中，让人不断地去追寻。

## 美文是怎样写成的

毛泽东在《讲堂录》中谈到：在中国历史上，不乏建功立业的人，也不乏以思想品行影响后世的人，前者如诸葛亮、范仲淹，后者如孔孟等人。但二者兼有，即"办事兼传教"之人，历史上只有两位，即宋代的范仲淹和清代的曾国藩。范仲淹生活在北宋封建社会的成熟期，他"办事兼传教"，是一个典型的封建官员知识分子。而他留给我们的政治财富和文化思考全部浓缩在一篇只有三百六十八字的短文中，这就是传唱千古的《岳阳楼记》。

中国古代留下的文章不知有多少。如果让我在古今文章中选一篇最好的，只需忍痛选一篇，那就是范仲淹的《岳阳楼记》。千百年来，中国知识界流传一句话：不读《出师表》不知何为忠；不读《陈情表》，不知何为孝。忠孝是封建道德标准。随着历史进入现代社会，这"两表"的影响力，已在逐渐减弱，特别是《陈情表》，已鲜为人知。但有一个奇怪的现象，同样产生于封建时代的《岳阳楼记》却丝毫没有因历史的变迁而被冷落、淘汰，相反，它如一棵千年古槐，历经岁月的沧桑，愈显其旺盛的生命力。

北宋之后，论社会形态，也经封建主义、民主主义、社会主义三世的冲击。但它穿云破雾，历久弥新。呜呼，以一文之力能抗三世之变，靠什么？靠它的思想含量：人格思想、政治思想和艺术思想。它以传统的文字，表达了一种跨越时空的思想，上下千年，唯此一文。

《岳阳楼记》已经成为一份独特的历史遗产，其中有无尽的文化思考和政治财富。从《古文观止》到解放以后历届中学课本，常选不衰；从政界要人、学者教授到中小学生，无人不读、不背，这说明它仍有现实意义。归纳起来有三条：一是教我们怎样做人，二是教我们怎样做官，三是教我们怎样写文章。

## 一、我们该怎样做人
### 独立、理性、牺牲的人格之美

人们都熟知范仲淹在《岳阳楼记》里的名言"先天下之忧而忧，后天下之乐而乐"，却常忽略了文中的另一句话："不以物喜，不以己悲。"前者是讲政治，怎样为政、为官，后者是讲人格，怎样做人。前者是讲政治观，后者是讲人生观。正因为讲出了这两个人生和政治的基本道理，这篇文章才达到了不朽。其实，一个政治家政治行为的背后都有人格精神在支撑，而且其人格的力量会更长久地作用于后人，存在于历史。

"不以物喜，不以己悲"：物，指外部世界，不为利动；己，指内心世界，不为私惑。就是说：有信仰、有目标、有精神追求、有道德操守。结合范仲淹的人生实践，可从三个方面来解读他的人格思想。

一是独立精神——无奴气，有志气。

范仲淹有两句诗最能说明他的独立人格："心焉介如石，可裂不可夺。"范仲淹于太宗端拱二年（989年）生于徐州，出生第二年父亲去世，二十九岁的母亲贫无所依，抱着襁褓中的他改嫁朱家，来到山东淄州（今山东邹平县附近）。他也改姓朱，名朱说。他少年时在附近的庙里借宿读书，每晚煮粥一小锅，次日用刀划为四块，早晚各取两块，拌一点咸韭菜为食。这就是成语"断齑画粥"的来历。这样苦读三年，直到附近的书都已被他搜读得再无可读。但他的两个异父兄长却不好好读书，花钱如水。一次他稍劝几句，对方反唇相讥："连你花的钱都是我们朱家的，有什么资格说话。"他才知道自己的身世，心灵大受刺激。真是未出家门便感知世态之炎凉。他发誓期以十年，恢复范姓，自立门户。

大中祥符四年（1011年），二十三岁的范仲淹开始外出游学，来到当时一所大书院应天书院（位于今河南省商丘市），昼夜苦读。一次真宗皇帝巡幸这里，同学们都争先出去观瞻圣容，他却仍闭门读书，别人怪之，他说："日后再见，也不晚！"可知其志之大，其心之静。有富家子弟送他美食，他竟一口不吃，任其发霉。人家怪罪，他谢曰："我已安于喝粥的清苦，一旦吃了美味，怕日后再吃不得苦。"真是天降大任于斯人，自觉自愿苦其心志，劳其筋骨。他在大中祥符八年（1015年）中进士，在殿试时终于见到了真宗皇帝，并赴御宴。他不久调去安徽广德亳县做官，立即把母亲接来赡养，并正式恢复范姓。这时离他发愤复姓只用了五年。

范仲淹中了进士后被任命的第一个地方官职是到安徽广德任"司理参军"，就是审理案件的助理。当时地方官普遍贪赃爱财，人为制造冤案。他廉洁守身，秉公办案，常与上司发生争论，任其怎样以势压人，也不屈服。每结一案，他就把争论内容记在屏风上，可见其性格的耿直。一年后离任时，屏风上已写满案情，这就是"屏风记案"的故事。他两袖清风，走时无路费，只好把老马卖掉。对历史上有骨气的人，范仲淹非常敬重。1038年，范仲淹被贬赴润州（今江苏镇江）任上时，途中经彭泽拜谒唐代名相狄仁杰的祠堂。狄刚正不阿，不畏武则天的权势被陷入狱，又被贬为县令。范当即为其写一碑文，歌颂他："呜呼，武暴如火，李寒如灰，何心不随，何力可回！我公哀伤，拯天之亡。逆长风而孤骞，溯大川而独航。金可革，公不可革，孰为乎刚？地可动，公不可动，孰为乎方？"文字掷地有声。而当时他也正冒着朝中的"暴火寒灰"，独行在被贬的路上。他所描写的刚不可摧、方不可变，也正是自己的形象。

二是理性精神——实事求是，按原则办事。

范仲淹的独立精神绝不是桀骜不驯的自我标榜和逞一时之快的匹夫之勇。他是按自己的信仰办事，是知识分子的那种理性的勇敢。我在写瞿秋白的《觅渡》一文中曾谈到，这是一种像铁轨延伸一样的坚定精神。

亚里士多德说："吾爱吾师，吾更爱真理。"范仲淹是晏殊推荐入朝为官的。他一入朝就上奏章给朝廷提意见。这吓坏了推荐人晏殊，说："你刚入朝就这样轻狂，就不怕连累到我这个举荐人吗？"范听后半晌没有反应过来，一会儿，难受地说："我一入朝就总想着奉公直言，千万不敢辜负您的举荐，没想到尽忠尽职反而会得罪于您。"回到家他又给晏写了一封三千字的长信，信中说："当公之知，惟惧忠不如金石之坚，直不如药石之良，才不为天下之奇，名不及泰山之高，未足副大贤之清举，今乃一变为尤，能不自疑而惊乎！且当公之知，为公之悔，倘默默不辨，则恐搢绅先生诮公之失举也。"晏殊是他的恩师，入朝的引路人。这件事充分体现了范"爱吾师，吾更爱真理"的品格。

宋仁宗时，西北强敌西夏不断侵扰，范仲淹被任命为前线副帅抗敌。当时朝野上下出于报仇心理和抗战激情，都高喊出兵。主帅命令出兵，皇上不断催问，左右不停地劝说。但他认为备战还不成熟，坚持不出兵。主帅韩琦说："大凡用兵，当置胜败于度外。"范仲淹则认为：大军一动就是千万人的性命，怎敢置之度外？朝廷严词催促出兵，他反复申诉，自知"不从众议则得罪必速，奈何成败安危之机，国之大事，臣岂敢避罪于其间"。结果，上面不听他的意见，1041年好水川一战，宋军损失六千人。此后宋军再不敢盲动，最终按范仲淹的策略取得了胜利。

在人性中，独立和奴气，是基本的两大分野。一般来讲，人格上有独立精神的人，在政治上就不大容易被收买。我们不要小看人格的独立。就整个社会来讲，这种道德的进步经历了一个漫长的过程。奴隶制度造成人的奴性，封建制度下虽有"士可杀不可辱"的说法，但还是强调等级、服从。进入资产阶级民主社会，才响亮地提出平等、自由，人性的独立才被作为一种普遍的社会标准和道德意识。这一点西方比我们好一些，民主革命彻底，封建残留较少。中国封建社会长，又没有经过彻底的资本主义民主革命，人格中的奴性残留就多。

现在许多人也在变着法媚上，对照现实我们更感到范仲淹在一千年前坚持的独立精神的可贵。正是这一点，促成了他在政治上能经得起风浪。做人就应该宠而不惊，弃而不伤，丈夫立世，独对八荒。鲁迅就曾痛斥中国人的奴性。一个人先得骨头硬，才能成事，如果他总是看别人的脸色，他除了当奴才还能干什么？

纵观范仲淹一生为官，无论在朝、在野、打仗、理政，从不人云亦云，就是对上级，对皇帝，他也实事求是，敢于坚持。这里固然有负责精神，但不改信仰、按规律办事，却是他的为人标准。

"不以物喜，不以己悲"，就是不随波逐流。那么以什么为立身根本呢？以实际情况，以国家利益为根本。用现在的话说就是实事求是，无私奉献。陈云同志讲："不唯上、不唯书、只唯实。"人能超然物外，克服私心，就是一个大写的人，就是君子，不是小人。可惜，千年来人性虽已大有进步，社会仍然没有能摆脱这种公与私的羁绊。这个问题恐怕要到共产主义社会才能解决。你看我们的周围，有多少光明磊落，又有多少虚伪龌龊。

凡成大事者，首先在人格上要能独立思考，理性处事，敢于牺牲。而那些人格上不独立的人，政治上必然得软骨病，一入官场，就阿谀奉承，明哲保身，甚至阳奉阴违，贪赃枉法，卖身投靠，紧要关头投敌叛变。我在官场几十年，目之所及，已数不清有多少事例，让你落泪，又让你失望。有的官员，专研究上司所好，媚态献尽，唯命是从。上发一言，必弯腰尽十倍之诚，而不惜耗部下百倍之力，费公家千倍之财，以博领导一喜。这种对上为奴、对下为虎的劣根人格实在可悲。我每次读《岳阳楼记》就会立即联想到周围的现实。"不以物喜，不以己悲"，这种对独立人格的追求，仍然是我们现在所需要的。

三是牺牲精神——为官不滑，为人不私。

"不以己悲"就是抛却个人利益，敢于牺牲，不患得患失。怎样处理公与私的关系，是判断一个人道德高下的最基本标准。我们熟悉的林则徐的两句诗"苟利国家生死以，岂因祸福避趋之"讲的就是这个道理。范仲淹一生为官不滑，为人不奸。他的道德标准是只要为国家，为百姓，为正义，都可牺牲自己。下面兹举两例。

1038年，宋西北的西夏建国，赵元昊称帝。宋夏战事不断。边防主帅范雍无能。1040年，仁宗不得不重组一线指挥机构，任命范仲淹为陕西经略招讨副使（副总指挥）赶赴前线，这年他已五十一岁，这之前他从未带过兵。范仲淹一路兼程，赶到延州（今延安）。延州才经兵火，前面三十六寨都被荡平，孤悬于敌阵前。朝廷先后任命的数人都畏敌而找借口不赴任。范说，形势危急，延州不能无守，就挺身而出，自请兼知延州。

范仲淹虽是一介书生，但文韬武略，胆识过人。他见敌势坐大，又以骑兵见长，便取守势，并加紧部队的整肃改编，提拔了一批战将，在当地边民中招募了一批新兵。庆历二年（1042年），范仲淹密令十九岁的长子纯祐偷袭西夏，夺回战略要地"马铺寨"。他引大军带着筑城工具随后跟进。部队一接近对方营地，他就下令就地筑城，十天后，一座新城平地而起。这就是后来发挥了重要战略作用的像一个楔子一样打入夏界的孤城——大顺城。城与附近的寨堡相呼应，西夏再也撼不动宋界。夏军中传说着，现在带兵的这个范小老子（西夏人称官为老子）胸中自有数万甲兵，不像原先那个范大老子（指前任范雍）好对付。西夏见无机可乘，随即开始议和。范以一书生领兵获胜，除其智慧之外，最主要的是这种为国牺牲的精神。

范仲淹与滕宗谅（字子京）的关系，是他为国惜才，为朋友牺牲的例证。滕与范仲淹是同年的进士，也是一个热血报国的忠臣。西北战事吃紧时滕也在边防效力，知泾州。当时正定川一役大败之后，形势危急。滕招兵买马，犒赏将士，重整旗鼓。范又让他兼知庆州，他亦治理得井井有条。但正因为他干事太多，就总被人挑毛病，有人告他挪用公款十五万贯。仁宗大怒，要查办。但很快查明，这十五万贯钱，犒赏用了三千贯，其他皆用于军饷。而这三千贯的使用也没有超出地方官的权力规定范围，但是朝中的守旧派，咬住不放，乘机大做文章，宰相等也默不作声。

范仲淹这时已回京，他激愤地说，朝廷看不到边防将士的辛苦和功劳，任有人在这些小问题上捕风捉影，加以陷害，这必让将士寒心，边防不稳。他力保滕宗谅无大过，如有事甘愿同受处分。这样滕才没有被撤职，而在庆历四年（1044年）被贬到了岳阳，才有后来《岳阳楼记》这一段佳话。如果没有当年范对滕的冒死一保，政治史和文学史都将缺少精彩的一笔。可知范后来为他写《岳阳楼记》，本身就是一种对朋友、对正义事业的支持，而这是要冒风险、付出代价的。他在文章中叹道："微斯人，吾谁与归？"他愿意和志同道合的战友一起去为事业牺牲。

任何革命的、进步的团体和事业，都是以肝胆相照的人格精神为基础凝聚力量、团结队伍的。不要奸猾，只要忠诚。

## 二、我们该怎样做官
### 忧民、忧君、忧政的为官之道

范仲淹对政治文明的贡献，主要体现在一个"忧"字上。《岳阳楼记》产生于我国封建社会成熟期之宋代，作者生于忧患，成于忧患，倾其一生和一个时代来解读这个"忧"字。好像是中国封建社会发展到转折时期，专门要找一个这样的解读人。范仲淹的忧国思想，最忧之处有三，即忧民、忧君、忧政。也可以说这是留给我们的政治财富。这是每一个政治家都要面对的问题。

**1. 忧民**

他在文章中写道"居庙堂之高，则忧其民"，就是说当官千万不要忘了百姓，官位越高，越要注意这一点。

政治就是管理，就是民心。官和民的关系是政治运作中最基本的内容。忧民生的本质是官员的公心、服务心，是怎样处理个人与群众的关系。人民永远是第一位的，任何政权都要靠人民来支撑。一些进步的封建政治家也看到了这一点，强调"民惟邦本"，唐太宗甚至说"水可载舟亦可覆舟"。范仲淹继承了这一思想并努力在实践中贯彻。他认为君要"爱民""养民"，就像调养自己的身体，要十分小心，要轻徭役、重农耕。特别是地方官，如果压榨百姓，就是自毁邦本。

范仲淹从1015年二十七岁中进士到1028年四十岁进京任职前，已在基层为官十三年。这期间，他先后转任广德（今安徽广德）、亳州（今安徽亳州）、泰州（今江苏泰州）、兴化（今江苏南通一带）、楚州（今江苏淮安）五地，任过一些掌管刑狱的幕僚小职，最后一任是管盐仓的小吏。他表现出一个典型的有知识、有理想，又时时想着报国安民的青年官吏的所作所为。他按儒家经典的要求"达则兼济天下"，却扬弃了"穷则独善其身"，只要有一点机会，就去用手中的权力为老百姓办事，并时刻思考着只有百姓安康，政治才能稳定。

范仲淹的忧民思想体现在三个方面，即为民请命、为民办事和为民除弊。

一是为民请命。用现在的话说就是"情为民所系"。

关心民情，是中国古代清官的一种好品质、好传统。就是说先得从思想上解决问题，要有一颗为民的心。郑板桥就有一首名诗："衙斋卧听萧萧竹，疑是民间疾苦声。些小吾曹州县吏，一枝一叶总关情。"出身贫寒，起于基层的范仲淹一生不管地位怎么变，忧民之心始终不变。

1033年，全国蝗、旱灾害流行，山东、江淮地区尤甚。时范已调回朝中，他上书希望朝廷派员视察，却迟迟得不到答复。他又忍不住了，冒杀头之祸，去当面质问仁宗："我们在上面要时刻想着下面的百姓。要是您这宫里的人半天没有饭吃会是什么样子？今饿殍遍野，为君的怎能熟视无睹？"皇帝被他问得无言以对，就顺水推舟说："那就派你去赈灾吧。"当年他以一个盐吏的身份因上书自讨了一个修堤的苦差事，这次他这个谏官，又因言得差，自讨了一份棘手难办的赈灾之事。但这件事情倒让我们看到了他的办事才干。

他一到灾区就开仓济民，组织生产自救。灾后必有大疫，他遍设诊所，甚至还亲自研制出一种防疫的白药丸。赈灾结束回京后他还特意带回灾民吃的一种"乌味草"，送给仁宗，并请传示后宫，以戒宫中的奢侈浪费。他的这个举动肯定又引起宫中人的反感。你去赈灾，完成任务回来交差就是，何苦又要借机为宫里人上一堂课呢？就你最爱表现，这怎能不招惹人嫉妒？他还给仁宗讲了他调查访问的一件实事。途中，他碰到六个从长沙到安徽的漕运兵，他们出来时三十人，现连死带逃，还剩六人，路途遥远，还不知能不能活着回到家。他深感百姓粮饷和运输负担太重。他对皇帝说："天之生物有时，而国家用之无度，天下安得不困！"

二是为民办事。用现在的话说就是"利为民所谋"。

思想上爱民还不算，还得办实事。他较突出的一件政绩是修海堤。1021年，范仲淹调泰州，任一个管理盐仓的小官。当时泰州、楚州、通州（今南通）位于淮水之南，东临黄海，海堤年久失修，海水倒灌，冲毁盐场，淹没良田，不但政府盐利受损，百姓亦流离失所，逃荒他乡。范仲淹只是一个看盐场的小吏，这些地方上的政务、经济上的事本不归他管，但他见民受其苦，国损其利，便一再建议复修海堤，政府就干脆任命他为灾区中心兴化县的县令。他制定规划，亲率几万民工日夜劳作在筑堤工地。

一次大浪淹来，一百多人顿时被卷入海底。一时各种非议四起，要求停工罢修，范力排众议，身先民工，亲自督战，前后三年，终使大堤告成。地方经济恢复，国家增收盐利，流离的百姓又回到故乡。人们感谢范仲淹，将此堤称为"范堤"，甚至有不少人改姓范，以之为荣。历代，就是直到今天，能为范仲淹之后仍是一种光荣。明朝朱元璋一次审查犯人名单，见一叫范从文的人，疑是仲淹之后，一问，果是其十二世孙，便特赦了他。有一土匪绑票，见苦主名范希荣，再问是范仲淹之后，立即放掉。可见范在民间的影响之大之深远。现在全国为纪念他而建的"景范希望小学"就有四十九所。

三是为民除弊。用现在的话说，就是敢于改革。

他是一位行政能力极强的政要。他的忧民，绝不像其他官僚那样空发议论，装装样子。他能将思想和具体的行动进一步上升到制度的改革，每治一地，必有创造性的惠民政策。他在西北前线积极改革用兵制度。当时因战事紧张，政府在陕西征农民当兵，士兵不愿背井离乡，便有逃兵。政府就规定在兵的脸上刺字，谓之"黥面"。一旦黥面，他永世，甚至子孙后代都不得脱离军籍。范经调查后体恤民情，认为这"岂徒星霜之苦，极伤骨肉之恩"，就进行改革，边寨大办营田，将士可以带家属，又改刺面为刺手，罢兵后还可为民，深得百姓拥护。

范仲淹是六十四岁去世的。他在生命的最后三年，积劳成疾，病体难支，但愈迸发出为民请命、大胆改革的热情。1050年，他六十二岁时，知杭州，遇大旱，流民遍地。他不是用传统的调粮、赈济之法，而是以工代赈，大兴土木，特别是让寺院参加进来，用平时节余搞基建，增加就业；二是大办西湖的龙舟赛事，让富人捐助，繁荣贸易，扩大内需；三是高价收粮，使粮商无法囤粮抬价。这些举措看似不当，也受到非议，但挖掘了民间财力，让杭州平安度荒。

宋代税收常以实物缴纳，以余补缺，移此输彼，谓之支移，但运输费要纳税人出。范在1051年，去世前一年，知青州，这是他生命旅途的最后一站。他见百姓往二百里外的博州纳税，往返经月，路途劳苦，还误农时，运费又多出税额的二到三成。对于农民之苦，上面长期熟视无睹，范心里十分不安。他就改革征税方法，命将粮赋折成现金，派人到博州高于市价购粮，不出五天即完成任务，免了百姓运输之苦，还有余钱。一般地方官都是尽量超征，讨好朝廷。他却多一斤不要，将余钱退给青州百姓。

诚如他言："求民疾于一方，分国忧于千里。"可以看出他的忧民是真忧，决不沽名，不作秀，甚至还要顶着上面的压力，冒着被处分的危险。像上面所举之例，都是问题早就在那里明摆着，为什么前任那么多官都不去解决呢？为什么朝廷不管呢？

关键是心中没有装着老百姓。所以"忧民"与否实际上是检验一个官好坏的试金石，也成了千百年来永远的政治话题。这种以民为上的思想延续到共产党就是彻底地为人民服务。毛泽东专门写过一篇《为人民服务》的文章。2004年是邓小平同志一百周年诞辰，我受命写一篇纪念文章。在搜集资料时，我问研究邓的专家："有哪一句话最能体现邓的思想？"对方思考片刻，答曰，邓对家人说过的一句话可作代表，他说："我这个人没有什么大志，就是希望中国的老百姓都富起来，我做一个富裕国家的公民就行。"

**2. 忧君**

范仲淹的第二忧是忧君。他说"处江湖之远，则忧其君"，不管在朝在野都不忘君。封建社会"君"即是国，他的忧"君"就是忧国。不管在朝还是在野，他时时处处都在忧国。

过去的皇帝虽权在一人，却身系一国之安危。于是，以"君"为核心的君民关系、君政关系、君臣关系便构成了一国政治的核心部分。而君臣关系，直接涉及领导集团的团结，是核心中的核心。综观历史，历代的君大致有明君、能君、庸君、昏君四个档次；臣也有贤臣、忠臣、庸臣、奸臣四种。于是明君贤臣、昏君奸臣，抑或庸君与庸臣就决定了一朝政府的工作质量。而又以君臣关系最为具体，君臣故事成了中国政治史上最生动的内容（比如，史上最典型的明君贤臣配：唐太宗与魏徵；昏君贤臣配：阿斗与诸葛亮；昏君奸臣配：宋高宗与秦桧等）。

范仲淹是贤臣，属臣中最高的一档；仁宗不庸不昏，基本上算是能君，属于第二档。他们的君臣矛盾，是比较典型的能君与贤臣的关系。在专制和权力高度集中的制度下，君既有代表国家的一面，又有权力私有的一面；臣子既要忠君，又要报国。这就带来了"君"的两重性和"臣"的两重性。君有明、昏之分；臣有忠、奸之别。遇明君则宵衣旰食，如履薄冰，勤恳为国；遇昏君，则独断专行，为所欲为，玩忽国事。"忧君"的实质是忧君所代表的国事，而不是忧君个人的私事。忠臣忧君不媚君，总是想着怎么劝君谏君，抑其私心而扬其公责，把国家治理好。奸臣媚君不忧国，总在琢磨怎么满足君的私欲，把他拍得舒服一些。当然，奸臣这种行为总能得到个人的好处，而忠臣的行为则可能招来杀身之祸。范仲淹行的是忠臣之道，是通过忧君而忧国、忧民，所以，当这个"君"与国、与民矛盾时，他就左右为难。这是一种矛盾，一种悲剧，但正是这种矛盾和悲剧考验出忠臣、贤臣的人格。

这种"四重奏"和"两重性"的矛盾关系决定了一个忠心忧国的臣子必然要实事求是，敢说真话，对国家负责。用范仲淹的话说："士不死不为忠，言不逆不为谏。"欧阳修评价他："直辞正色，面争庭论"，敢"与天子争是非"。仁宗属于"能君"，他有他的主意，对范是既不全信任，又离不开，时用时弃，即信即离。而范仲淹既有独立见解，又有个性，这就构成范仲淹的悲剧人生。封建社会伴君如伴虎，真正的忧君，敢说真话是要以生命作抵押的。范仲淹不是不知道这一点，他说："臣非不知逆龙鳞者，掇齑粉之患；忤天威者，负雷霆之诛。理或当言，死无所避。"他将一切置之度外，一生四起四落，前后四次被贬出京城。他从二十七岁中进士，到六十四岁去世，一生为官三十七年，在京城工作却总共不到四年。

1028年，范仲淹经晏殊推荐到京任秘阁校理——皇家图书馆的工作人员。这是一个可以常见到皇帝的近水楼台。如果他会钻营奉承，很快就可以飞黄腾达。中国历史上有多少宦官、近臣如高俅、魏忠贤等都是这样爬上高位的。但是范仲淹的"忧君"，却招来了他京官生涯中的第一次谪贬。

原来，这时仁宗皇帝虽已经二十岁，但刘太后还在垂帘听政。朝中实际上有两个"君"。一个名分上的君——仁宗皇帝，一个实权之君——刘太后。这个刘太后可不是一般人等，她本是仁宗的父亲真宗的一位普通后宫，只有"修仪"名分，但她很会讨真宗欢心。皇后去世，真宗无子，嫔妃们都争着为真宗生一个孩子，好荣登后位。刘修仪自己无能，便想出一计，将身边的一位李姓侍女送给皇帝"侍寝"，果然生下一子。但她立即抱入宫中，作为己子，就是后来的宋仁宗。刘随即因此封后，真宗死后她又当上太后，长期干预朝政，满朝没有一人敢有异议。

范仲淹新入朝就赶上太后过生日，太后要皇帝率百官为之跪拜祝寿。范仲淹认为这有损君的尊严，君代表国家，朝廷是治理国家大事的地方，怎么能在这里玩起家庭游戏。皇家虽然也有家庭私事，但家礼国礼不能混淆，便上书劝阻："天子有事亲之道，无为臣之礼；有南面之位，无北面之仪。"干脆再上一章，请太后还政于帝。这一举动震动了朝廷。那太后在当修仪时先夺人子，后挟子封后，又扶帝登位，从皇帝在襁褓之中到现在已二十年，满朝有谁敢置一喙？今天突然杀出了个程咬金，一个刚来的图书校勘管理员就敢问皇帝与太后之间的事。封建王朝是家天下、私天下，大臣就是家奴，哪能容得下这种不懂家规的臣子？他即刻被贬到河中府（今山西永济市）任副长官——通判。范仲淹百思不得其解，十三年身处江湖之远，时时想着能伴君左右，为国分忧，第一次进京却一张嘴就获罪，在最方便接近皇帝的秘阁只待了一年，就砸了自己的饭碗。

范仲淹第二次进京为官是三年之后，皇太后去世。也许是皇帝看中他敢说真话的长处，就召他回朝做评议朝事的言官——右司谏。我国封建社会的政府监察体制分两部分：一是谏官，专门给皇帝提意见；二是台官，专门弹劾百官，合称台谏。到宋真宗时期，谏官权已扩大到可议论朝政，弹劾百官。中国封建社会长期稳定，台谏制度有其一功，它强调权力制约，是中国封建制度中的积极部分。便是皇帝也要有人来监督，勿使放任而误国事。在推行制度的同时又在道德上提倡"文死谏，武死战"，使之成为一种风气。在中国历史上从秦始皇到溥仪共四百二十二位皇帝，就曾有八十九位皇帝下罪己诏二百七十次，作自我批评。这种对最高权力的监督和皇帝的自我批评是中国封建政治中积极的一面。

范仲淹二次进京所授右司谏官的级别并不高，七品，但权大、责大、影响大。范仲淹的正直在当时已很有名，他一上任立即受到朝野的欢迎。这时的当朝宰相是吕夷简。吕靠太后起家，太后一死他就说太后坏话。郭皇后揭穿其伎，相位被罢。吕也不是一般人等，他一面收买内侍，一面默而不言等待时机。时皇帝与杨、尚两位美人热恋。一日，尚自恃得宠，对郭皇后出言不逊，郭挥手一掌向她打去，仁宗在一旁急忙拉架，这一掌正打在皇帝脖颈上，吕和内侍便乘机鼓动皇帝废后。

后与帝都是稳定封建政权的重要因素，看似家事，常关国运。范仲淹知道后一旦被废，将会引起一场政治混乱。这种家事纠纷的背后是正邪之争,皇后易位的结果是奸相专权。他联合负责纠察的御史台官数人上殿前求见仁宗。半日无人搭理。司门官又出来将大门砰的一声闭上。他的犟劲又上来了,就手执铜门环,敲击大门,并高呼:"皇后被废,何不听听谏官的意见!"这真是有点不知高低,要舍命与皇帝辩论了。看看没有人理,他们议定次日上朝当面再奏。

第二天,天不亮范仲淹就穿好朝服准备出门。妻子牵着他的衣服哭着说:"你已经被贬过一次了,不为别的,就为孩子着想,你也再不敢多说了。"他就把九岁的长子叫到面前正色说道:"我今天上朝,如果回不来,你和弟弟好好读书,一生不要做官。"说罢,头也不回地向待漏院走去。"漏"是古代计时之器,待漏院是设在皇城门外、供百官暂歇等候皇帝召见的地方。

范仲淹这次上朝是在1033年,比这早四十六年,公元987年,宋太宗朝的大臣王禹偁曾写过一篇很有名的《待漏院记》,分析忠臣、奸臣在见皇帝前的不同心理。他说,当大臣在这个地方静等上朝时,心里却在各打各的算盘。贤相"忧心忡忡"。忧什么,有八个方面:安民、抚夷、息兵、辟田、进贤、斥佞、禳灾、措刑,等到宫门一开就向上直言,君王采纳,"皇风于是乎清夷,苍生以之而富庶"。而奸相则"假寐而坐""私心慆慆",想的是怎样报私仇、搜刮钱财,提拔党羽,媚惑君王,"政柄于是乎隳哉,帝位以之而危矣"。他说,既然为官就要担起责任,那种"无毁无誉,旅进旅退,窃位而苟禄,备员而全身"的态度最不可取。他在这里惟妙惟肖地描述和揭示了贤相与明君、奸相与昏君两个组合,还要求把这篇文章刻在待漏院的墙上,以戒后人。

不知范仲淹上朝时壁上是否真的刻有这篇文章。但范仲淹此时的确是忧心忡忡。他忧皇上不明事理，以私害公，因小乱大。这种家务之事，你要是一般百姓，爱谁、娶谁、休妻、纳妾也没有人管。你是一国之君啊，君行无私，君行无小。枕边人的好坏，常关政事国运。历史上因后贤而国安，后劣而国乱的事太多太多。同在一个唐朝，长孙皇后帮李世民出了不少好主意，甚至纠正他欲杀魏徵这样的坏念头；杨贵妃却引进家族势力，招来安史之乱。

　　范仲淹正盘算着怎样进一步劝谏皇上，忽然传他接旨，只听宣旨官朗朗念道，贬他到睦州（今浙江桐庐附近），接着朝中就派人赶到他家，催他当天动身离京。这果然不幸为妻子所言中，顿时全家老小，哭作一团。显然这吕夷简玩起权术来比他高明，事前已做过认真准备，三下五除二就干净利落地将他赶出京城。他于1033年4月回京，第二年5月被贬出京，第二次进京做官只有一年时间。

　　如果说范仲淹第一次遭贬，是性格使然，还有几分书生气，这二次遭贬，确是他更自觉地心忧君王，心忧国事。平心而论，仁宗不是昏君，更不是暴君，也曾想有所作为，君臣关系也曾出现过短时蜜月，但随即就如肥皂泡一样破灭。范仲淹不明白，几乎所有的忠臣都如诸葛亮那样希望君王"亲贤臣远小人"，但几乎所有的君王都离不开小人，喜欢用小人。

### 3. 忧政

　　忠臣总是一片忠心，借君之力为国家办大事；奸臣总是要尽手段投君所好，为君办私事。范仲淹一生心忧天下，总是和政治腐败，特别是吏治腐败做斗争，并进行了中国封建社会成熟期的第一场大改革——"庆历新政"。一个政权的腐败总是先从吏治腐败开始。当一个新政权诞生后，第一件事就是安排干部。通常，官位成了胜利者的最高回报和掌权者对亲信、子女的最好赏赐。官吏是这个政权的代表和既得利益者，也就成了最易被腐蚀的对象和最不情愿改革的阶层。只有其中的少数清醒者，能抛却个人利益，看到历史规律而想到改革。

1035年，范仲淹因知苏州治水有功又被调回京，任吏部员外郎，知京城开封府。他已两次遭贬，这次能够回京，一般人定要接受教训慎言敏行，明哲保身，但这却让范仲淹更深刻地看到国家的政治危机。他又浑身热血沸腾，要指陈时弊了。这次，范仲淹没有像前两次那样挑"君"的毛病，他这次主要针对的是干部制度问题，也就是由尽"谏官"之责，转而要尽"台官"之责了。

原来这宋朝的老祖宗——太祖赵匡胤是利用带兵之权，阴谋篡位当的皇帝。他怕部下也学这一招来夺其子孙的皇位，就收买人心，凡高官的子孙后代都可荫封官职。这样累积到仁宗朝时，已官多为患，甚至骑竹马的孩子都有官在身。

凡一个新政权建立五十年左右是一道坎儿，这就是当年黄炎培与毛泽东在延安讨论的"周期律"。到范仲淹在朝时，宋朝开国已八十年，吏治腐败，积重难返，再加上当朝宰相培植党羽，各种关系盘根错节；皇帝要保护官僚，官僚要巩固个人的势力，拼命扩大关系网，百姓养官越来越多，官的质量越来越低。这之前，范两次遭贬，三次在地方为官，深知百姓赋税之重，政府行政能力之低，民间冤狱之多，根子都在朝中吏治腐败。

他经过调查研究，根据朝中官员的关系网绘了一张"百官图"。1036年，他拿着这图去面见仁宗，说宰相统领百官，不替君分忧，不为国尽忠，反广开后门，大用私人，买官卖官，这样的干部路线，政府还能有什么效率，朝廷还有什么威信，百姓怎么会拥护我们。范又连上四章，要求整顿吏治。你想，拔起一株苗，连起百条根，这一整顿要伤到多少人的利益，如欧阳修所说："如此等事，皆外招小人之怨怒，不免浮议之纷纭。"皇帝虽有改革之意，但他绝不敢把这官僚班底兜翻，范仲淹在朝中就成了一个讨嫌的人。吕夷简对他更是恨得牙根痒，就反诬他"越职言事，荐引朋党，离间君臣"。那个仁宗是最怕大臣结党的，吕很聪明，一下就说到了皇上的痒处，于是就把范仲淹贬到饶州（今江西鄱阳）。从他1035年3月进京，第三次被起用，到第二年5月被贬出京，又只有一年多一点。

这是他第一次试图碰一碰腐败的吏治。这次，许多正直有为的臣子也都被划入范党，分别发配到边远僻地。朝中已彻底没有人再敢就干部问题说三道四了。范仲淹离京，几乎没有人再敢为他送行。只有一个叫王质的人扶病载酒而来，他举杯道："范君坚守自己的立场，此行比之前两次更加光彩！"范笑道："我已经前后'三光'了。你看，来送行人也越来越少。下次如再送我，请准备一只整羊，祭祀我吧。"他坚守自己的信仰"不以物喜，不以己悲"，虽三次被贬而不改初衷。

从京城开封出来到饶州要经过十几个州，除扬州外，一路上竟无一人出门接待范仲淹。他对这些都不介意，到饶州任后吟诗道："三出专城鬓似丝，斋中潇洒胜禅师。""潇洒胜禅师"，这是无奈的自我解嘲，是一种无法排解的苦闷。翻读中国历史，我们经常会听到这种怀才不遇、报国无门者的自嘲之声。柳永屡试不中，就去为歌女写歌词，说自己是"奉旨填词"；林则徐被谪贬新疆，说是"谪居正是君恩厚，养拙刚于成卒宜"；辛弃疾被免职闲居，说是"君恩重，教且种芙蓉"。现在范仲淹也是：君恩厚重，让你到湖边去休息！

饶州在鄱阳湖边，风大浪高，范自幼多病，这时又肺病复发。不久，他那成天担惊受怕、随他四处奔波的妻子病死在饶州。未几，他又连调润州（今江苏镇江）、越州（今浙江绍兴）。四年换了三个地方。他想起楚国被流放的屈原、汉代被放逐的贾谊，报国无门，不知路在何方。他说："仲淹草莱经生，服习古训，所学者惟修身治民而已。一日登朝，辄不知忌讳，效贾生'恸哭''太息'之说，为报国安危之计。情既龃龉，词乃睽戾……天下指之为狂士。"范仲淹已三进三出京城，来回调动已不下二十次。他想，看来这一生他只有在人们讨嫌的目光中度过了。

但忠臣注定不得休闲，范仲淹自1036年被贬外地四年后，西北战事吃紧，皇帝又想起了他。1040年，他被派往延州（今延安）前线指挥抗战。1043年，宋夏议和，战事稍缓，国内矛盾又尖锐起来。赋税增加，吏治黑暗，地方上暴动四起，仁宗束手无策。庆历三年（1043年）四月，仁宗又将他调回京城任为副相，又免了吕夷简的官，请范主持改革，史称"庆历新政"。这是他第四次进京为官了。

这次，他指出的要害仍然是吏治。前面说过，范仲淹第三次被贬，就是因为上了一个"百官图"，揭露吏治的腐败。七年过去了，他连任了四任地方官，又和西夏打了一仗，但朝中的吏治腐败不但没有解决，反愈演愈烈。他立即上书《答手诏条陈十事》。

他说，第一条，先要明确罢免升迁。现在无论功过，不问好坏，文官三年一升，武将五年一提，人人都在混日子。假如同僚中有一个忧国忧民，"思兴利去害而有为"的，"众皆指为生事，必嫉之、沮之、非之、笑之，稍有差失，随而挤陷。故不肖者素餐尸禄，安然而莫有为也。虽愚暗鄙猥，人莫齿之，而三年一迁，坐至卿监、丞郎者，历历皆是。谁肯为陛下兴公家之利，救生民之病，去政事之弊，葺纲纪之坏哉？利而不兴则国虚，病而不救则民怨，弊而不去则小人得志，坏而不葺，则王者失贤。"你看"国虚""民怨""小人得志""王者失贤"，现在我们读这篇《答手诏条陈十事》，仍能感受到范仲淹那种深深的忧国忧民之心和急切的除弊救政之志。

他条陈的第二条是抑制大官子弟世袭为官。就是说不能靠出身好当官。现在朝中的大官每年都可自荐子弟当官，"每岁奏荐，积成冗官"，甚至有"一家兄弟子孙出京官二十人"。大官子弟"充塞铨曹（官署），与孤寒争路"。范仲淹是"孤寒"出身，深深痛恨这种排斥人才的门阀观念和世袭制度。

他条陈的第三条是贡举选人，第四条是选好的地方官，"一方舒惨，百姓休戚，实系其人"。第五条是公田养廉。十条倒有五条有关吏治。后面还有厚农桑、修武备、减徭役等。我们听着这些连珠炮似的言词和条分缕析般的陈述，仿佛看到了一个痛心疾首、泪流满面的臣子，上忧其君，下忧其民，恨不得国家一夜之间扭转乾坤，来一个河清海晏，政通人和。

毛泽东说："政治路线确定之后，干部就是决定的因素。"干部制度向来是政权的核心问题。治国先治吏，历来的政治改革都把吏治作为重点。不管是忧君、忧国、忧民，最后总要落实在

"忧政"上，即谁来施政，怎样施政。

"庆历新政"的改革之初，仁宗皇帝对范仲淹还是很信任的，改革的决心也很大。仁宗甚至让他搬到自己的殿旁办公。范仲淹派许多按察使到地方考察官员的政绩，调查材料一到，他就从官名册上勾掉一批赃官。仁宗即刻批准。这是一段君臣难得的合作蜜月。有人劝道："你这一勾，就有一家人要哭！"范说："一家人哭总比一州县的百姓哭好吧。"短短几个月，朝廷上下风气为之一新。贪官收敛，行政效率提高。

但是，由于新政首先对腐败的干部制度开刀，先得罪朝中的既得利益者，必然会有强大的阻力。他的朋友欧阳修最担心这一点，专门向仁宗上书，希望能放心用范仲淹，并能保护他，不要听信谗言。"凡小人怨怒，仲淹等自以身当，浮议奸谗，陛下亦须力拒。"但是皇帝在小人之怨和纷纭的浮议面前渐渐开始动摇了。范仲淹一次又一次地无法"自以身当"，终于在朝中难以立足。庆历四年（1044 年），保守派制造了一起谋逆大案，将改革派一网囊括进去。这回还是利用了仁宗疑心重、怕臣子结党的弱点，把改革派打成"朋党"。庆历五年（1045 年）初，失去了皇帝支持的改革彻底失败，范仲淹被调出京到邠州（今陕西彬县）任职，这是他第四次被贬出京了。这之后就再也没有回京工作。

庆历六年（1046 年），范仲淹因肺病不堪北地的风寒，要求调往邓州（今河南南阳），这年他已五十七岁。生命已进入最后六年的倒计时。他自二十六岁中进士为官，四处奔波，四起四落已三十一年。自庆历改革失败后，他已没有重回中央的打算。现在他可以静静地回顾一生的阅历，思考为官为人的哲理。

一天他的老朋友滕子京从岳阳送来一信，并一图，画的是新落成的岳阳楼，希望他能为之写一篇记。这滕子京与他是同年进士，又在泰州任上和西北前线共过事，是庆历新政的积极推行者。滕的一生也很坎坷，他敢作敢为，总想干一番事业，却常招人忌，甚至被陷害。那一次在西北遭人陷害，亏得范力保，虽没有下狱，却被贬岳阳，但仍怀忧国之心，才两年就政绩显著，又重修名楼。

范仲淹看罢信，将图挂在堂前，只见一楼高耸，万顷碧波。胸中不由得翻江倒海，那西北的风沙，东海的波涛，朝中的争斗，饥民的眼泪，金戈铁马，阁中书卷，狄仁杰的祠堂，揳入西夏的孤城，仁宗皇帝忽而手诏亲见，忽而挥袖逐他出京，还有妻子牵衣滴泪的阻劝，长子随他在西北前线的冲杀……一起浮到眼前。他心中万分激动，喊一声："研墨！"挑灯对图，凝神静思，片刻一篇三百六十八字的《岳阳楼记》就如珠落玉盘，风舒岫云，标新立异，墨透纸背。他把自己奋斗一生的做人标准和政治理想提炼为"不以物喜，不以己悲""先天下之忧而忧，后天下之乐而乐"。震大千而醒人世，承千古而启后人。文章熔山水、政治、情感、理想、人格于一炉，用纯青的火候为我们铸炼了一面照史、照人的铜镜。文章说是写岳阳楼，实在是写他自己的一生。现在我们来看一下范仲淹怎样写文章。

## 三、我们该怎样写文章
### 文章达到的"三境之美"

**1. 一文、二为、三境、五诀**

在中国古代，文章是官员政治素质的一部分。"立功、立德、立言"三者缺一不可。古今有三种文章：一是官场应景，空话、套话，人们很快忘记；二是有一点思想内容，但行文不美（如大量的奏折、记、表等），人们也已经忘记；三就是以《岳阳楼记》为代表的既有思想内容，又有艺术高度的文章，是一种思想美文。

《岳阳楼记》到底好在什么地方？在下评语前，我们不妨先探究一下好文章的标准。概括地说，可以叫作"一文、二为、三境、五诀"。

"一文"是指文采。首先你要明白，你是在做文章，不是写应用文、写公文。文者，纹也，花纹之谓。章者，章法。文章是一门以文字为对象的形式艺术，它要遵循形式美的法则，并通过这个法则表达作者的精神美。中国古代文、言相分，说话可以随便点，既要落成文字，就要讲究美。诏书、奏折、书信等文件、应用文字也一样求美。古代是把文件写成美文，而我们现在是把美文改成了文件，都一个面孔。

"二为"是写文章的目的，一为思想而写，二为美而写。既要有思想，又要有美感。文章有"思"无美则枯，有美无"思"则浮。

"三境"是指文章要达到三个层次的美，或曰三个境界。古人论诗词就有境界之说。我现在把文章的境界细分为三个层次：一是景物之美，描绘出逼真的形象，让人如临其境，谓之"形境"，类似绘画的写生；二是情感之美，创造一种精神氛围叫人留恋体味，谓之"意境"，类似绘画的写意，如徐渭（青藤）；三是哲理之美，说出一个你不得不信的道理，让你口服心服，谓之"理境"，类似绘画的抽象，如毕加索。这三个境界一个比一个高。

"五诀"是指要达到这个"三境"的方法，我把它叫作"文章五诀"，即"形、事、情、理、典"。文中必有具体形象，有可叙之事，有真挚的情感，有深刻的道理，还有可借用的典故知识。这一切，又都得用优美的文字来表达。这就是"一文、二为、三境、五诀"之法。

以这个标准来分析《岳阳楼记》，我们就会惊喜地发现它原来暗合作文和审美的规律，所以成了一篇千古不朽的范文。

请看全文：

庆历四年春，滕子京谪守巴陵郡。越明年，政通人和，百废具兴，乃重修岳阳楼，增其旧制，刻唐贤今人诗赋于其上，属予作文以记之。

予观夫巴陵胜状，在洞庭一湖。衔远山，吞长江，浩浩汤汤，横无际涯；朝晖夕阴，气象万千。此则岳阳楼之大观也，前人之述备矣。然则北通巫峡，南极潇湘，迁客骚人，多会于此。览物之情，得无异乎？

若夫淫雨霏霏，连月不开；阴风怒号，浊浪排空；日星隐曜，山岳潜形，商旅不行，樯倾楫摧，薄暮冥冥，虎啸猿啼。登斯楼也，则有去国怀乡，忧谗畏讥，满目萧然，感极而悲者矣。

至若春和景明，波澜不惊，上下天光，一碧万顷；沙鸥翔集，锦鳞游泳，岸芷汀兰，郁郁青青。而或长烟一空，皓月千里，浮光跃金，静影沉璧，渔歌互答，此乐何极！登斯楼也，则有心旷神怡，宠辱偕忘，把酒临风，其喜洋洋者矣。

嗟夫！予尝求古仁人之心，或异二者之为，何哉？不以物喜，不以己悲。居庙堂之高则忧其民；处江湖之远则忧其君。是进亦忧，退亦忧。然则何时而乐耶？其必曰："先天下之忧而忧，后天下之乐而乐"乎！噫！微斯人，吾谁与归？

时六年九月十五日。

全文共有六个自然段。

第一段叙写这件事的缘起。以事起兴，作一个引子，用"事"字诀。

第二段描写洞庭湖的气象，铺垫出一个宏大的背景。借山川豪气写忠臣志士之志，用"形"字诀。

第三、四段作者借景抒情，设想了两种"览物之情"，创造出一悲一喜的意境。通过景物描写营造气氛，水到渠成，即用"形"字诀和"情"字诀，由"形境"过渡到"意境"。连用淫雨、阴风、浊浪、星隐、山潜、商断、船翻、日暮、虎啸、猿啼十个恐怖的形象。然后推出"去国怀乡，忧谗畏讥，满目萧然，感极而悲"的伤感情境。连用春风、丽日、微波、碧浪、鸟飞、鱼游、芷草、兰花、月色、渔歌十个美好的形象，推出"心旷神怡，宠辱偕忘，把酒临风，其喜洋洋"的快乐情境。

第五段，导出哲理，作者将形和情有意推向理的高度，设问：有没有超出上面那两种的情况呢？有，那就不是一般人，而是"古仁人之心"了。这种人超出物质利益的诱惑，超出个人的私念：在朝为官，不忘百姓；被贬江湖，不忘其君。太平时忧天下，危难时担天下。进也忧，退也忧，那么，什么时候才乐呢？到文章快结束时才推出一声绝响，一个响亮的哲理式结论："先天下之忧而忧，后天下之乐而乐。"做官要做这样的官，做人要做这样的人！用我们现在的话说，就是无私奉献，全心全意为人民服务。用的是"理"字诀。这个道理一下讲透了,这个标准一下管了一千年,而且还要永远管下去!这是文章的高潮,全文的主题,是作者一生悟出的真理,也是他的信念。不管哪个时代,哪个国家的官员都有忠奸、公私、贤愚、勤庸之分。而公而忘私、"先忧后乐"是超时代、超阶级的道德文明、政治文明,是人类共同的、永远的精神财富。范仲淹道出了这种为人、为臣的本质的理性的大美,文章就千古不朽了。作者讲完这个结论后,文章又从"理"回转到"情":"噫,微斯人,吾谁与归",前不见古人,后不见来者,写出了一种超时空的向往和惆怅。

第六段,不经意间再轻带一笔转回到记"事":"时六年九月十五日",照应文章的开头,像一个绕梁的余音。至此文章形、事、情、理都有(注意本文没有用典),形美、情美、理美三个层次皆具,已达到了一个完美的艺术境界。

这篇文章的核心是阐述"先天下之忧而忧,后天下之乐而乐"的道理。但如果作者只说出这一句话,这一个理,就不会有多大的感染效果,那不是文学艺术,是口号,是社论。好就好在它有形、有景、有情、有人、有物的铺垫,而且全都用优美的文字来表述,用了许多修辞手法。在"理境"之美出现之前,已先收"形境""意境"之效,再加上贯穿始终的文字之美,形美、情美、理美、文美,算是"四美"了,在内容和形式两方面都分别达到了很难得的高度,借用王勃在《滕王阁序》里的一句话,就是"四美具,二难并"了,是一种高难度的美。

### 2. 两类作者,两类文章

虽然我们给出了一个"一文"的要求、"二为"的宗旨、"三境"的标准、"五诀"的方法，但并不是谁人拿去一套，就可以写出一篇好文章。就像数学课上，不是老师教给一个公式，人人都能得一百分。这还得有一个艰苦的修炼过程。

凡古今文章，从作者角度分有两大类。一类是文人、专业作家，如古代的司马相如、李白、王勃，现代的许多专业作家。作者先从文章形式入手，已娴熟地掌握了艺术技巧，然后再努力去修炼思想，充实内容，但无论如何，由于阅历所限，其思想总难拔到很高的境界。就像一个美人，已得先天之美，又想再成就一番英雄业绩，其难也哉！

第二类是政治家、思想家，如古代的贾谊、诸葛亮、魏徵、韩愈、范仲淹，近代的林觉民、梁启超，现代如毛泽东等人。这类作者是从思想内容入手。他并不想以文为业，只是由于环境、经历使然，内心积累甚多，如火山之待喷，不吐不快，就借文章的形式表达出来。当然，大部分政治家是写不出好文章的，他们忙于事务，长于公文、讲话、指示等应用文字而不善美文，或者根本就没有修炼到思想的美，很难做到"四美具，二难并"。但也有少数政治家、思想家，或因小时就有文章阅读或写作训练的童子功（如人外表的先天之美），或政务之余不忘治学（如人形体的后天训练），于是便挟思想之深又借艺术之美，登上了文章的顶峰。就像一个美女后来又成就了伟功大业，既天生丽质，又惊天动地，百里挑一。

因为有两类作家，也就有两类文章，"文人文章"和"道德文章"。中国文学传统很重视政治家的"道德文章"。政治家为文是用个性的话说出共性的思想（如诸葛亮说的"鞠躬尽瘁，死而后已"，毛泽东说的"帝国主义和一切反动派都是纸老虎"）。如果只会用共性的语言说共性的思想，就是官话、套话，有理而无美，这不叫文章，也不可能流传。

"文人文章"，求"美"而不求"理"，是以个性的语言说出共性的美感，常"美"有余而理不足（如王勃的"落霞与孤鹜齐飞，秋水共长天一色"）。因为文章第一位是表达思想，"理境"为"三境"中最高之境，所以相对来讲，先入艺术之门，再求深造思想难；先登思想之峰，再入艺术之门易。所以真正的大文章家，由政治家、思想家出身的多，而专攻文章，以文为业的反倒少。历史上的范仲淹是一个政治家、军事家、学者，也许他从来也没有把自己当作一个作家。后人在排唐宋八大家之类的排行榜时，他也无缘入列。但这恰恰是他胜过一般文人之处。或者历史根本就不忍心将他排入文人之列。这倒给我们一个启示，每一个政治家都有条件写出大文章，都应该写出大文章。

这篇文章是对我国封建政治文明的高度总结。中国封建社会近三千年，政界人物多得数不清，历朝皇帝四百二十二个（按理，他们是当然的大政治家），大臣官员更不知几多，但能写出《岳阳楼记》，并被后人所记住、学习和研究的只有范仲淹一人。现在我们知道要出一篇好文章是多么不容易了。要做文，先做人。金代学者元好问评价范仲淹说："文正范公，在布衣为名士，在州县为能吏，在边境为名将，其才其量其忠，一身而备数器。"我们还可以再加上一句：在文坛为大家。其思想，其文采，光照千年。

中国从古至今，内容形式都好，以一篇文章而影响了中华民族政治文明、人格行为和文化思想的为数不多。我排了一下有十篇。它们是：

1. 贾谊的《过秦论》
2. 司马迁的《报任安书》
3. 诸葛亮的《出师表》
4. 陶渊明的《桃花源记》
5. 魏徵的《谏太宗十思疏》
6. 范仲淹的《岳阳楼记》
7. 文天祥的《正气歌并序》
8. 梁启超的《少年中国说》
9. 林觉民的《与妻书》
10. 毛泽东的《为人民服务》

这些文章已经成为中华经典。什么是经典？我在《说经典》一文中谈道："第一，经典是一个时代的标志，空前绝后，比如我们现在不可能再写出唐诗、宋词；第二，已上升到理性，有长远的指导意义；第三，能经得起重复，即实践的检验，会常读常新。人们每重复一次都能从中开发出有用的东西。这就是经典与平凡的区别。一块黄土，雨一打就碎，而一块钻石，岁月的打磨，只能使它愈见光亮。"

怎么才能达到经典的高度呢？这又回到我们开头讲的"一文、二为、三境、五诀"的标准。简要来说，你得有很高的政治修养和文学修养，而且还要能有机地结合。而这不是每一个人都能做到的，用美学大师黑格尔的话说这种人是天才，"一般来说有这种才能的人一遇到心中有什么观念，有什么在感发他，鼓动他，他就会马上把它化为一个形象，一幅素描，一曲乐调或一首诗。"艺术史上这样的例子很多，如王羲之的《兰亭序》，徐悲鸿的《马》，冼星海的《黄河大合唱》等。范仲淹在这里把他的政治理念化作了一篇《岳阳楼记》。

好文章是一个人在一定的时代背景下全部知识和阅历的结晶，是他生命的写照。其中不知要经历多少矛盾、冲突、坎坷、辛酸、成功与失败。这非主观意志可得，只可遇而不可求。因此一篇好的文章就如一个天才人物、一个历史事件，甚或如一个太平盛世的出现，不是随便就有的，它要综天时地利之和，得历史演变之机，靠作者的修炼之功，是积数十年甚或数百年才可能出现的一个思想和艺术的高峰。千军易得，一将难求；千年易过，好文难有。

范仲淹为我们写了一篇千古美文，留下了一笔重要的文化遗产和政治财富，同时他也以不朽的政治家、思想家和文学家载入史册。

# 丑碑记

2017年过河南南乐县，我曾拜谒仓颉陵。仓颉为传说中的造字圣人，全国有多处陵、庙纪念。明朝天启年间，宰相魏广微等四个南乐籍的大臣奉旨在仓颉陵旁修建仓颉庙。竣工时立大方碑两通以记其盛。当时大名府知府向胤贤命南乐知县叶廷秀负责此事。南乐县小无钱，知府向胤贤就号召各县捐资，并带头许诺捐银十两，各县知县也许诺各捐银五两。叶廷秀见钱有着落，即迅速办成了此事。碑共左右两通，左碑刻"三教之祖"，右碑刻"万圣之宗"，各四个大字。左碑后刻了捐款人名单并银两。碑立毕，叶廷秀向各位收银，不料知府却赖账分文不出。各知县同僚碍于叶廷秀的面子只肯出一两银子。但方碑上的名字和捐献银数都已事先刻好。叶廷秀生性耿直，他发话说："你们让我为难一时，我让你们丢人万世。"于是他命人在知府向胤贤"捐银十两"之后加刻两个字"未给"。其他知县"捐银五两"后面都加刻"止给一两"。而在自己的名字后面加刻上"足数色"三个字。就是说只有他一人在银子的数量和成色方面都是给足了的。知府与各位县官员只好喝下这杯苦酒。这通大方碑仍立到至今，十分完好，真的是"贪银一时，丢人万世"了。

还有一种是自己立碑留笑柄。2002年河北正定县修公路时出土一块巨大石碑，只碑座就有一辆小汽车大。奇怪的是，虽经千年，字迹却十分清晰，这显然是刚立不久便被人为砸碎掩埋的。

经考证，这是五代时驻军河北的一个小军阀，准备起事夺权登基，事先为自己刻好的一块颂德碑。不想事不机密，漏了消息。仓促间他慌忙毁灭罪证，自己砸碑埋石。但还是没有免祸，被处死了。这成了一块野心未遂者的耻辱碑。

现代人也会干这种蠢事，发生在陕北就有两件。当年毛泽东转战陕北，留下许多故事。有一个省级干部随便捡了一个毛泽东看戏的小故事，就以"我"的名义立了一块碑，"我很感动"，特立碑以教育后人。有一个县委书记修桥补路，干了不少好事。但每干一事毕，必立一块碑，而且自拟碑文，文中必有自己，这都是丑碑丑闻。

碑在人心，人心如镜，无形之碑，更胜有形。